一本书读懂20部世界文学经典

吴学先　主编
王春雷　罗雯娟　副主编

中国出版集团　现代出版社

图书在版编目（CIP）数据

一本书读懂20部世界文学经典 / 吴学先主编. — 北京：现代出版社，2021.5

ISBN 978-7-5143-8964-7

Ⅰ. ①一… Ⅱ. ①吴… Ⅲ. ①世界文学 - 文学欣赏 Ⅳ. ① I106

中国版本图书馆 CIP 数据核字 (2021) 第 039097 号

一本书读懂20部世界文学经典

主　　编：吴学先
副 主 编：王春雷　罗雯娟
责任编辑：曾雪梅　朱文婷
出版发行：现代出版社
通信地址：北京市安定门外安华里504号
邮政编码：100011
电　　话：010-64267325　64245264（传真）
网　　址：www.1980xd.com
电子邮箱：xiandai@vip.sina.com
印　　刷：大厂回族自治县彩虹印刷有限公司

开　　本：880mm×1230mm　1/32
印　　张：11.75　　字　　数：240千
版　　次：2021年5月第1版　　印　　次：2022年9月第2次印刷
书　　号：ISBN 978-7-5143-8964-7
定　　价：49.80元

编委会

扫描二维码，
免费收看本书相关课程视频。

读名著 悟人生

有一次去深圳出差，跟吴学先等朋友聚会，学先对我说："请您给我们'雪仙书吧'讲一课吧。我们书吧的活动主要是读名著，谈人生。"

于是我就去了。那天，来"雪仙书吧"听课的人很多。我为大家勾勒了新中国成立以来相声艺术的发展历程和面临的挑战。我讲完了，大家就一拨一拨跟我合影。在座的人都说："一直喜欢您的相声，您的相声伴随我们长大。"

那样近距离讲课，面对面讨论，让我看到了书吧的好处。那里不是演讲大厅，没有讲台，大家围坐，每个人都争着发言。这样的学习和讨论，一定会改变人们的处事习惯。

学先是在带领大家思考。

我们夫妇与学先夫妇认识很多年了。几十年来，我们看到他们夫妻二人一直很努力，我们看着他们进步，看着他们做出成就，看着他们为所在单位、为祖国，做出贡献。

学先曾在高等教育出版社、华润集团、南方科技大学工作过，始终是一样的勤奋，一样的认真。在南方科技大学，她兼任基金会秘书长，她和朱清时校长聘请我当理事，多次去开会。当时的南方科技大学学生很少，为了活跃业余生活，学先请我去演出。我能参与南方科技大学的初建，看到一所大学从无到有，感到很幸运。

学先为人热情，对朋友格外热情，对事业更是充满热情。在北京，她帮助过很多外地的熟人来北京住院看病；在高等教育出版社，她给很多考大学或考研究生的学生邮寄参考书。我夫人高红燕所在的医院跟学先工作的出版社离得很近，她们帮老人看病、帮孩子求学，几乎是有求必应。

每个人一生都在有意无意地追求“三立”，就是立德、立功、立言。前面两项，很多人都能做到，但“立言”不是谁都能做到的。把自己的思考和人生经验总结出来，写成文章，写成书，所写的内容还要对读者有益，这不容易。侃大山容易，从“说”到“写”，这个动作隔着十万八千里呢。学先写过几十篇论文、百余篇散文，出版过好几本书了，她勤于思考，以“立言”为己任，难能可贵。

十几年前，学先出版散文集《无奈也多彩》，请我推荐。如今，她又出版《一本书读懂20部世界文学经典》，请我写序。

得知这本书是在新冠肺炎疫情自我隔离期间完成的，就可以知道：学先是多么珍惜时间，她能把自我隔离的时光变成难得的写作机会，安静地坐在电脑前思考，著书立说。她告诉我，她的弟妹是医生，疫情期间在一线作战；九十二岁的老父亲和弟弟都住在她家，她做饭洗衣加写作。一位女教授、女博士的风采跃然纸上。她的老父亲吴维山我也认识，是一位革命军人、离休老干部。她母亲是一位教师。学先的家教非常好，属于书香门第。

这本书在这个时候出版，很及时，也很实用。

书里为我们介绍了二十部名著。这是我们一生中应该知道的名著，其中包含了十八部外国名著，两部中国名著。如今的人们很少有时间读书，大家忙于事业，忙于生活，也忙着看手机。这本书不算厚，大家可以带在包里，在地铁上，在飞机上，都可以阅读。

这本书最有价值的地方在于：从每部名著里，学先和几位副主编给我们提炼了若干条人生道理，比如：从《安娜·卡列尼娜》引出关于婚外恋的讨论；从《红与黑》引出“奋斗与手段”的思考；从《伊则吉尔老婆子》引出对“英雄与大众”的分析；从曹雪芹的“内疚和愧疚”探究“榜样的力量”；等等。每个话题都是那么独到，发人深省，引人入胜。如果我们明白了这些道理，在以后的工作和生活中，就能少走很多弯路。

这本书很有创意，学先通过这本书告诉我们怎样阅读名著，以及怎样通过名著感悟人生。

近些年，倡导国学、阐释国学的各种书籍相继出版。与此相对比，专家学者对西方文学的阐释不够多。我国出版了很多西方小说，但是如何解读这些作品，很需要专家学者的引导。学先的这本书对二十部西方名著所做的解读，可以很好地帮助读者深入地理解这些作品。

阅读一些西方文学名著，与国学文化相交融，这有助于我们开阔视野，有助于我们认识世界，也有助于帮助我们建立起立体多维的知识结构。

学先他们开办“雪仙书吧”，利用周六聚在一起读名著，这是一个值得提倡的好风气。参加“雪仙书吧”学习的人们，他们是邻居，是熟人，是慕名而来的读书人。他们因“书”结缘，因“读书”而相知。

“腹有诗书气自华”，我国改革开放几十年了，在物质文明日渐提升的同时，大家也一直渴望着精神文明的日臻完善。

希望“雪仙书吧”越办越好。希望这样的书吧越来越多。

希望朋友们喜欢《一本书读懂20部世界文学经典》这本书。

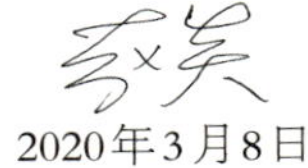

2020年3月8日

※赵炎，著名表演艺术家，国家一级相声演员。

序言

在深圳与东莞的交界处，有一个小区，叫万科棠樾。小区靠公路的一排高楼下面，有一条“棠人街”，就在这里，有一家“雪仙书吧”。每逢周六的傍晚，附近的朋友们就聚集在这里，通过温习名著，感悟人生道理。不知不觉，就积累了几十个话题。

一

近些年，阐释“国学”（含中国文学）的书籍出版了很多，但是，对“西方文学名著”的解读还不够多。

我们应该了解中国的孔子、孟子、李白、杜甫、苏轼、曹雪芹等伟大的人物，同样，我们也应该知道西方的莎士比亚、海明威、歌德、托尔斯泰、小仲马、毛姆等伟大的作家。文学有“认知作用”，学习“中国文学”有助于我们了解中华民族的优良传统和价值观、人生观、世界观；那么，阅读“西方文学”则有助于我们了解西方社会的发展历程，了解西方人的价值观、人生观和世界观。了解中西，融会贯通，这样，我们才能视野开阔，并逐步建立起放眼世界的全局观。

因此，读一些西方文学名著，很重要。

二

一个人，只要参透二三十个人生道理，就能把生活过得很快乐。

这本书整理了在“雪仙书吧”讨论的内容，挑选出二十篇名著，包含了几十个讨论题，与大家分享，也请朋友们批评。大家在阅读这本书的时候，对我们的观点也许认可，也许反对，都没关系，我们的目的只有一个：从阅读得到启发。

希望这本书能启发您的思考。

我一直从事外国文学研究，在“雪仙书吧”，我第一次跟成年人面对面讨论名著。大家彼此启发，都感到收获颇丰。我体会到：其一，这样的学习方式，与大学教学不同；其二，这样的书稿，与写论文不同。

文学名著有审美价值，教育价值，认知价值，心理调节价值，等等。这本书的侧重点在于“感悟人生”。这些名著里面，每个主人公的经历都会告诉我们一个乃至几个人生道理，比如《静静的顿河》告诉我们“选择与坚持”的道理；《伊则吉尔老婆子》告诉我们“英雄与大众”的区别。

读名著的时候，读者难免会有代入感，就是把自己当成作品里的人物，比如《茶花女》，年轻时读，会把自己当成玛格丽特或阿尔芒，为他们流泪；年迈再读，则会把自己当成阿尔芒的父亲，认为自己应该对儿子和家族负责，这就是名著的内涵丰富性。对同一本书，同一个人在不同年龄段读，也会有不同的理解。那么，不同的人，其理解就更加不同了。我们说一百个人读《红楼梦》，就会产生一百个不同的林黛玉，就是这个道理。当然，一百个林黛玉还是林黛玉，不会变成薛宝钗。

读名著，人物命运对读者内心的震撼也不尽相同。许多作品感人，读者会为之流泪。但是，像《静静的顿河》这部作品，读完只有深深的叹息，却没有眼泪。

三

理解名著，需要交流。

对一本名著的阐释，有很多方法。有关注外因的社会学批评，也有关注文本的新批评；还有心理学批评、形式主义批评、浪漫主义文学批评、实证主义文学批评、印象主义批评、象征主义批评、马克思主义文学批评，等等。不同的批评对名著的解读和阐释会有所不同。当然，我们也承认，万变不离其宗，情节还是那个情节，人物还是那个人物，总不会走得太远。比如：实证主义方法考证作品的时代背景和作者生平，把种族、环境和时代精神当成分析重点。浪漫主义和表现主义方法把作品当成作家传记，在作品里寻找作家个性。社会学批评方法，关注作品的社会意义。

以上这些方法各有所长，只是侧重点不同。

本书主要采用的是“新批评”加“社会学批评”的方法，其中《红楼梦》之二采用了表现主义的方法。我们这样阅读名著，这样阐述名著，也许能帮助朋友们从不同角度理解名著。

文本分析与文化语境和历史情境分析都不是相互隔绝的，而是有内在联系的，透过文本状况，可以瞥见那些被置换或被变形的丰富而复杂的社会、文化和历史状况。

当您知道了“双重情节”，您的欣赏就不会停留在了解故事这个水平上，您就会想一想：这里面藏着什么道理，有什么现实意义。

当您知道了含混、朦胧、隐喻这些创作手段，知道还有词义分析批评法、语义分析批评法，您的理解就会更加丰富。比如《李尔王》，剧中人物都体现了一个“傻”子，唯一一个聪明人，他的名字却叫“Fool”（傻子）。那么多傻子构成了悲剧的深刻性。用“傻”表现社会，这是不是莎士比亚的创作初衷，这个问题已经不再重要，重要的是，作品让我们看到了这样的情境。

四

“科技”是用来被打破的，科学技术总要面对挑战，后人打破前人的结论，以此推动科技进步，走向未来；“文学”却是需要继承的，优秀的文学艺术是人类文明的载体，文学所传承的人类智慧，有助于后代少走弯路。

已经有很长时间了，我国的教育对“科学”和“金融”过分重视，对“文学”则不够重视。北京大学钱理群教授和北京师范大学的童庆炳教授等前辈，几十年来一直呼吁要重视人文教育，要重视名著阅读。但是，因为高考指挥棒在那里，大家没时间阅读名著。

在“雪仙书吧”，我们实际上是在给已经参加工作的成人补文学课。讲课前，书吧校长会通知：下次课讲哪部作品，请学员阅读；讲课中，主讲人会分析作品情节、分析作品人物，然后提出讨论的话题。重点在于“讨论”环节。学员都是成年人，经历过风风雨雨，每个人都有话说。

参加学习的朋友们身份各异，有董事长，也有物业保安；有小青年，也有退休人员；有老师，也有“白骨精”（白领、骨干、精英）。大家济济一堂，畅所欲言，观点相互补充，突破了我在大学感受到的讨论局限性。

二十部名著，几十个人生话题，就构成了这本书。希望朋友们喜欢此书。

吴学先

2020年2月29日于深圳

目 录

01

莎士比亚《李尔王》

_导读

李尔王作为一国之君，在退位时，仅仅依据“花言巧语”来判定哪个孩子可信，结果把王权传给了奸人，酿成大祸，自己身陷囹圄，不幸死去。

我国改革开放四十多年了，很多家族企业到了掌门人更迭传递的时候，怎么做才能保证企业长青呢?

我们每个家族，要给孩子们传递什么?

_作者简介

莎士比亚（1564—1616）

英国著名作家，对世界戏剧的发展做出了巨大贡献。他的代表作很多，如四大悲剧《哈姆雷特》《奥赛罗》《李尔王》《麦克白》，四大喜剧《威尼斯商人》《仲夏夜之梦》《第十二夜》《皆大欢喜》等。

_参考译本

《李尔王》创作于1605年，朱生豪译，

人民文学出版社，1984年出版。

_主要角色

♂李尔王：戏剧主人公

♀高纳里尔、里根、考狄莉娅：李尔的三个女儿

♂奥本尼公爵：大臣，高纳里尔的丈夫

♂康华尔公爵：大臣，里根的丈夫

♂肯特伯爵：大臣

♂流浪汉：弄人（相当于小丑）

♂葛罗斯特伯爵：大臣

♂爱德伽：葛罗斯特的儿子

♂爱德蒙：葛罗斯特的私生子

_内容梗概

作品包含主线和副线。主线是李尔王的故事，主要情节是权力传承。李尔王用“父女亲情”决定“王权传承”这样的政治问题，造成一系列悲剧的产生。

副线是葛罗斯特家族的“财产传承”。他的私生子用“政治手段”欺骗哥哥和父亲，实现了对家产的继承。这条线索，本文不做介绍，请朋友们阅读原著。

剧情开始，李尔王对三个女儿说："孩子们，在我还没有把我的政权、领土和国事的重任全部放弃以前，告诉我，你们中间哪一个人最爱我？我要看看谁最有孝心，最有贤德，我就给她最大的恩惠。"

大女儿高纳里尔说："父亲，我对您的爱，不是语言所能表达的；我爱您胜过自己的眼睛、整个的空间和广大的自由；超越一切可以估价的贵重稀有的事物。"

二女儿里根说："我厌弃一切凡是敏锐的知觉所能感受到的快乐，只有爱您才是我的无上幸福。"

三女儿考狄莉娅说："父亲，您生下我来，把我教养成人，爱惜我，厚待我；我受到您这样的恩德，只有恪尽我的责任，服从您、爱您、敬重您。我的姐姐们要是用她们整个的心来爱您，那么她们为什么要嫁人呢？要是我有一天出嫁了，那接受我忠诚誓约的丈夫，将要得到我的一半的爱、我的一半的关心和责任；假如我只爱我的父亲，我一定不会像我的姐姐们一样再去嫁人的。"

李尔王听完，感觉大女儿和二女儿很爱他，三女儿似乎差一些。根据三人的话语，李尔王做出决定：与三女儿断绝父女关系。让她远嫁法兰西；把国土、权力和财产分给大女儿和二女儿；把王冠交给两个女婿，他们轮流执政，一个月轮换一次。

李尔王说："我只保留一百名骑士，陪我打猎，我们在两个女儿的领地按月轮流居住，各住一个月。"

这似乎像是过家家的游戏。大臣肯特极力阻止这样的安排，结果被李尔王骂为“逆贼”。李尔王给他五天时间安排，第六天必须离开英国。

李尔（此时已经不再是李尔王）开始了“客居”生活。他带着一百名骑士先到了大女儿的领地，住下。在大女儿家住了半个多月以后，李尔说：“我近来也觉得他们对我的态度有点儿冷淡。”

李尔遇到了一个流浪汉弄人，被李尔赶走的大臣肯特一直跟在弄人身边。

弄人开始嘲笑他：“听了他人话，土地全丧失；我傻你更傻，两傻相并立；一个傻瓜甜，一个傻瓜酸；一个穿花衣，一个戴王冠。”

李尔模仿弄人，跟他玩耍，学着开玩笑，说一些傻话。

大女儿高纳里尔对他说：“父亲，您何必这样假痴假呆，近来您就爱开这一类的玩笑。您是一个有年纪的老人家，应该懂事一些。请您明白我的意思：您在这儿养了一百个骑士，全是些胡闹放荡、胆大妄为的家伙，我们好好的宫廷给他们骚扰得像一个喧嚣的客店。这种可耻的现象，必须立刻设法纠正。”

她要赶走李尔的五十个骑士。

李尔听完很愤怒，他喊道：“替我备马——丑恶的海怪也比不上忘恩的儿女那样可怕。”他对大女儿说：“我的骑士都是最有品行的人，他们懂得一切礼仪。”

李尔出门后，大女儿对丈夫解释说：“让他随身带着一百个全副武装的骑士，真是万全之计。只要他做了一个噩梦，听了一句谣言，转了一个念头，或者心里头有什么不高兴不舒服，就可以任着性子，用他们的力量危害我们的生命。”

大女儿看到了李尔对王位还有威胁，认为自己的决定是防患于未然。

李尔派肯特去二女儿那里求救。二女儿里根把肯特用枷锁铐了起来。

第二天，李尔来到，看到被锁的肯特，说道：“我这一肚子的气都涌上我的心头来也。”二女儿见到父亲说道：“五十个骑士？这不是很好吗？让他们成群结党，也是一件危险的事情。您下回到我这儿来的时候，请您只带二十五个人来。”

大女儿也赶来了。姐妹两个一唱一和，都在防范李尔，害怕李尔夺回王位，她们要裁掉这一百个骑士。

要下雨了，看得出是一场暴雨。

二女儿说：“这座房屋太小了，这老头儿带着他那班人来是容纳不下的。”

大女儿说：“是他自己不好，放着安逸的日子不过，一定要吃些苦，才知道自己的蠢。”

李尔气愤地离开女儿，走进暴风雨里。他对着暴雨喊道：

“雨、风、雷、电，都不是我的女儿，我不责怪你们的无情；我不曾给你们国土，不曾称你们为我的孩子，你们没有顺从我的义务。”“我站在这儿，只是你们的奴隶，一个可怜的、衰弱的、无力的、遭人贱视的老头子。可是我仍然要骂你们是卑劣的帮凶，因为你们滥用上天的威力，帮两个万恶的女儿来跟我这个白发的老翁作对。”

弄人进一步嘲笑他，话语中不乏启发他的意思：

“只怪自己糊涂自己蠢，海啊，一阵风来一阵雨，背时倒运莫把天公恨，管它朝朝雨雨又风风。”

李尔在弄人的启发下，开始反思。他也许是第一次体会到底层人们的生活状态——衣不蔽体，屋不避雨。

他对弄人说：“进去，孩子，你先走。你们这些无家可归的人。”

李尔自言自语道：“衣不蔽体的不幸的人们，无论你们在什么地方，都得忍受着这样无情的暴风雨的袭击，你们的头上没有片瓦遮身，你们的腹中饥肠雷动，你们的衣服千疮百孔，怎么抵挡得了这样的气候呢？……啊！我一向太没有想到这种事情了。安享荣华的人们啊，睁开你们的眼睛来，到外面来体味一下穷人所忍受的痛苦，分一些你们享用不了的福泽给他们，让上天知道你们不是全无心肝的人吧。”

莎士比亚借李尔之口，用这样的一段独白，启发观众。这段话体现了李尔“人性”的回归。

李尔的这段话引起历代文学批评家的重视，批评家认为，这标志着李尔的转变，至此李尔完成了自我转变，过去李尔王是昏君，转变后的李尔则能够体察民情，若有机会重新为王，他会成为一个好国王。

这个假设毕竟难以实现。但必须承认，李尔在暴风雨中的自我反省的确像一个“鸿沟”。遇到弄人之前，他在风雨中流浪，是一个“悲苦的傻瓜”，埋怨两个女儿不孝，悔恨自己有眼无珠。经过弄人开导，此后的他成了一个“快乐的傻瓜”，衣衫褴褛，嘻嘻哈哈，疯言疯语，但疯话中有一定的思想，成为社会的嘲讽者。

李尔开始以超然的态度对待人生。但是，他不可能成为扭转乾坤的英雄，也几乎不可能从昏君变成明君。这一点可以从他此后的行为中得到印证。

不管怎么说，李尔的这个转变显示：他可以面对灾难，活下去。活下去，这才是最重要的。

弄人和李尔最后有一段对话：

弄人：老伯伯，告诉我，一个疯子是绅士呢还是平民？

李尔：是个国王，是个国王！（自嘲）

弄人：不，他是个平民，一个气疯了的平民。

弄人给转变后的李尔下了一个定义：“气疯了的平民。”至此，弄人对李尔的心灵导师的作用就完成了。他认为，李尔不会去死，可以像平民一样活下去了。

肯特继续留在李尔身边，他还要帮助李尔。

肯特告诉一位侍臣，在李尔的两个女婿之间，已经发生了冲突。“他们的手下名为仆人，实际上却是向法国密报我们国内情形的探子。”这两个女儿的明争暗斗，他们对老王的冷酷，全都传到法国了。法国军队就要来了。

肯特派侍臣去多佛，与法军会合。他暗地里带着李尔往英国港口多佛走去。

三女儿考狄莉娅和女婿带着法国军队到了那里。法国国王临时有事，又返回法国。考狄莉娅留下来，她要营救父亲。

李尔的两个女儿都派葛罗斯特的私生子爱德蒙率兵迎战。

爱德蒙是个卑鄙小人，他用谎言欺骗父亲，说哥哥给他写信，要分父亲的家产。父亲赶走了善良的长子，他继承了家产。他同时与李尔的长女和次女暧昧，使她们都昏了头，都希望丈夫战死，由他取而代之。

爱德蒙揭发父亲葛罗斯特谋反。审讯时，二女儿里根问葛罗斯特："你把那发疯的老王送到什么人手里去了？"

二女婿康华尔公爵对老人说："我要把你这一双眼睛放在我的脚底下践踏。"

一个仆人忍无可忍，他冲上来与康华尔决斗。二人先后死去。

李尔的大女婿奥本尼看不惯这些恶行。回到家里，他对妻子说："智慧和仁义在恶人眼中看来都是恶的。下流的人只喜欢下流的事。你们是猛虎，不是女儿。"

葛罗斯特离开宫廷，去往郊野。他遇见了长子，遇到了李尔。

被驱逐的爱德伽截获了高纳里尔写给他弟弟爱德蒙的信，信里说："不要忘记我们彼此间的誓约。你有许多机会可以除去他。"高纳里尔让爱德蒙杀害自己的丈夫。

在多佛，三女儿见到了父亲。她说："要替我们的老父主持正义。”

结果，英军把法军打败了，三女儿被捕。父亲与三女儿在狱中相见。李尔王回忆起当初对三女儿的不公平，表达了自己的后悔。

姐姐高纳里尔毒死了妹妹里根。

高纳里尔被剑刺死，爱德蒙说她是自杀（真相不得而知）。

大女儿、二女儿、二女婿，都死了。

爱德伽把高纳里尔写给爱德蒙的信交给了奥本尼，奥本尼与爱德蒙决斗，爱德蒙死去。

大女婿奥本尼对大家说：“当他（李尔）在世的时候，我仍旧把最高的权力还给他。”奥本尼要惩恶扬善，“一切朋友都要得到他们忠贞的报酬，一切仇敌都要尝到他们罪恶的苦杯。”

私生子爱德蒙决斗前派人去监狱，缢死了三女儿考狄莉娅；李尔杀死了凶手。李尔看着死去的三女儿，伤心而死。

奥本尼对肯特和爱德伽说：“两位朋友，帮我主持大政。传令，全国举哀。”

_角色分析

李尔王

在位时是一个不识好坏的昏君。落魄后有所醒悟，但依旧是一个无能之辈。李尔王的故事给后人提出了很多严肃的社会性问题。

李尔王犯了几个错误：

第一，轻率地传递王权，误了自己，也害了女儿们。三女儿因他而死；两个轮流执政的女儿，各怀鬼胎，争权夺位到你死我活。

第二，不识人。喜欢听花言巧语。对忠臣和孝女，不懂爱惜。

第三，不懂得保护自己。最好的保护是放权，是回家。他本可以给自己留一片土地，留一些房子，留十几个侍从，过普通人的生活，这样才安全。可是，他没有安排好自己的退休生活，他没有给自己留一个家，这是非常不明智的选择；他给自己留下了不该留的一百个骑士，他自己虽然没有再度出山的想法，但两个女儿都担心不已。

第四，不理解他人心理。两个女儿怕父亲夺回王权，他对女儿的担心全然不知。

第五，他没能与肯特一起想出挽救危亡的妙招。他的死告诉我们，即使让他重回王位，他依旧不可能成为明君。在暴风雨里，当弄人开导他以后，他不再一味地愤怒，他可以活下来了，但是，他没有进一步思考未来：今后怎样活下去？住在哪里，怎么安排自己的卫士？活下去要干些什么？当平民，还是推翻两个女儿？如果要推翻两个女儿，那么，怎么做？

他对两个女儿的批评很肤浅，停留在“孝”的层面，没有看到她们会对国家、对人民带来灾难。

李尔没有自己的策略，他只是被动地接受肯特的帮助，前往多佛。被俘后，他向三女儿表达了歉意。他的勇气最后表现在，他杀死了伤害三女儿的凶手。

设想一下：假如他有机会重新为王会怎样？依旧是一个昏君，还是有可能变成一个明君？这个问题似乎已经没有了讨论的意义。他毕竟年迈，且依旧昏庸，无救国良策，甚至没有自保能力，匹夫逞一时之勇不代表他有治国良策。

相对善良的奥本尼接替王位，这已是最好的结局。

大女儿和二女儿

花言巧语得到王权，但每日担心父亲变卦。第一步，她们要把父亲的卫士裁掉，让父亲没有翻盘的能力。第二步，她们拉拢重臣，争权夺利。她们之间的争斗，是李尔王的愚蠢带来的必然后果，李尔没有做好政权交替的事。她们俩过于聪明，算计个人利益，不识好坏人，都被爱德蒙所蒙蔽。她们心里根本没有百姓，没有国家，聪明反被聪明误。

弄　人

剧里面最现实的一个人，名字叫“傻子”（Fool）。他看到了李尔的遭遇，明白李尔的痛苦。他开导李尔如何认识自己的现状，如何停止抱怨，如何活下去。弄人帮助李尔完成了从“国王”到“平民”的转变。他做到了。

当肯特还在求女儿们善待父亲的时候，弄人已经看清了问题，他对肯特说：“一个大车轮滚下山坡的时候，你千万不要抓住它，免得跟它一起滚下去，跌断了你的头颅；可是你要是看见它上山去，那么让它拖着你一起上去吧。”

弄人的认知仅限于此，逆来顺受，他不懂得如何改变命运。

肯 特

是一个忠臣，但是，他的行动“目的”不明确，更没有战略目标。

他想帮助李尔王，但是，他不知道怎么帮。他不了解李尔的心愿是什么。

肯特帮助李尔，设想一下，可以有这样两个目的：

第一个目的，帮助李尔当平民。他可以让李尔有一个住所，活下去。对他来说，做到这一点，应该很容易。肯特毕竟是前朝重臣，有自己的封地和家园，他可以把李尔安顿好，日后再送他去法国三女儿那里。

第二个目的，如果李尔愿意，他可以帮助李尔恢复王位。他可以找回那一百名骑士，他们是一支忠诚的军队。他可以暗地联络老臣，李尔禅位不到一个月，在大臣中的威望还没有散尽。他可以与三女儿商议，里应外合。

这样，李尔有军队，有大臣，有法国支持，必然能找到方法，夺回政权。毕竟，李尔此时还有号召力。

以上这些，肯特都没做。

但肯特很有政治经验，他料到法军已经来了。英国与法国之间的百年战争，他记忆犹新。他陪着李尔去了多佛，那是法军登陆的地方，他要把所有的问题交给三女儿解决。

三女儿

作为女儿，她能说真话，不会阿谀奉承。作为法国国王的夫人，她不懂什么是“外交”，什么是“侵略”。

她已经嫁给法国国王，再回英国属于外交活动。她可以对两个姐姐说自己想念父亲，准备回家探望。她可以带几个随行人员，轻轻松松地回到英国，然后把父亲带到法国养老。这样的结果，两个姐姐求之不得。

可是，当她得知父亲被两个姐姐赶出家门时，居然昏了头，带了一船法国军人，似乎要通过战争解救父亲，这分明就是军事挑衅。她把一个可以用外交手段解决的事情，变成了军事入侵。她的军队被打败，她被俘了，被人杀害。父亲随她而死。

作品里，每个人物的塑造都可圈可点，每个人都表现出自己的“傻”。正如李尔王所说：“当我们生下地来的时候，我们因为来到这个全是些傻瓜的广大的舞台之上，所以禁不住放声大哭。”

莎士比亚用一个“傻”字概括了剧中人物的特点。

_作品分析

《李尔王》在英国上演，产生了巨大影响。作品提出了一个严肃的问题需要每个观众和读者思考：假如你是李尔王，你怎么传递王权？

关于政权传递，英国的有识之士不久就给出了方法。

让我们先简要回顾一下英国的历史进程。在中世纪，英国与法国经历了百年战争（约1331—1453），其间因“黑死病”停战十余年。1429年，圣女贞德指挥法军打退英军围困，从那时起，欧洲贵族骑士风范开始退却，民族意识觉醒。战争造成民不聊生，但同时也带来了轮船业的发达、科技的进步和对人才的重视，也加深了对国家间外交的理解。

16—17世纪，文艺复兴运动蓬勃发展。

1515年，托马斯·莫尔完成《乌托邦》，描写了一个新型的社会形态，吸引了人们的好奇心，也推动了人们思考社会变革之事。

1525年，伊丽莎白女王时代，由于印刷术的传入，出版业和报业发达，诗和歌剧创作繁荣。《圣经》从拉丁文被翻译成英文，普通人也能阅读《圣经》，人性觉醒，宗教走下圣坛，走进日常生活，宗教束缚有所松动。

莎士比亚自1590年起先后创作了《亨利六世》《查理三世》《查理二世》《亨利四世》《亨利五世》《约翰王》《亨利八世》。1601年，莎士比亚创作名著《哈姆雷特》。1605年，莎士比亚创作《李尔王》，从文学角度严肃地提出了“王权如何传递”的问题。文学家提出问题，政治家解决问题。政治改革的呐喊者往往是文学家。

1640年，英国革命，君主立宪。英国政治家洛克提出了“三权分立”的设想，并得以实施，从那以后，立法权、行政权、司法权，三权逐步完善。

“三权分立”保证了王权传承的悲剧不再发生。

英国工业革命后，率先走进资本主义社会。此后，英国迅速发展起来。

_链接现实

讨论题一：目前，我国进入到老一代企业家向儿女传递家族企业和资产的时期，每个人，该怎么做？我们普通人，自己的房子、存款，应该在什么年龄、用什么方式传给孩子？这个话题很有现实意义。

讨论《李尔王》，这是“雪仙书吧”的第一次课，参与者都是自愿前来，大多互不相识。

讨论时，大家发言热烈，观点犀利，朋友们自觉不自觉地用到了几个批评方法：历史学批评，实证主义批评，新批评，等等。

如何把家庭财产传递给下一代，几位朋友热心介绍了故乡的传统，比如甘肃人的做法、客家人的做法等。

如果有两个儿子，家产怎么分？朋友们很乐观，都说：好在这一代大多是独生子女。假如有两个儿子，一人一半啊。

一位朋友说自己现在想成为富一代，让儿子成为富二代，还在努力。他的话让朋友们开怀大笑，对他给予了热情的鼓励。

一位朋友说自家祖上曾经很富有，有七八千亩土地。由于历史变迁，后来只留下“书香门第”的头衔。家人都爱读书，“书橱和书籍”是祖传的不动产。

一位长者回忆自己“起个大早赶个晚集”的经历，话语中透露出对青春的怀念。他说：我祖上留给我的遗产，就是鼓励我勤劳、善良。

一位朋友谈及“富不过三代”的魔咒。他说：“富”指什么，指物质的，还是精神，还是物质加精神？他说，历史上，富甲一方并传递数代的例子很多，但他们很多是乡绅，是官员，都是善人。到了今天，有了CEO模式，上市公司有了董事会，等等，都会有效地避免“创业者英明——守业者平庸——第三代成为花花公子”这个逻辑顺序。

大家基本上同意：

第一，“财富”如果没有“道德”作为护卫，迟早都会失去。

第二，传递“物质财富”不如传递“书香门第”。希望我们的家庭都成为书香门第，让后代爱读书，勤劳，善良，坚韧；不要追求“官二代”和“富二代”的虚名。

我们都说父母是最伟大的，这一点我们不会否认；可是，父母也常常是偏心的，他们的“公平”合情不合理。他们会跟富裕的孩子要这要那，然后送给比较穷的那个孩子。记得有个朋友是外交官，在20世纪90年代，他们驻外工作攒了一点钱。母亲说想换房子，在长春，房价还不算高。儿子和媳妇倾其所有，给父母买了一套房。可是，等春节回家，他们发现父母依然住在旧房子里，把新房子给了弟弟和弟妹。他们问为什么，母亲说："你弟妹来大哭大闹，要跟你弟弟离婚。"

这样的父母，只会把家弄得乱七八糟，像李尔王一样。李尔王依据"花言巧语"分配财产；这对父母依据"闹腾"分配家产，"会哭的孩子有奶吃"。这些都是不理性的。

理性，就是"既要合情，更要合法"。

讨论题二：假如自己是肯特，会怎样帮助李尔？

大家讨论热烈。

肯特是一个忠臣，李尔在位时，他敢于进谏；李尔流浪时，他伴随左右。这是可以肯定的良好品质。不怕丢掉乌纱帽，这需要勇气。

肯特是一个文官，没有临危受命、改天换地的能力。他帮助李尔，抓不住"重点"，找不到"突破口"。

有位朋友说：假如我是肯特，我会把一百名骑士召集起来，让他们每人联系一个大臣，然后让李尔接见大臣，调动部队，收回王权。

大家听完都笑了，表示认可。

随后大家联系实际，讨论如何帮助他人。

帮助他人的方式大体可以分为两种：一种是精神帮助，一种是物质帮助。

弄人对李尔的帮助属于精神帮助，不涉及衣食钱财，这种帮助非常重要，可以让对方摆脱苦恼。我们每个人每天都在实践精神帮助，比如，听闺密诉苦，与孤独的人聊天；比如，女孩失恋，你能安静地听她述说，帮助她理清思路；等等。精神帮助主要是从心理上给予对方安慰。精神帮助可能不需要花钱，但要花时间。

物质帮助比较简单，比如路遇乞丐，送一些食品给他，可以不说一句话就完成了一次助人。比如给希望小学捐款，也许并没有见到被资助人，也能完成帮助。这是物质帮助的特点。

最好的帮助，是把物质帮助和精神帮助结合在一起。需要注意的是，帮助他人要用智慧，要真诚，不损害他人的尊严。

“雪仙书吧”第一任校长曾晓云做了总结，她说：

第一，要接受李尔的教训，永远给自己留一个温暖的家；第二，要接受肯特的教训，行动之前一定要明确“目标”，要战略清晰；第三，要接受考狄莉娅的教训，选择手段时要先礼后兵；不能把外交谈判可以解决的事宜搞成用武力解决。

结束后几位朋友留下来聊天，子时方归。大家度过了一个愉快的周六之夜。

02

托尔斯泰《安娜·卡列尼娜》

_导读

托尔斯泰有一句名言："幸福的家庭家家相似，不幸的家庭各个不同。"

介绍作品的情节，分析作品的人物心理，这需要抽丝剥茧，书中的三个主人公，安娜、卡列宁、沃伦斯基，他们之间的婚姻与爱情，百年来都是读者喜欢讨论的话题，而对他们三人的评价，年轻读者与年过半百的读者，观点会大不相同。对同一个读者来说，年轻时读，与年过半百后重读，评论的观点也会大有不同。

这就是名著的魅力。

_作者简介

列夫·尼古拉耶维奇·托尔斯泰

（1828—1910）

俄罗斯著名作家，出身于贵族家庭，父母早逝，姑姑抚养他长大。童年的不幸使他养成了沉默寡言、善于思考的习惯。大学期间爱好文学和哲学。回到自己的世袭庄园后，自学，劳动。试图改善与农民的关系，终遭失败。1851年参军，服役6年，任炮兵连长，其间开始创作。代表作有《战争与和平》《复活》《安娜 · 卡列尼娜》等。

_参考译本

草婴译，上海译文出版社，1982年出版。

_主要角色

♀安娜：女主人公

♂卡列宁：安娜的丈夫

♂沃伦斯基：青年军官，风流倜傥

♂奥勃朗斯基：安娜的哥哥

♀陶丽：安娜的嫂子

♀吉娣：嫂子的妹妹

♂列文：追求吉娣

_内容梗概

奥勃朗斯基有了婚外情，妻子与他吵闹。他们有五个孩子，他明白自己不能离婚，于是请妹妹安娜来家里劝说他的妻子。

安娜搭火车去哥哥所在的城市莫斯科。

在火车上，安娜与一位贵妇人坐在一起，她们一路闲聊，各自讲自己儿子的故事。火车到达莫斯科，安娜见到来接母亲的沃伦斯基，贵妇人介绍他们二位认识，安娜对他说："我们一路上谈个没完，我谈我儿子，她谈她儿子。"

沃伦斯基说："这一定使您感到很厌烦吧。"这句话有很多含义，让安娜无法回答。

沃伦斯基被安娜的美丽所吸引，觉得她身上有一种"被压抑的生气"。

安娜到达莫斯科的夜晚，与沃伦斯基在舞会上重逢。沃伦斯基邀请她跳舞，她的舞姿吸引了众人。

安娜发现自己被沃伦斯基吸引了。舞会散去，她回到哥哥家里，冷静思考，自知不对。她跟哥哥和嫂子谈完以后，决定马上离开莫斯科，回圣彼得堡。

沃伦斯基也被安娜吸引，他忍不住也去了圣彼得堡，沃伦斯基开始追求安娜，一年后他们同居了。

安娜此时并没有离婚，她的内心有些不安。她对沃伦斯基说："我除了你，什么都没有了，你要记住。"与沃伦斯基在一起，她感到快乐，但也有些羞愧。

军营举办军官障碍赛马，沃伦斯基报名参加。比赛前夜，安娜告诉他自己怀孕了。

障碍赛开始，沃伦斯基的马摔倒了，他从马上摔下来。

安娜和丈夫卡列宁坐在看台上，安娜看到沃伦斯基摔倒，禁不住发出惊叫，她站起来，准备跑进比赛场地看个究竟，丈夫拉住她。卡列宁派仆人过去探看。仆人回来说沃伦斯基安好，马伤势很重，摔断了脊梁。沃伦斯基用枪把马打死了。

卡列宁三次催安娜回家。安娜拒绝了两次，第三次，她不得不跟着丈夫离开赛场。

到家后，安娜向卡列宁坦白："我爱他，我恨你。"

卡列宁比安娜大二十岁，当初属于包办婚姻，他们之间没有爱。卡列宁本人是一个没有活力的官僚机器，他不曾关心过安娜的感受。

此时，他得知安娜与沃伦斯基相爱，内心很纠结，他在想，今后该怎么办：与沃伦斯基决斗？与安娜离婚？与安娜维持现状？他选择了后者。

沃伦斯基受伤后，发现自己欠债数目很大。母亲不同意他与安娜交往，拒绝再给他钱，他想到了退伍，自己挣钱。

安娜生了一个女儿，卡列宁把孩子留在了家里。

她得了产褥热，病情很重，一心求死，却又活过来了。卡列宁不许安娜出门。沃伦斯基很绝望，他开枪自杀，却没死。这件事在整个贵族社会成了茶余饭后的谈资。

一个月后，沃伦斯基带着安娜去意大利旅行。

在意大利，安娜感觉很幸福。沃林斯基却觉得很寂寞，并不幸福，他离不开他的上流社会，他喜欢那个圈子里的花红柳绿和风情万种。

为了消磨时光，沃伦斯基请来一名画师，为安娜画肖像。

画家审视着安娜的美丽，似乎看透了安娜不安的内心。他把安娜画得格外美丽。但是，她美丽的大眼睛不是正视前方，而是向下，眼神里没有欢乐，却含着淡淡的忧伤与哀怨。

沃伦斯基闲得无聊，也跟着画师一起画，他笔下的安娜很美，却没有画师所展示的那种丰富的内心，更没有深邃的内涵。

他们从意大利回到俄罗斯。俄罗斯贵族的社交界对沃伦斯基依然欢迎如故，但对安娜则毫不掩饰地冷嘲热讽。

安娜想要回家看孩子，被卡列宁阻止。

苦苦等到儿子生日那天，安娜买了礼物，不顾用人的阻拦，闯进儿子的卧室。儿子见到妈妈，兴奋地说这说那，他对妈妈说："天底下没有比你更好的人。"九岁儿子的话无关婚姻与爱情，而是亲情。安娜感到了幸福，跟儿子聊天，直到用人说卡列宁快回家了，她才急匆匆离开，竟忘了把礼物给儿子。

冬天，安娜向卡列宁提出离婚，她与沃伦斯基在乡下同居了。

卡列宁拒绝离婚。安娜被逼到绝境，她的心情变得越来越糟糕。

安娜与沃伦斯基开始吵架了。沃伦斯基出门后，她也曾自我反省。她想道："我的爱情越来越热烈，越来越自私。他却越来越冷淡，他说我无缘无故吃醋，我自己也说我无缘无故地吃醋。我不是吃醋，而是感到不满足。"

安娜很害怕，她怕失去沃伦斯基，她问自己，是不是"爱情一结束，仇恨就开始"。

她很孤独，想摆脱痛苦。“我不要什么幸福，只要能摆脱痛苦就行了。天赋人类智慧就是为了摆脱烦恼的。”但是，她无法摆脱痛苦与烦恼。

安娜与嫂子见面，与嫂子的妹妹吉娣见面。

吉娣与列文结婚了，他们生了一个男孩，列文热衷于农事改革。

安娜疑神疑鬼。她问自己，沃伦斯基会爱上吉娣吗，会爱上索罗金娜吗？她对自己说：不会的。她想：怎样才能幸福？只要离婚，儿子归她，再与沃伦斯基结婚。可是，儿子会怎么看，他会认为她有两个丈夫吗？

螺丝坏了，就拧不紧了。难道我们投身尘世，就是为了相互仇恨，折磨自己也折磨别人吗？

安娜回想哥哥与嫂子的争吵，她把自己的生活和别人的生活看得一清二楚了：“到处都是这样，永远都是这样。”她从“范围”和“时间”上对爱情做出了全面的否定。安娜准备结束这样的痛苦。

有一天，她下了马车，不知不觉，走到了火车站。这里是她与沃伦斯基相识的地方。她拿着红色手袋，站在站台上，竭力思索她为什么到这里来，打算做什么。她沿着站台，经过车站向前走去，在站台尽头，她站住了。一辆货车开近了，站台被震得摇晃起来。她突然想起她同沃伦斯基初次相逢那天，一个人被火车碾死了。安娜突然明白了，她知道自己为什么来到火车站。

她沿着台阶走到了铁轨边。她望着枕木上的沙土和煤灰。“那里，倒在正中心，一切痛苦就结束了，我要惩罚他，我要摆脱一切人，也摆脱我自己。”货车徐徐驶入，她在胸前画了十字，丢下红色手袋，两手着地扑到车厢下面。

安娜卧轨而死。

葬礼上，沃伦斯基没有出现。卡列宁带着沃伦斯基与安娜所生的女儿，参加了追悼会。

沃伦斯基的母亲对大家说，沃伦斯基六个礼拜不说话了，安娜毁了自己，也毁了两个男人。

俄罗斯要打仗了，沃伦斯基又回到部队。他说：“我高兴的是有机会献出我的生命——我觉得不仅多余而且简直讨厌的生命。”

他们的部队在火车站等车。看到火车，沃伦斯基想起安娜吵架时说的话：“你会后悔的。”沃伦斯基记得，第一次在车站相遇时，安娜妩媚，热情。他们最后一次见面，安娜表情冷酷，带着复仇情绪。

列文经过痛苦的探索，似乎明白了人生的意义。他认为：人活着是为了灵魂，要服从真理。他觉得他的生活有了明确的善的意义。他自由了。

_角色分析

安　娜

美丽少妇，勇敢地冲破婚姻束缚，但没有能力为自己的行为负责。

安娜临死前，在火车站，犹豫，思考，挣扎。托尔斯泰通过安娜的视觉、嗅觉、听觉表现她的内心挣扎。此时的安娜悔恨，恐惧，痛苦，绝望。最终，绝望把她送上了不归路。

她悔恨什么？她对什么绝望？安娜是一个具有个性解放特点的贵族妇女。在认识沃伦斯基以前，她真诚，善良，富有激情。她对爱情不满，曾说："我是个人，我要生活，我要爱情。"

她悔恨什么？能不能说：她悔恨先认识了卡列宁，后又认识了沃伦斯基。假如，她先认识沃伦斯基并与他明媒正娶，那样安娜就会幸福吗？

丈夫卡列宁冷酷无情，明知她爱上了沃伦斯基，却不肯离婚，怕伤害自己的名声。丈夫拒绝离婚，是否让她悔恨自己的婚外情？如果没有婚外情，她能平安度过一生，她可以在舞会上与男人调情，她可以在上流社会的交际圈里出风头，被男人们包围。那样的话，会不会比现在的尴尬好一些？

安娜的婚姻与爱情是错位的。她与卡列宁有婚姻没爱情；她与沃伦斯基有爱情却不能发展到婚姻。

她绝望什么？丈夫卡列宁是官僚机器，没有给她关爱，让她失望。丈夫不肯离婚，让她绝望。沃伦斯基始乱终弃，让她绝望。上流社会说她是"坏女人"，令她绝望。

那么假如沃伦斯基是她的丈夫，会给她关爱吗？沃伦斯基后来也没有给她那种她想要的爱情。安娜是因此而绝望吗？还是，她根本就对爱情和婚姻感到了绝望？她不再相信世上还有好男人。

上流社会是一个自私伪善的团体。当安娜与沃伦斯基同居以后，那里的女人说她是“坏女人”。其实，那些女人个个都在卖弄风情，但她们能做到真不真，假不假。舞会归舞会，家还是家；情人归情人，丈夫还是丈夫。她们不会像安娜那样动真情，公开婚外恋，还闹离婚。

安娜的悲剧是她的个性导致的。她的品格里充满了矛盾性：一方面厌恶丈夫，一方面又有内疚；一方面憎恨上流社会，一方面又依恋那种生活；一方面追求新的爱情，一方面又恐惧不安。她的爱与恨，希望与绝望，欢乐与痛苦，信任与猜疑，坚定与不安，在作品中都表现得淋漓尽致。

安娜勇敢地为自己的行为承担后果，她迎着列车走去，结束了自己年轻的生命。

如何评价安娜？记得我们上大学的时候，那是20世纪80年代，当时，已婚男士大多认为安娜不道德；未婚女士则认为，安娜有追求爱情的权利。

沃伦斯基

沃伦斯基的形象具有普遍性。

他是个军人，风流倜傥，是上流社会社交场合的宠儿。他不断地公开追求美丽的女性。他追求过吉娣，追求过索罗金娜。

社会对男性的“风流”是包容的，作品里写道：“社交界对沃伦斯基依然如故地欢迎，但对安娜则毫不掩饰地冷嘲热讽。”

沃伦斯基认识安娜以后，开始很兴奋，拼命追求。但开始交往以后，安娜是认真的，安娜想跟他结婚。此后，他的痛苦与日俱增。沃伦斯基作为男性，他要继续参加社会活动，而安娜对他的社交过于敏感。

由于卡列宁不肯离婚，三个人陷入死结。

他是军人，没什么钱，认识安娜以后，靠母亲给钱支付那些花销。后来，母亲不同意他与安娜交往，拒绝给他钱了。

有了女儿以后，安娜生病在家，卡列宁不许他们见面。他曾开枪自杀，这说明当时他真的爱安娜。

为了挣钱，他离开了自己喜爱的部队，离开了那些热闹的战友。

他与安娜交往以后，想得到的没有得到，不该失去的却先后失去。

沃伦斯基只是一个年轻军人，由于英俊，能够出入于上流社会的社交圈，其实，他本来不属于那个圈子，他也不懂那里的游戏规则。他喜欢上流社会是一种本能，他追求美丽的安娜也是一种本能，可是，他没有能力对自己的行为负责，更没有能力对安娜负责。

名不正则言不顺。他与安娜同居，名不正。

他没有社会地位，没有金钱，也没有靠山，年迈的母亲懂得社会的险恶，为了逼他停止危险的游戏，不再给他生活费。母亲能做的，仅此而已。可是他，走火入魔了。安娜死后，他上前线准备求死，不顾母亲年迈。

沃伦斯基这样的人，根本就靠不住。安娜怎么可能从这里得到爱情和婚姻幸福呢?

卡列宁

卡列宁用理性维护破碎的婚姻。

作品里，卡列宁似乎是一个反面角色，他不懂爱情，每天只知道上班、加班、看文件。

其实，以目前的价值观来看，他是负责任的。他把安娜的哥哥安排到政府工作，他能给一家人丰衣足食的生活，还有用人和工人。

他明知妻子有了外遇，为了自己和儿子的名声，他拒绝离婚。表面上看，他想维持这个家庭，即使安娜后来生的那个女孩不是他的，他也收养了。

当然，他其实是爱自己。他比安娜大二十岁，他知道一旦安娜离开他，不会有幸福生活。爱情和婚姻不是一回事。爱情可以很幸福，但很短暂；婚姻要面对柴米油盐，要走过一生，那不是一件容易的事情。

他坚决不离婚。他们三个人走进了一个无解的死循环：安娜不肯回家，也建立不了新的家。结局是唯一的：以死亡结束痛苦。

列 文

作品里还有一条副线，那就是列文。

列文反对城市文明和资本主义的生产关系，他力图维护贵族地主的经济地位，他幻想通过不流血、不革命的改良来调和阶级关系。最终他失败了。

这是作家托尔斯泰思考的另一个问题，在作品里，能看出他与马克思和列宁思考的问题一致，只是他还没有找到答案。

_作品分析

安娜之死，谁之罪?

从作品中我们可以看到，安娜从小到大一直处于被动状态。第一个不幸，在还是少女的时候，茫然不懂爱情，姑姑就给她介绍了比她大二十岁的卡列宁。没有爱情的婚姻是安娜悲剧的起点。

第二个不幸来自丈夫卡列宁，他只关心自己的官位。他把美丽的妻子当成摆设，满足自己的虚荣心，却很少跟妻子沟通。他安排好了家里的生活，以为这就是安娜需要的全部。他忽视了安娜的精神追求。安娜本来可以通过离婚解除与卡列宁的夫妻关系，然后嫁给爱情，可是，卡列宁不肯离婚。

第三个不幸是上流社会的虚伪，当安娜爱上沃伦斯基以后，她成了众人诋毁的对象。上流社会的社交圈不再接纳她，甚至因嫉妒而排挤她。安娜对沃伦斯基的真诚爱情变成了婚外恋，上流社会的舆论硬是把安娜诋毁成一个不良妇女。

最终让安娜走向死亡的原因是沃伦斯基的始乱终弃。得到安娜以后，沃伦斯基并不会从此安心地与她在一起，他依然迷恋社交圈，喜欢被贵妇们围绕。

安娜的悲剧也有她个人的因素。如果说当初出嫁是因为年龄太小，不懂爱情，那么，在她遇见沃伦斯基以后，已经成熟，却依然重视外貌而忽视品格，这就是她自己的“原罪”了。还有，她对自己的孩子、自己的名声，都不管不顾，这是不对的，是缺乏理性的。

缺乏理性的激情，都不能鼓励。

安娜用她的死，为自己的虚荣和见异思迁画上了句号；她报复了那个花花公子，也彻底否定了自己的婚姻观和价值观。

她对那个上流社会进行了最惨烈的批判。但是，她的死不会改变那个社交圈，在那里，舞会照样举行，仿佛她不曾来过。

需要追问的是：安娜临死前会不会希望，这一切不过是一场梦，如果没有认识沃伦斯基，那该多好。

或者，她会不会感慨：认识沃伦斯基真好，轰轰烈烈地爱了一次，死了也值。

作家托尔斯泰给我们留下了许多值得思考的命题，关乎爱情，关乎婚姻，关乎生死。

_链接现实

讨论题：当今世界，像安娜、卡列宁和沃伦斯基那样的人，还有很多。怎样才能避免安娜那样的悲剧产生？

安娜不是普通的女人，她有安稳的家庭，有孩子，她的生活是很多女人渴望的生活。可是，她不满足自己的爱情，不满足自己的婚姻。当一个有社会地位的女人走上了婚外恋这条路，她已经撕破了“贵族”的虚荣。她的这一步是不计后果的。

安娜爱上沃伦斯基有一见钟情的成分；沃伦斯基追求安娜，正好满足了安娜对爱情的渴求。爱情来得太快，安娜没来得及思考后果，就接受了，而且公开地告诉丈夫了。

她的坦诚令人钦佩；但是，她的行为不能效仿。

王春雷老师在讨论中说：假如夫妻没有孩子，可以离婚；一旦有了孩子，尽量不要离婚，那样对孩子不好。接着他讲了一个单亲孩子的不幸。

贺文婷老师则提出相反观点，她说，如果父母一直吵架，会对孩子造成恐惧，还不如赶紧离婚好。

窦晓月女士讲了自己五个闺密的爱情故事，结论是：女人要有养活自己的能力，不能总想依靠男人。

李帮凤老师讲了自己学生的故事，她说，单亲家庭的孩子很脆弱，有时候会让老师抱抱他。

罗珊珊老师很乐观，她说，安娜的悲剧不会轻易在我们这代人身上重演，我们有能力养活自己，安娜除了依靠男人就没有活路。我们有能力经营好自己的家庭。

侯典国老师说，我们现在的年轻人，夫妻各有一份工资，一家人很幸福。当今时代也好了很多，婚外恋的行为是受鄙视的。讨论很热烈。从安娜的故事里，我们可以思考很多问题。

婚姻绝不仅仅是夫妻两个人的事情，最少，它是两个家庭的事情。

第一，离婚对孩子伤害很大。

孩子容易感觉自己被抛弃了。父母离婚，孩子不管跟哪一方，都是痛彻心扉的伤害。单亲家庭长大的孩子，也容易出现心理问题。因为，他们对婚姻常常缺乏安全感，对配偶往往很敏感，诸多怀疑。

第二，离婚对夫妻双方都有伤害。夫妻矛盾令人痛苦，而离婚其实是换一种痛苦方式而已，并不能消除痛苦。

第三，离婚对双方父母的伤害很大。

有一位母亲一直以儿子为荣，在同事和亲戚朋友中间常常讲儿子的优秀事迹，考大学、读研究生、谈恋爱，等等，都要讲一讲。可是有一阵儿，她突然什么都不讲了。开始大家还来问："你儿子怎么样啦？"她就敷衍几句。后来听说，他的儿子离婚了，这对她打击很大。她引以为傲的儿子伤害了她的价值观。可见，离婚对四位老人的伤害，是难以估量的。

第四，“第三者”的悲伤也不小。

《安娜·卡列尼娜》给了我们很多启示。

第一，安娜认为：天赋人类智慧就是为了摆脱烦恼的。她忘记了，天赋人类智慧主要是创造幸福。

第二，要想有一个好的婚姻，恋爱的时候要严肃。两个人要有大体一致的“三观”和相通的情感、相似的人生经历，不能像安娜那样草率，两人相差二十岁，容易出现沟通障碍；他们双方，卡列宁太现实，安娜的年龄却还需要浪漫。

第三，把自己的想法大声说出来。安娜似乎把自己的生活和别人的生活都看得一清二楚了。她说：“到处都是这样，永远都是这样。”她在“地域范围”和“时间范围”里否定幸福的存在。其实，爱情幸福和婚姻幸福，在任何时间、任何地域里，都存在。若想长久幸福，需要认真经营，而不是被动地等待对方良心发现。说出你的期待和不满，不要让对方猜谜。

第四，要想开始一段新的爱情，必须首先结束已有的婚姻。

关于爱情，总有很多故事，也有很多理论。安娜用自己的美丽、热情、冲动、生命，告诉我们这个深刻的道理：要想开始一段新的爱情，必须首先结束已有的婚姻。让我们再次强调这句话。

03

易卜生《玩偶之家》

_导读

一百四十年前，挪威的女人没有“签字”权。娜拉为了给丈夫治病，模仿丈夫的笔迹，借了一些钱。她以为丈夫得知此事一定会感谢她的救命之恩。在她还清债务后不久，丈夫看到了借据。出乎意料，丈夫非但没有感谢娜拉，反而毫不留情地指责娜拉是伪君子。娜拉看清了丈夫的自私，离家出走。

娜拉和丈夫对待这件事的态度为什么会大相径庭？

男人和女人看问题的角度真的差别很大吗？换位思考容易吗？

_作者简介

亨利克·易卜生（1828—1906）

挪威戏剧家，欧洲近代戏剧的创始人。他的作品强调个人在生活中的快乐，无视传统社会的陈腐礼仪。代表作有诗剧《彼尔·京特》，社会悲剧《玩偶之家》《群鬼》《人民公敌》《海达·加布勒》等。

_参考译本

《玩偶之家》创作于1879年，潘家洵译，人民文学出版社，1978年出版。

_主要角色

♀娜拉：家庭妇女，有三个孩子

♂海尔茂：娜拉的丈夫，银行经理

♀林丹太太：娜拉的好友

♂阮克：医生

♂柯洛克斯泰：律师，银行职员

_内容梗概

圣诞节前夕，娜拉给家人买了一些礼品，虽然钱不多，她没给自己买礼物，但她很高兴，因为，她还清了八年的债务。她戴着宽边帽子，穿着白色长裙，很美丽。

娜拉的好友林丹太太来了，她穿着黑色长裙，也很美丽。

阮克医生也来了，穿着休闲装。打过招呼，他走进海尔茂的书房。

林丹太太的丈夫三年前去世，她说自己难。她母亲也去世了，所以她想找个工作消磨时间。她羡慕娜拉幸福，会花钱。

娜拉说："你要找工作，我跟海尔茂说说。"

林丹太太羡慕娜拉没有烦恼。

娜拉不服气，说："我还有大事没告诉你呢。我也做过一件又得意又高兴的事情，我救了托伐的命。"娜拉忍不住对她说，"八年前，海尔茂病重，医生建议去南方疗养。医生说，熬不过那年冬天就有生命危险。为了去海边疗养，我借了一千二百元钱，你们都以为是我爸爸给的，其实不是，是我借的。"

挪威法律规定，女人不能向他人借钱。如果模仿丈夫签名而借钱，那就是犯罪。

林丹太太问："钱从哪里借的？怎么还的？"

娜拉讲述自己借钱、还钱的历程。八年中，她节衣缩食，帮别人做抄写，攒钱还债。

林丹太太很感动，她说："为什么不告诉你丈夫？"娜拉说还不想现在告诉他。

"我现在还漂亮，等我老了，他不那么爱我了，我再告诉他，他会感动的。"

娜拉感觉很幸福，用自己的付出，救了丈夫，还清了债务，丈夫得知这些消息后，一定会感激不尽。然而，事情并没有按照娜拉想象的方向发展。

柯洛克斯泰来了，娜拉看到他有点紧张；林丹太太认出来，多年前他曾经追求过自己。

当娜拉与丈夫单独相处的时候，她请求丈夫给林丹太太找个工作。海尔茂是银行经理，他打算聘用林丹太太，替代他不满意的员工柯洛克斯泰。

柯洛克斯泰正是借钱给娜拉的那个债主。

柯洛克斯泰得知自己将被解雇，就找到娜拉，让她请丈夫收回这个决定。

海尔茂不同意，他说："这个人很卑鄙，他曾伪造签字借钱，堕落、撒谎，不配做父亲。"

娜拉心烦意乱。她知道丈夫憎恨伪造签名借款的事。她的借据还没收回来，她十分担心，坐卧不安。

林丹太太来了。她怀疑娜拉跟阮克医生要好，是阮克借钱给她。

娜拉说："不是的，医生自己病重，快死了。"

这时海尔茂回来了，娜拉再次恳求丈夫留下柯洛克斯泰。海尔茂说他在报馆兼职，写文章，迟早会惹麻烦。还有一个原因，他是海尔茂的大学同学，经常叫海尔茂的小名，对海尔茂很不尊重。

海尔茂走进书房。娜拉吓得糊里糊涂。

阮克医生来了。他对娜拉说："等我不行了，我给你寄一张明信片，上面画一个黑十字。"

二人聊天时，医生发现娜拉神不守舍，就说："我愿意为你牺牲自己。"

娜拉说："海尔茂为了我可以毫不踌躇地牺牲自己的性命。"

娜拉信任丈夫。娜拉婉拒了医生的好意。

柯洛克斯泰来了。他威胁娜拉，请海尔茂给他一个新位置，他写了信，要把娜拉的借据寄给他。他说："你要记着，逼我重新走上邪路的正是你丈夫，这件事我绝不饶他。"说完，他把信丢进海尔茂家的信箱。

信箱钥匙在海尔茂那里。娜拉看着信箱，不知所措。

林丹太太拿着新衣服出来。

娜拉要保护丈夫，她对林丹太太说：

"将来要是有人把全部责任、全部罪名拉到自己身上去，你要给我做证人，证明不是那么一回事。那件事是我一个人干的，别人完全不知道。"她怕丈夫为了保护她而替她担责，她准备牺牲自己保护丈夫。

林丹太太糊涂了。

娜拉说："那是一个还没有发生的奇迹。"娜拉指着信箱里的那封信。

林丹太太似乎明白了，她要去找柯洛克斯泰。

她们决定先设法阻拦海尔茂打开信箱。

林丹太太出门。娜拉让丈夫帮自己练习舞蹈。她说要在圣诞舞会上跳舞，可是还不够熟练。娜拉疯狂地练习，不让丈夫离开。

阮克医生弹琴，海尔茂指导，娜拉跳得头发都散开了，仿佛在垂死挣扎。

林丹太太来了，看她跳舞，说："你好像到了生死关头。"娜拉说："本来就是嘛。"

医生停止弹琴。趁休息的时候，娜拉对丈夫说："今天和明天，你陪我练习舞蹈，不许看信。”

医生对海尔茂说：“你要顺着她。”

海尔茂搂住妻子说：“好，我陪你练习，不看信。”

娜拉算计时间：“我还可以活三十一个钟头。”

平安夜。娜拉在家里举办晚会。

林丹太太告诉柯洛克斯泰，自己愿意嫁给他，愿意抚养他的孩子，然后劝他把借据还给娜拉。

柯洛克斯泰同意了。他站起身，要把信取回来。

林丹太太说：“这件事要瞒着别人，但应该让海尔茂知道。娜拉为他付出很多。”

林丹太太“恶作剧”。她想用“借据”试探娜拉的丈夫：在没有法律危险的情况下，他们想看看海尔茂到底爱不爱娜拉。

晚会结束，海尔茂从信箱取了信，回房间，看信。

娜拉拿起衣服，准备去跳海，她要承担一切，用生命保护丈夫。

海尔茂看完信，问道：“这是真的？”

娜拉说：“全是真的。我只知道我爱你，别的什么都不管。”

当海尔茂知道妻子伪造签名借钱的事情后，想到自己面临危险，马上露出真面目，他愤怒了，他对娜拉说：“你这个伪君子，你这是犯罪，可恶极了。你把你父亲的坏德行全沾上了。你会断送我的幸福和前途。我们的孩子不能再由你教育了，你会把孩子们带坏。”

与娜拉想象的完全不同，海尔茂不但没有感谢她，反而开始攻击她。

娜拉很伤心。她走进屋里，换衣服。她看清了丈夫的面目：丈夫只爱他自己，不会为她承担风险。

娜拉开始怀疑宗教："我要想一想，牧师告诉我的话对不对。"

娜拉开始怀疑法律："国家的法律跟我心里想的不一样，可是我不信那些法律是正确的。丈夫病得快要死了，法律不允许老婆想法子救他的命。我不相信世界上有这种不讲理的法律。"

这些思考体现了娜拉的批判精神。这些思考也是这部话剧提出的社会问题，作者借娜拉的话语，要引起观众思考，要推动法律的修改。

这时女仆送来一封信，是借据。看到柯洛克斯泰退还的借据，海尔茂马上快活地叫起来："我没事了。娜拉，我没事了。"

娜拉问："我呢？"

海尔茂说："当然，你也没事了。"海尔茂烧了借据，"丈夫饶恕妻子是件快乐的事，这样，妻子就越发是他的私有财产了。"

娜拉看透了丈夫的虚伪。她要离开这个家。

海尔茂说："你不了解这个社会。"

娜拉临走前对丈夫说："我真不了解，现在我要去学习。我以为，你会说，'事情是我干的'。我以为你会保护我。会说'我不会让你承担罪名'。这正是我盼望它发生又怕它发生的奇迹。为了不让这个奇迹发生，我已经准备自杀。"

海尔茂却说："男人不能为他爱的女人牺牲自己的名誉。"

娜拉回答道："可是千千万万的女人都为男人牺牲过名誉。"

娜拉说："我好像忽然从梦中醒来，我跟一个陌生人生活了八年，给他生了三个孩子。我有勇气重新做人。"她说，"孩子们有保姆照顾。我现在把你对我的义务全部解除了。双方都有自由了。"她把戒指、钥匙还给海尔茂。

海尔茂不能理解娜拉为什么愤怒，疑惑不解地问娜拉："难道我们永远只是陌生人？"

娜拉："那就要等奇迹中的奇迹发生了。"

娜拉离家出走了。

_角色分析

娜　拉

天真、善良，对家庭有责任感，相信爱情，爱憎分明。在道德上，她爱憎分明。在法律上却糊里糊涂。她对丈夫，从信任到失望；对家庭，从奉献到放弃；对法律规定，从暗地抵抗到公开批判。

娜拉出走以后，会有什么样的命运？这是每个读者都会关心的问题。她缺乏主见，估计需要在闺密的帮助下才能做出决定。

娜拉的行为展示出她对社会的批判精神：其一，她开始怀疑宗教的正确性，她说，我要想一想，牧师告诉我的话对不对；其二，她对法律的正确性提出质疑，她说，丈夫病得要死了，法律不允许老婆想法子救他的命，我不相信世界上有这种不讲理的法律。

海尔茂

爱自己多过爱妻子，大难来临不敢承担责任。在守法和亲情出现矛盾时，他会选择放弃亲情，不准备与妻子一起同甘共苦。

自私，家庭是他的需要，把妻子当成私有财产，不是真爱。他不会为妻子牺牲自己。当自己的名誉受到威胁时，他首先想到的是妻子断送了自己的前程，而不是保护妻子。

冷酷，爱情在他这里不能经受磨难的考验。他指责妻子时出言不逊，连岳父也一起骂；他甚至剥夺妻子教育孩子的权利。

林丹太太

虽然命苦，但是还算善良。她是情节的推动者。

她说自己命苦，“羡慕”娜拉，进而引起娜拉回忆往事。她要找工作，无意中伤害了柯洛克斯泰。她的善良表现在，她终于说服柯洛克斯泰送还借据。可她又没事找事，她要恶作剧，她要让海尔茂看到那个借据。娜拉出走以后，林丹太太收留了她。

下一步，林丹太太会怎样对待娜拉？送她回家？让她在自己家住下去？找工作搬出去？看着娜拉走向死亡？

阮克医生

善良的贵族。他是配角，只是娜拉的品行见证人。在作者笔下，这个角色用自身的贵族身份衬托出娜拉的纯洁与高尚。

他体现着一种贵族精神：内心宽广，敢于承担责任，为朋友乐于牺牲自己，逆境中也能优雅地生活。

柯洛克斯泰

江湖习气，在善与恶之间徘徊。他有善良的一面，他敢于借钱救人，这是善良的一面；也听劝，归还了借据。但缺点也很多，曾伪造签名，恐吓娜拉和海尔茂。

他推动戏剧情节向危险的方向发展。

_作品分析

《玩偶之家》的情节很简单，但所涉及的问题却很多，比如，妻子的善良与“造假”在法律层面与道德层面如何评价；丈夫在得知妻子借钱的事情后，态度上的变化反差巨大，这是不是虚伪；林丹太太用恶作剧试探人性，这种行为是否值得肯定，这些问题至今仍在拷问着我们每个人的灵魂。

作品不仅提出了一个严肃的法律问题，也提出了一个严峻的社会问题，那就是：女人离家出走后，怎么生存？女人的社会地位需要改善。娜拉出走体现出女性追求独立的反叛精神，女性的社会地位是靠女性站起来争取的。1952年，中国的申纪兰提出男女同工同酬的建议，就是一个例证。

_链接现实

在讨论阶段，朋友们发言特别踊跃。

燕宇在讨论中说，《玩偶之家》是伟大的作家写出的一部伟大作品，这部作品影响世界百余年。作品中至少描写了“四种关系”：夫妻关系、闺密关系、异性朋友关系、上下级关系等，很深刻。他接着说，闺密这个角色在如今依然有现实意义。林丹太太为了帮助娜拉，说服柯洛克斯泰归还借据，这是闺密应该做的事情。可是，她又无事生非，试探海尔茂，结果闹出了不可收拾的残局，这是不明智的。闺密之间，是不是可以无话不谈？闺密能不能做到为对方保密？燕宇认为，闺密应该是正能量的，应该相互鼓励，相互学习。

接着刘君德发言，他给《玩偶之家》写了“续集”。他说，易卜生时代，女人很难找到工作，最好的结局就是，娜拉的闺密林丹太太出面劝说海尔茂，海尔茂向娜拉认错，把娜拉接回家。这个“大团圆”的中国式结尾引来大家善意的笑声，也得到认可。他接着说，人性很难经受住探底式考验，我们见过很多悲剧。

北京师范大学毕业的侯典国老师说，鲁迅曾说过，娜拉出走后无路可走，要么堕落，要么死亡。他还介绍了易卜生的一些故事。

他说，相比之下，今天的中国女性太幸福了，大部分都经济独立，不用委曲求全。随后，林育红、廖锦明、钱雯娴、郑桂英、严汉番、朱江生等也就这个话题发表了自己的见解。

黎伯忠则从“情与法”的角度做了阐释：易卜生借主人公之口批判当时挪威的法律，这是作品的意义所在。可是，法律一直处于完善的过程中，总有问题存在，那么，在法律条文没有修改之前，娜拉有没有别的办法不冒险，不触犯法律？

工科毕业的段鹏程说：坦率地说，这部作品没有打动我。娜拉为什么要瞒着丈夫借钱呢？本来，两个人商量着借钱，由丈夫签字，就没有危险了。娜拉为什么要瞒着丈夫借钱？她明明知道法律不允许。我们每个人都不能用“善良的目的”而违反法律条文。娜拉为了救丈夫，模仿丈夫签字去借钱，这是违法的。其一，就算她丈夫病了，她完全可以当着丈夫的面去借钱。其二，就算娜拉对法律有意见，但是在法律没有修改之前，就必须执行。我们今天做企业，绝对不能搞小聪明，夫妻之间更不该有隐瞒。

对《玩偶之家》的讨论已经超出了剧作本身，进入“现实性”和“社会性”的范畴。显然，剧本只是话题，讨论的领域则可以非常广泛。剧本可以引起多方思考，这才更有意义。

讨论题一：夫妻如何避免娜拉家的悲剧？

善解人意，换位思考，是非常必要的。不要总以为自己对。

男人和女人在心理上，存在着很多不同。就拿外出聚餐为例。

丈夫在外面聚餐到晚上九点，妻子打来电话，往往一桌人马上讽刺这个男士："哈，你老婆催你回家吧？""她会不会来查岗啊？""在家你是妻管严吧？"如此等等。

假如妻子在外面聚餐到晚上八点，丈夫打来电话，一桌女友可能马上会说："哈，真羡慕你，你丈夫要来接你吧，你丈夫真好。"

男士和女士对聚餐反应的不同，可以体现在生活和工作的各个方面。所以，要换位思考。

海尔茂会感谢娜拉的救命之恩吗？娜拉以为，丈夫如果知道自己为了救他而冒险，一定会感谢她。这是不可能的。她从情感和道德角度思考问题，海尔茂则从法律和前途角度思考问题。

出发点不同，结论必然不同。

我们可以同情娜拉，娜拉是为了救丈夫才借钱的。海尔茂看到借据即刻发火，她有委屈，可以理解。可是，换位思考一下，假如海尔茂真的受到了法律的制裁，假如娜拉真的为了保护丈夫而跳海死了，三个孩子会多么痛苦？

娜拉冒险违法，无论如何都不能被赞美。

我们也可以同情海尔茂。娜拉伪造签名，显然是犯法。这样胆大的妻子迟早会把丈夫送进监狱。海尔茂的错误在于过于急躁：看到"借据"以后，他应该跟妻子谈一下，问清原委，再商量如何避免危险的发生。海尔茂骂娜拉三代，这是不可原谅的。

如何借到钱？他们本来有第三条路，比如，海尔茂和妻子邀请岳父或阮克医生来家里，当面借钱。

那么，娜拉的悲剧在当今社会还会发生吗？

当今社会，在法律面前男女平等。女人可以独自承担法律责任，可以签字。资金上借出借进，都可以自己做主。娜拉伪造签名担惊受怕的悲剧似乎不会发生了。

因为社会地位与男人几乎平等，她们可以上大学、工作，经济上自立。离家出走以后也能独立生存。娜拉出走后无法生存的悲剧，似乎也不能发生。

可是，过于自立也会有新的烦恼。作为妻子，作为母亲，离家出走以后，就真的可以摆脱烦恼吗？

有这样一个例子。

两夫妻都是独生子女，家境优越。婚后有了一儿一女。一天，妻子邀请丈夫去超市购物，丈夫打游戏，不肯去。妻子站在那里想了一会儿，对他说："结婚这么久了，你从来没陪我去过超市。你到底爱不爱这个家？"

丈夫当时的心思都在游戏里，没在意妻子的话。结果晚上，妻子提出离婚。

他以为妻子开玩笑，他知道妻子十分爱两个孩子，就说："别开玩笑了。你要离婚也行，那两个孩子都归我，房子也归我。"

妻子听后，蒙了。她似乎一下子看清了丈夫的嘴脸：他这么无耻，想把我扫地出门！本来她真的还有试探的意思，她希望丈夫认错，说不离婚，可她没想到，丈夫竟说出这样的话。

于是天还没亮，她就把自己的衣物装进提包，对丈夫说："离婚，孩子归你，房子归你，我什么都不要，净身出户。”然后就回了娘家。

她约丈夫办了离婚手续，两个孩子和房子都归了丈夫。实在想念孩子时，就联系保姆，与孩子们视频。

丈夫就有些难了，他自己带两个孩子，日子都乱套了，更别提打游戏了。

实在无奈，他厚着脸皮，把孩子送给离婚后的妻子抚养。

这个故事里，其实妻子说离婚只是试探丈夫；丈夫说两个孩子归自己，多半是在开玩笑。但当他们都把对方的话当真时，悲剧就发生了。独立女性的离家出走给一家四口人，给双方父母，都带来说不尽的苦难。当女性经济独立，“生存”不是问题的时候，离家出走依然会有烦恼，这是亘古不变的。

“人性”真的不能试探，“人性”太脆弱，比面子、比尊严更脆弱。夫妻不能把婚姻当儿戏。有了孩子以后，夫妻二人都要为孩子着想，不能任性。

林丹太太的恶作剧，太过分了。她也许会后悔，可是，残局不能挽救了。

讨论题二：夫妻二人难免吵架，怎样才能减少对家人的伤害？

夫妻二人，要用心维护婚姻，一辈子很长，仅仅依靠“爱”是不够的，还要有智慧，要多沟通。

首先，“家”是孩子的安乐窝，要维护孩子的情感，要让孩子感到家的安全感，首先就要保持家庭和谐，少吵架，如果非吵不可的话，也要有技巧。

有一位丈夫经常要喝酒应酬，几乎不回家吃晚餐。有一次，他的妻子对儿子说：“妈妈要跟你爸吵一架，劝他少喝酒，我们不会离婚的。”

妈妈对儿子说：“等我们吵了半个小时，你就从房间里出来，说你饿了，妈妈就去做饭，你的任务是陪爸爸看电视，聊天，然后全家一起吃饭，好吗？”

儿子照做了。

这位妈妈在吵架前先告知儿子，妈妈吵架不是要离婚，让儿子不要害怕。这是一次完美的吵架，这也是一个很智慧的妈妈，没有给孩子留下心理阴影。

吵架也分为“建设性吵架”和“破坏性吵架”，语气与风格都是不同的。建设性吵架是把丈夫往回拉，话语是这样的：“你喝酒喝伤了身体，我和儿子怎么办？你要为这个家想想。”

破坏性吵架是把丈夫往外推，话语是这样的：“你喝吧，喝死了没人管你。”“你滚，我不想天天看到一个酒鬼。”

夫妻总是难免磕磕绊绊，在妻子生气的时候，丈夫先说句“对不起”，然后陪妻子坐下来，真诚地听妻子“述说”，妻子冷静下来也不会胡搅蛮缠，这时她就能冷静思考。当妻子冷静下来以后，矛盾就解决一大半了。丈夫陪妻子坐下来，就是呼唤妻子从“感性冲动”的状态，恢复到“理性思维”的状态。这时的交流就是对话而不再是吵架了。

婚姻保鲜的内部因素：

夫妻要相互信任，不能相互隐瞒，隐瞒后再说漏嘴时，就会伤害信任度；家务有分工，有协作；夫妻对教育孩子的理念要达成一致，不能在孩子面前指责对方；尊敬对方父母，有仪式感，比如：节日送礼物时，要由妻子把礼物递给公公婆婆，由丈夫把礼物递给岳父母；双方多沟通；在生日、结婚纪念日等私人节日里，要有适当的仪式感。

婚姻“保险”的外部因素：

彼此熟悉对方的家族，包括那些在家族里有影响力的远亲；彼此熟悉对方的同学；彼此熟悉对方的主管领导；彼此把对方的同事朋友当作自己的朋友。

这样，假如夫妻闹矛盾，有朋友圈约束，有朋友调节，也能避免冲动，保证三思而后行。

04

司汤达《红与黑》

_导读

于连年方十九，帅气，聪明，想出人头地。他能流畅背诵《圣经》，被介绍到市长家里当教师，之后到神学院深造，毕业后到侯爵家里当秘书。他先后遇到了几个贵人，也干成了几件大事，轰动各界。可是，为什么一手好牌让他打得稀烂，最后成为罪犯，被枪决？

他的死，是死于阶级的歧视，还是死于他自己的贪得无厌？

异性之间，有友谊吗？

_作者简介

司汤达（1783—1842）

19世纪法国著名的批判现实主义作家。出身于律师家庭，中学毕业后到巴黎，1800年起在拿破仑的军队服役。后侨居意大利，开始文学创作，先后完成了《巴拿马修道院》《红与白》等作品，代表作《红与黑》写于1830年。

_参考译本

罗玉君译，上海译文出版社，1979年出版。

_主要角色

♂于连：帅气的男士，出场时十九岁

♂西朗：神父

♂德·瑞那：市长

♀德·瑞那夫人：市长夫人，三个孩子的母亲

♂哇列诺：寄养所所长

♂德·拉莫尔：巴黎的侯爵

♀玛特尔小姐：侯爵的女儿

♂富凯：木材商人

_内容梗概

小说描写了于连人生的四个阶段：在故乡维立叶尔小城，他是万人偶像，因爱上有夫之妇，成为舆论的牺牲品；在省城的教会学校，他学业优秀，却成为权力斗争的牺牲品；在首都巴黎，他屡次立功，但因致小姐未婚先孕，他成为上流社会的牺牲品；在监狱，他反思什么是幸福，最终还是成为国家机器的牺牲品。

维立叶尔是法国的一个小城市。主人公于连就出生在这里。

市长叫德·瑞那，市长夫人被称为德·瑞那夫人，夫人很美丽，他们有三个孩子。

市里有一个寄养所，所长叫哇列诺，他暗恋德·瑞那夫人。

于连的父亲是个锯木厂老板，父亲不喜欢这个不爱干活的儿子。于连已经十九岁了，文弱、清秀，每天读书，不帮父亲干活。

于连从小就想出人头地。他佩服拿破仑，他希望自己也能像拿破仑那样，从一个普通士兵奋斗成将军，成为世界的主人。于连十四岁时，看到教会势力越来越强大，四十岁的神父就能拿到十万法郎的年薪，比拿破仑手下大将的收入高三倍，于是他又想当神父。他刻苦背诵《新约全书》，得到西朗神父的偏爱。

市长家里招聘家庭教师，神父推荐，十九岁的于连去了市长家。

第一次到市长家里，他给三个孩子训话，话语很有见解，让市长吃惊。为了显示自己的才华，他让孩子们拿出《圣经》，随便翻开一页，读出第一个词，于连就接着背下去。于连用这样的方法征服了孩子们，当然，在场的人也都被他征服了，包括市长家的女仆。

他成了市长家的家庭教师，他能从头到尾背完《圣经》，于是他的名气传遍了这个小城。“这件事让维立叶尔市的居民赞叹不已。这也许要持续一个世纪呢。”在小地方就是这样，任何一件事情都可能成为大家舆论的焦点。

市长家里举办舞会。华美的晚会上，他看到每个人衣冠楚楚，彬彬有礼，不知为什么，于连却会想到他们的作恶多端。阶级差异让他心里充满憎恨。

市长夫人对粗鲁迟钝的丈夫没有爱情可言。她认为："激情如同彩票，是确定无疑的骗局和疯子们追逐的幸运罢了。"市长夫人此时二十九岁，看到英俊、博学的于连，便很自然地照顾他的起居，为他买书，给他加薪，还给他买来整洁的衬衫。

市长家里的女仆爱上了于连，她认为于连跟自己一样，都是市长家里的用人。她追求于连，被于连拒绝。夫人得知后很高兴。她问自己："难道我爱上于连了？"

自从于连认识市长夫人以后，他对女人有了新的认识。在他心里，他的妻子应该是市长夫人那样的。他信赖市长夫人，也亲近她，因此得罪了哇列诺，因为他是市长夫人的暗恋者。女仆追求他失败后，就和哇列诺联合起来，于连有了敌人。

于连完全没有人生经验，他不知道自己已经树敌了，他不懂如何保护自己，不懂得小心谨慎。他是一个有理想的人，这种"向上"的内心呼唤他超越自己，超越自己所属的阶级。

皇帝要来维立叶尔市视察，这是一个"出风头"的好时机，市长夫人和神父都想帮于连在众人面前露脸。

市长夫人让于连进入仪仗队。皇帝的一个随从是西朗神父的好友，市长等人不得不安排神父接待皇帝，神父请于连做自己的助手。

皇帝来了。于连骑着马走在仪仗队的最前面。他穿着红色戎装，太帅了，引来无数目光。全市居民都羡慕他，尤其是年轻人。他成了大家的榜样。

检阅完毕，于连很兴奋，他认真读书，追求上进。他思考着自己对世界的看法；他思考着自己将在这个世界上产生的影响。他意识到一些社会问题，如：在市长家里有很多规矩，也重视细节。他认为，“衰老的社会看中礼仪”，“法国不会出现华盛顿”。

有一次，他回家看望家人。木材商富凯邀请他做合伙人，这使他多了一条路，于连因此更加自信。

春天，市长一家去乡间别墅居住。

市长常回市里办事，夫人把表姐请来做伴。于连给孩子们上完课后常跟姐妹俩一起到菩提树下读书、聊天，还一起修路。于连问了很多问题，夫人为他解释，于连受益很多。有一次，他和夫人的手无意间碰到一起，二人都很激动。随后日子里的散步或聊天，于连总想偷偷地拉夫人的手，夫人没有拒绝。

于连脑子里有了一个“征服计划”。

一天黄昏，他对夫人说：“今夜两点，我来你的卧室，有事说。”于连说完，不给夫人回绝的机会，就离开了。

夜幕降临，于连在犹豫。他设想着一个个场景：怎样走进夫人卧室，夫人会不会反抗，怎么达到目的。

后半夜两点，他鼓起勇气走进夫人的房间。夫人斥责他。他跪下，流着泪吻夫人的手。夫人半推半就，于连成功了。他与夫人有了一夜情。

他很兴奋，像上次阅兵归来一样，兴奋不已。市长夫人是小城里的第一夫人，于连觉得自己的地位也有了超越。他向夫人提问很多问题，夫人的回答使他对社会现实的认知加深了很多。

其实，夫人早就暗暗地爱上他了。夫人觉得，能在一些事情上开导这位才华横溢的年轻人，是最甜蜜的精神快乐。

于连和市长夫人之间，各方面差距太大，他们的价值观是不同的。有一次，他们谈论起拿破仑，他俩对拿破仑的评价大不相同。于连想：夫人虽然温柔，可是，她生活在敌人的阵营里。

在他们沉浸在欢乐中的时候，夫人的小儿子得了寒热病，很危险。夫人开始后悔，按照宗教的观点，她这是遭到了报应。她开始躲着于连。

女仆写信给哇列诺，告发于连与夫人的暧昧关系。哇列诺把这些告诉了市长。

于连得知后，写信给市长，为自己开脱，他说哇列诺是在造谣，因为他暗恋夫人。

市长半信半疑，又担心流言蜚语，但宁可信其有不可信其无，决定让于连离开。

入冬，市长一家从乡下别墅回到市里。

西朗神父把于连叫去，让他去省城的神学院学习。三天内出发，一年内不许回来。

于连告别亲人，从此背井离乡，外出闯荡。

在省城的神学院，院长和副院长彼此不和，矛盾很深。于连的恩人西朗神父与院长关系好，于连就认识了院长。副院长看到这个年轻人聪明可爱，就主动约于连，想收他做徒弟，并说自己愿意当于连的忏悔神父。

对于这样的“好意”，于连不够圆滑，他当面拒绝了副院长，他选择院长为忏悔神父。于连得罪了副院长。在学校，每次考试，他总是第一名，大家嫉妒他。

副院长为了报复他，设下圈套。有一次考试的时候，副院长问贺拉斯和维吉尔等世俗作家的诗句，大家都不会。于连为了显示自己的学识，侃侃而谈，他能背出他们的诗句。

在神学界，世俗作品是禁读的，他们只能阅读与神学相关的书籍。于连被否定，这次他排名为一百八十九名。

院长担心于连受不了这样的打击，暗中观察他，也跟他聊天。院长很欣慰，他看出，于连没有报复副院长的打算。

在教堂，德·瑞那夫人来忏悔。于连与夫人意外相逢，夫人看到于连，晕倒了。于连假装不认识她，赶紧走开了。

在神学院，于连为改变命运学习一切有用的东西：他背《圣经》、读革命史、了解拿破仑，他也逢迎权贵，想为自己卑微的身份贴金。

可是，副院长处处为难他，他在教堂很难立足了。

学习结束，院长推荐于连去巴黎给一位侯爵当私人秘书。院长告诉他：“只有靠着这些大人物才有前途。”

在侯爵家里，侯爵把于连带到金碧辉煌的客厅，那里高朋满座。有位院士刁难他，向他提问，于连的回答赢得所有人喝彩。就像当初第一次到市长家一样，他的学识征服了所有在场的人。

闲暇时光，于连在思考。他想："巴黎有高雅的人，外省则有刚强的人。"他把自己定义为刚强的人，他要在巴黎立足，并有所作为，再一步一步成为高雅的人。

到伯爵家的第二天，于连在抄写文件，侯爵的女儿玛特尔小姐来了。小姐爱读书。她问于连读过什么书，他说了一些。他们开始交流。小姐想："这个人不是生来下跪的。"她知道，于连不是一般的下人。

在侯爵家里，于连以工作人员的身份，有机会参加各种晚会。公子哥们向玛特尔献殷勤，于连却总是躲着小姐，表现出冷淡的样子。玛特尔小姐反而主动接近他。

有两件事让于连在巴黎成功立足。第一次是为了解决英法俄矛盾，伯爵派他去管理诺曼底地产。于连成功地完成了任务，获得十字勋章。第二次，伯爵让他参与一个秘密会议。会后，伯爵要求他把二十四页的会议记录压缩成四页，全部背下来，然后秘密送信给共和团体，他们要推翻皇权。于连完成了任务，得到了伯爵的信任。

人们开始传言，说他是贵族的私生子，有一半贵族血统。于连明白了一个道理：在巴黎，一个人受到尊敬，是因为他的车马，而不是因为他的品格。

玛特尔小姐经常来书房拿书，他们两个就谈论那些书。那些书于连都读过，谈起来也有自己的见解，这让小姐刮目相看。

玛特尔小姐爱上他了，终于给于连写信了。

于连兴奋极了："我呀，一个贫穷的乡下人，我居然得到一个贵族小姐的爱情告白。"

于连和小姐交往很多。他们真的相爱了，一天夜里，他进入小姐房间，他们有了一夜情。

作为男人，一夜情以后，他会认为，他们二人的关系就牢固了；作为女人，一夜情之后，她会后悔，会觉得做贼心虚。第二天，小姐不仅不理他了，还要断交。

于连很苦闷，他把自己的苦恼告诉了俄国王子。俄国王子给他出主意，让他去追求小姐的女朋友，引小姐嫉妒。

他做了，玛特尔小姐果然愤怒地来找于连，他们又和好了。

小姐告诉他，自己怀孕了。这就瞒不住了。小姐对父母说，是自己引诱于连，她想跟于连结婚。于连被侯爵逐出家门。

侯爵把于连任命为骑兵中尉，他参军了。对于连来说，这正中下怀，他在部队里依旧做着出人头地的美梦。

法国军装是红色为主，他穿上了红色军服，不再怀念黑色的神父长袍。在军营，于连陶醉在自己的野心里。

可是，有一天，玛特尔小姐拿着一封信来找他，告诉他，市长夫人写了一封忏悔信，写出了于连与夫人的情人关系。神父把信交给了侯爵。于连得知，怒火中烧，他买了一把枪，冲进教堂，向夫人开了两枪，夫人中枪倒下，但没死。

于连被捕。

玛特尔小姐给于连写信，约见。在监狱，她拿出德·瑞那夫人给侯爵的信，并告诉他，是那个神父引诱夫人做出这样的忏悔。

于连说："我跟人类结清了账而死去，我没有留下任何未尽的义务，我谁也不欠。"市长夫人、玛特尔小姐、木材商富凯、西朗神父……都在忙着救他。

一切营救都无效，于连将被枪毙。市长夫人求他上诉，他拒绝了。在监狱，他反思自己短暂的人生，他终于明白了什么是幸福。他对英雄主义感到疲倦了，"宁可死上一千次也要飞黄腾达"的决心，毁灭了。

他对前来探监的市长夫人说：我们在树林里散步的时候，我本来可以多么幸福啊，可是一种强烈的野心却把我带到虚幻之国去了；我为了建立巨大的财富，不得不进行数不清的战斗……如果您不来监狱看我，我死了还不知道什么是幸福呢。

行刑前，于连在众人面前慷慨陈词，他说：

陪审官先生：

我没有荣耀属于你们那个阶级。你们可以看见，我是一个乡下人，不过是对于自己的微贱处境敢做反抗的举动罢了。

我看见有许多人，他们愿意惩罚我，借我来惩戒其他少年——那些出身微贱，为贫困所困厄，可是碰上运气，稍受教育，而敢于混迹于富贵人所谓的高等社会里的少年。

这便是我的犯罪行为。事实上，我绝不是被我的同阶级的人审判，而只是些令人气愤的资产阶级的人。

于连感慨万千，他的这番话让在场的人们泪如雨下。于连被枪毙，就这样结束了年轻的生命。三天后，市长夫人也去世了。

_角色分析

于 连

他不缺聪明，缺的是智慧和道德底线。他想一夜成名，他要征服上流社会，他的脑子里只想着成功、发迹、飞黄腾达。不论是在教会，还是在军营，他的梦想都不曾改变。可是，他那时不知道什么是幸福，他把社会或他人的标准作为自己的标准："让他人认可，让他人羡慕"，这样的虚荣心一直是他的追求。

于连悲剧产生的原因：

第一，理想变成了野心。他出生在战争年代，从小想成为拿破仑那样的将军。可是，当他长大后，战争结束了，他不知道在和平年代如何实现理想。作者为于连放置的成长环境是：他被养育在英雄辈出的时代，却不得不在门第和金钱主宰的和平年代里生活。他去市长家工作让他有了出人头地的机会。他英俊，聪明，天赋很好，他有改变命运的理想。他爱读书，刻苦背经，不舍昼夜。但是，他背诵《圣经》，却没有很好地理解内涵，没有重视道德修养，后天的努力偏离了正路，开阔视野后，反而激发了他一步登天的野心。

第二，想走捷径。他以为市长夫人对他的关爱是他改变命运的捷径。市长夫人的举动让他春心萌动，从而走错了一步。这条捷径成了一个悬崖。此时的他，走上错路还是处于被动状态，市长夫人应负主要责任。夫人的不检点毁了于连，当然，于连也迎合了夫人，他不曾思考这是危险的一步。尽管他们的爱情心心相印，触动心灵，但是，不合道德。

第三，不懂社会的黑暗，不够圆滑，不会保护自己。市长没有把他打回原形，而是逼他去了省会。这样一来，他没有反思自己，反而有机会在邪路上继续走下去。在省城神学院，他不收敛锋芒，依然想着出人头地，终被副院长陷害。

第四，一心向上，不懂反思。毕业后，神学院院长爱才，推荐他去伯爵家里，这也让他的野心在更大的舞台上暴露无遗。在市长家里，在神学院，他两次受挫，两次都获得“贵人”保护，因而没受到严厉的惩罚，也没有得到应有的批评。所以他不但没有认真反思，反而逐渐形成“侥幸”心理。在首都巴黎，在侯爵家里，他看到上流社会的浮华和虚伪。他追求立功，他想与贵公子们平起平坐。他追求伯爵的女儿，急于攀龙附凤，改变身份，使小姐未婚先孕。他和小姐相互吸引，他们相爱合乎法律和道德，但不容于世俗偏见。

第五，不择手段，铤而走险。他的人生目标很明确，就是出人头地，假如遇到障碍，他会不惜冒险。这样，他迟早会走向绝路。市长夫人的忏悔有可能毁了他的前程，他就愤而开枪，他这时的犯罪是主动的，没有人唆使他。

于连没有能力平衡各种关系，他想打破平民与贵族的对立关系，初衷可嘉，却南辕北辙。作者司汤达告诉我们：平民子弟可以凭借自己的才华跳龙门，那是战争年代的故事；和平年代不允许有文化有思想的年轻人带着“野心”卷土重来。二百年前的法国，贫富差距巨大，阶级固化，于连想冲破这个藩篱的束缚，难上加难。

司汤达想告诉读者：于连的道路走不通。那么，怎样才能改变命运？需要读者自己去选择。

德·瑞那夫人

她美丽、善良、博学，同时她寂寞、勇敢。这些特点集于一身，一定会有故事发生。

她的丈夫忙于公务，疏于陪伴她，她爱上朝气蓬勃的于连，似乎是水到渠成。

后来儿子生病，她的忏悔也是真诚的。市长撵走于连，这件事就被压下去了。可是，卑鄙的神父却引诱她忏悔，说出此事，神父把她的话写了下来，又逼她抄了一遍。然后，神父把她的忏悔信交给了伯爵。

市长夫人应该知道了于连的移情别恋。她是否嫉妒不得而知，但是，她忏悔时似乎没有了往日的温情。她在忏悔信里写道："这个人（于连）贫穷而贪婪，靠着彻头彻尾的虚伪，通过诱惑一个软弱、不幸的女人，试图谋求社会地位，出人头地。我再补充一句，这也是我的艰难的责任的一部分：我不得不认为于……先生没有任何宗教信仰。"

在监狱，市长夫人告诉于连，那封信是一个年轻教士写好了，让她抄的。这个细节告诉读者：还有多少年轻人为了晋升而不择手段。

夫人对他说："我一看见你，所有的责任感都消失了，只剩下对你的爱。……在我来监狱看你之后……严厉的廉耻的界限已经越过……我是一个丧失名誉的女人，真的，这是为了你……"于连听完，拥抱了她。

市长夫人只是把自己当成了女人，只顾着追求爱情；她忘了，她是市长夫人，除了家庭责任，她身上还有社会责任。她与于连的一夜情，把于连变成了市长的情敌，变成了对手。这也是她的愚蠢、短视。

因为婚外情，于连被赶出故乡。至此她就应该退出故事，安静地恢复本来的生活节奏。可是她很愚蠢，别人想陷害于连，她本应该保持沉默；敌人以宗教的名义逼她忏悔，她竟然成了敌人的帮凶。她伤害了于连，伤害了丈夫和孩子们，也伤害了所有的亲人。最后自己悲伤而死。

玛特尔小姐

小姐爱读书，有好奇心、敢作敢为，有恃无恐。她崇拜中世纪的骑士，有牺牲精神。她被贵族男青年包围着，被宠坏了。当于连出现在她的家里，她发现于连与众不同，就爱上了于连。

富 凯

作品里最可爱的人物是木材商人富凯。在于连入狱以后，他拿出自己的所有钱财，帮助玛特尔小姐营救于连。

_作品分析

这部作品具有很强的现实意义。读这部作品，每个读者都会有很强的“代入感”，仿佛自己就是于连，就是市长夫人，就是市长或侯爵，就是小姐。因此，我们每个人都能从中参透几个人生道理。

于连什么时候才会满足?

其一，假如于连与市长夫人没有一夜情，他们相处得很好。市长的孩子上学后，他不用当家庭教师了，市长给他安排一个职位，夫人给他介绍一个对象，他就是家乡最令人羡慕的成功青年了。于连对此，会满足吗?

其二，假如于连与侯爵的女儿没有一夜情，小姐一直爱他，他们最后结婚了，成为侯爵家里的人，真正进入贵族阶层。于连会满足吗？

侯典国老师即刻说：于连永远不会满足。侯老师用小说中对于连的心理描写，证明他的观点。于连绝不会满足到手的幸福，他的野心会随之膨胀，他一定还会追求更高的社会地位。包括他对女人的态度，就算侯爵的女儿成为他的妻子，他进入贵族家庭，他还是一样不会感恩，他会觉得：这一切都是因为自己聪明能干，都是自己应得的。他一直会追求远方，站在这座山上望着更高的那座山。同样，他还会继续追求年轻女人。

于连的心里只想着出人头地，他要当官发财。于连是为了追求而追求，因此，他不会因为已有的成功而停止追求。他享受追求的过程。

这样的人，不会适可而止。

汪志朋老师刚刚重读了《红与黑》，他介绍了于连成长的家庭环境和社会环境，解释了于连悲剧的客观原因和主观因素。

_链接现实

讨论题一：结合于连的经历思考如何改变命运？

想要不断进步，以下这几个环节不可缺少。

第一，不断地读书，学习他人智慧。

第二，参加必要的成人培训，结识业界精英。

第三，不断反思，自我纠偏，自我调整，反思是实现成长的关键一步。

第四，要听人劝，减少出错。

第五，要三思而后行，不能冲动。

讨论题二：异性之间有纯粹的友谊吗？

从于连和市长夫人的关系中，我们忍不住会问：异性之间有纯粹的友谊吗？

肯定会有，但前提是不要把异性朋友变成情人。发乎情，止于礼。只要不把异性朋友变成情人，友谊就会长存。

于连的故事还会讲下去，于连奋斗的经历对于三十岁的人，对五十岁的人，警示意义可能迥异，但对于连的感叹与惋惜，总是大致相同。

05

肖洛霍夫《静静的顿河》

_导读

葛里高利充满激情，敢爱敢恨，参军后英勇善战，屡建战功。他追求完美，疾恶如仇，可现实总是告诉他：到处都有错误，白军有，红军也有；顿河哥萨克被人利用，肃反伤及无辜；等等。他用生命追求光明，可是后来，一家人无辜死去，当他的情人死在他的马背上的时候，他看到的是一轮“黑色的太阳”。他绝望了。

葛里高利当过白军、红军、顿河自卫军、土匪、流寇。他不停地换来换去，本以为是在追求完美，没想到，他的路越走越窄。

许多作品，我们读后都会被感动。一些作品让我们感动到流泪，而另一些作品，比如《静静的顿河》，读完只有掩卷长叹，深深地叹息，却没有眼泪。

_作者简介

肖洛霍夫（1905—1984）

苏联作家，以“悲剧史诗”闻名，1965年获诺贝尔文学奖。他出生在顿河边的一个哥萨克村，十五岁参加革命，是青年近卫军成员，为保卫苏维埃政权经受过生死考验。他也坐过牢，出狱后陆续发表《静静的顿河》《被开垦的处女地》《一个人的遭遇》等。

_参考译本

《静静的顿河》分为四部，共八卷，于1928—1940年陆续出版。金人翻译，人民文学出版社，1982年出版。

_主要角色

♂葛里高利：勇敢的年轻人，军人

♀娜达莉亚：葛里高利的妻子

♀阿克西妮娅：葛里高利的情人

♂贾兰：红军党员

♂伊兹瓦林：与葛里高利同乡，主张哥萨克独立

♂卡列金：红军将军，极左分子

♂佛明：土匪首领

_内容梗概

作品主人公叫葛里高利，他是哥萨克人。哥萨克的含义是自由

的人、勇敢的人。哥萨克是一个移民集体，因不满沙皇压迫，从内地逃到顿河草原。他们是农民，又是职业军人。

1912年，村里的成年男人都参军了。葛里高利还年轻，留在村子里。

秋季割草，按当地习惯，人们都穿得像过节一样。女人们穿着美丽的裙子，阿克西妮娅显得尤为出众，葛里高利爱上她了。她是白军一位连长的妻子，连长知道了此事，把妻子打了一顿。连长与葛里高利结下仇恨。

父亲为葛里高利说亲，不久，他被迫与娜达莉亚结婚，但他不爱妻子。妻子自杀未遂，回娘家休息半年，伤愈后又回到婆家。

村里来了党员，组织了十人小组，村民的政治觉悟在提高，大家在讨论哥萨克的未来。

葛里高利带着阿克西妮娅逃走，在外地的一个地主家当用人。一年后，阿克西妮娅生了一个女孩。

冬天，当地政府通知葛里高利参军（白军），平静的生活被打乱了。1914年，第一次世界大战爆发，他们与奥地利部队作战。他头部受伤，带着伤还救了一个中校，因此获得四级乔治十字勋章。他成为哥萨克人的骄傲。

伤愈归队不久，敌机轰炸，葛里高利再次受伤。在医院，葛里高利遇到贾兰，贾兰给他解释什么是战争。他第一次了解了沙皇、祖国、专治、军人等概念的含义。他对红军有了好感。伤愈后，他去看望阿克西妮娅，发现她被地主少爷占有了，他们的女儿死了。

他用鞭子抽打阿克西妮娅，然后愤然离开。

他回到故乡，与妻子和好了。后来，妻子生了龙凤胎，全家十分高兴。可是，村子里只有老人、孩子、妇女，生活艰难。

战争到了第三年，大家都很厌战。1917年十月革命后，一批哥萨克人退伍回家，他们说葛里高利当了红军。村里的人跟葛里高利分道扬镳了。

葛里高利当了红军连长。葛里高利在这个时候认识了一位哥萨克同乡，他叫伊兹瓦林。此人宣扬哥萨克独立，葛里高利用他本能的认知与伊兹瓦林讨论。

葛里高利说："咱们没有俄罗斯怎么生活呢？咱们除了小麦，什么都没有。"

伊兹瓦林说："咱们可以用小麦和石油交换。咱们有出海口，有军队。"

葛里高利觉得，贾兰给他的引导与伊兹瓦林的观点是不同的，他感到自己迷路了。

伊兹瓦林说："目前，哥萨克和布尔什维克在渴望和平这点上是一致的，所以还能合作。可是，战争一结束，布尔什维克就会管制哥萨克。"

葛里高利去见另一位老乡，一个军官，那个人也主张哥萨克独立。军官说："古时候是沙皇压迫咱们，现在，却有另外一些人来压迫咱们，咱们就会更加困难。"

1917年冬，一批主张独立的哥萨克人聚集，共商反革命大计。

1918年初，前线哥萨克召开代表大会，反对哥萨克独立派，他们成立顿河革命军事委员会，列宁宣布了这个消息。

可是，红军将军卡列金是一个极左分子。他下令秘密逮捕这些顿河革命军事委员会的成员。他还耍花招，一边谈判，一边让独立派的人攻打顿河军委会。独立派惨败，首领被俘。

卡列金下令将这个首领砍死。葛里高利不能容忍红军杀俘虏。他再次受伤，回家养伤。他感到，以前所发生的一切事情都是一片混乱，要探索出一条正确的道路是很困难的。

1918年4月，顿河发生分裂，北方跟着红军，南方跟着白军。

白军召开拯救顿河大会，鼓励哥萨克独立。葛里高利和哥哥一起，走向了主张哥萨克独立的那一派。他们与红军打了几仗后，葛里高利真的开始仇恨布尔什维克。

斯大林带领红军转入进攻。

1919年，村子里建立苏维埃政权。对当选的主席和副主席，葛里高利都不喜欢。他站在两种原则的斗争中间，心里还在思考出路问题。2月，新政权“横征暴敛”，逮捕拒交军款的人，全部枪毙。他逃出村子，哥萨克发生了叛乱。

红军枪毙了七人，黑名单上有他的父亲。他在藏身处得知消息，骑着马，飞一样回到村庄。作品写道：“从现在起，他的道路很清楚了，就像是月亮照耀着一条大道。”

“在这些痛苦的日子里，他把一切都考虑过和斟酌过了。”他觉得，从前的寻求简直是浪费和无聊。每个人都有自己的道路。

哥哥彼得罗和十个哥萨克人投降后，被红军处死。父亲和哥哥的遭遇让他与红军彻底决裂了。

葛里高利成为哥萨克的团长、师长。这支部队被红军称为“叛军”。叛军有两万五千骑兵和一万步兵。他自问：我带领他们去反对什么人呢?

他不得不与红军作战。

他发现，每次哥萨克开会，都是一个白军中校在左右形势。他开始担心，白军是在借哥萨克打击红军。

他开始酗酒。还对妻子说：“心里漆黑，好像在一口枯井里。”

1919年4月，叛军与白军即将联合。斯大林得知消息，在5月开始增派援军，红军进入反攻，叛军节节败退，被迫渡过了顿河。

白军军官在一次小的胜利后，教训哥萨克。葛里高利不爱听，拂袖而去，回到村子，他见到妻子，看到她脖子上的伤痕，第一次流泪了。清晨，他搂着两个孩子，又哭了。早晨，他怀着沉重的心情离开村庄，有一种模模糊糊的担心和预感。

参谋长对他说：你是一个拥护旧时代的战士，又有点像布尔什维克。你与那些军官格格不入。

哥萨克叛军被改编，他从师长被降为连长。

他决心不再冒着炮火率领哥萨克进攻了。他不想保护那些各种各样的官员了。崩溃往往从内部开始，哥萨克叛军到处烧杀抢掠，他看不惯。

家里接连出事：妻子知道他与阿克西妮娅还有联系，去堕胎，因流血过多而死去。不久，嫂子在河里淹死了。他回到家乡，收养了哥哥的两个孩子。

10月，他得了伤寒，昏迷不醒，被送回家。一个月后痊愈，他发现，自己的视觉更好了，他觉得生活上的一切现象都有了新意义。

1920年春天，伤寒痊愈后，他遇到红军，又参加了红军。

前后共打了七年仗，白军—红军—叛军—红军，走了一圈，葛里高利很失望，他要复员回家，他要结束自己的军人生涯。他想着，此后就可以跟阿克西妮娅和孩子们好好过日子了。

回家的路上，他闻到了泥土的芳香。

家乡的苏维埃不信任他，让他去肃反委员会登记，之后还是不信任，又让他第二次登记。他毕竟当过叛军的师长。

他想自己会被枪毙，想当庄稼人过太平日子的想法太简单了。他决定逃跑。

他知道，他眼前的三条路都不是正途：流浪、自首、当土匪。

无奈，他参加了佛明领导的土匪帮。匪帮很快就被红军击溃了，佛明和葛里高利逃到一个岛屿上，苟延残喘。葛利高里一直以军人为荣，他看不惯土匪打家劫舍的行为，他决定逃跑。

夜里，他偷偷跑回家，把孩子托付给妹妹，带着情人阿克西妮娅逃走了。他们共同骑着一匹马，路上，流弹飞来，阿克西妮娅没来得及说一句话，就倒在葛里高利的怀里。

他埋葬了阿克西妮娅，好像从噩梦中醒来，抬起头，看见自己头顶上是一片黑色的天空和一轮耀眼的黑色太阳。

早春时节。他的生活变得像被烈火烧过一样，一片漆黑。他流浪了三天三夜。他走进一片树林，遇到几个逃兵，结伴而行。秋雨落下，他开始思念孩子。

“要是能再回家一次，看看孩子，就死而无憾了。”

在树林里又过了一个星期，葛里高利决定离开这些逃兵。葛里高利走到顿河边，摘下枪和军用袋。他把枪和子弹扔进了顿河。

穿过顿河，他看见儿子在码头上玩。他跪下来，亲着儿子冰凉的粉红色的小手，用压抑的声音说，好儿子，好儿子。

儿子告诉他：姑姑很好，奶奶死了，妹妹也得病死了。

他站在自家的门口，抱着儿子，这就是他的生活上所残留的全部东西，这就是使他暂时还能和大地，和这个巨大的、在冷冷的太阳下面闪闪发光的世界相联系着的东西。

_角色分析

葛里高利

他一生都在追求生命的意义，可是他的路却越走越窄。这是为什么？

第一，不理智。在乡下，还不到二十岁，就敢爱连长的妻子，缺乏理性思维，不会克制自己，以后必然是处处悲剧。

第二，只看现象，看不到本质。他知道自己不喜欢什么，却不知道喜欢什么，更不知道如何包容所爱的人和事。

第三，轻信他人。贾兰给他讲革命的道理，他认为有理；伊兹瓦林给他讲哥萨克独立的好处，他也信。

第四，换来换去，失去他人信任。在军队，红军不信任他，白军也不信任他。在家里，妻子不信任他，情人对他的信任也是出于无奈。

作品中，真实宏大的社会背景一直是葛里高利的变化因素。比如哥萨克暴动，暴动的原因是因为红军对中农采取了过激行为。作品中的许多故事都取材于当时报纸上刊登的真实事件。

他一直在寻求哥萨克的正确道路。他是历史的参与者和创造者，在历史的进程中，他在感受、在思考、在行动、在追求。他又有中农所具有的摇摆性和犹豫性。因此，他苦闷，迷茫，悔恨，彷徨。

他是哥萨克中最早的觉醒者，然而又是最迟的归来者。

他勇敢却缺乏理智；热情而缺乏包容；知道自己不喜欢什么，疾恶如仇；却不明白自己喜欢什么，如何包容所喜欢的东西。他完全不懂得“包容”。

不到十年，把俄罗斯的武装队伍全参加了一遍：白军—红军—哥萨克赤卫队—红军—土匪—逃兵。他总能看到这些队伍的缺点和不足，却看不出本质上的不同。他不满沙皇腐败，不满红军枪杀俘虏，不满哥萨克被人利用，也不满土匪打家劫舍，更讨厌当逃兵苟且偷生。

在四卷本的作品里，葛里高利作为主人公贯穿始终，其他人物都是他行程中某一段路程的同行者，在此不做分析。

家族中的男人

爷爷普罗珂菲参加土耳其战争，带回来一个女俘虏，娇小美丽，这个土耳其女人成了他的妻子。他们被赶出家门。夫妻二人在村外搭了房子，耕种。妻子死后，爷爷独自把儿子养大。

父亲潘苔莱是个早产儿。在苦难中长大。婚后有了三个孩子。后被红军枪毙。

哥哥彼得罗，参加白军，又参加哥萨克叛军，被红军枪毙。

家族的相关女人

奶奶是土耳其人。她来村子那年，发生灾害，村民开会，决定打死她。她临死前生下儿子，就是葛里高利的父亲。

母亲是哥萨克姑娘，善良。在丈夫、长子、两个儿媳、长孙都死了以后，她惦记着葛里高利，深夜，她在院子里呼喊儿子的名字，不久死去。她是家族唯一死在床上的女人。

嫂子达莉亚，她的丈夫参军后，她成了不检点的女人，得了梅毒，为了洗干净自己，她跳进顿河自杀。

妻子娜达莉亚，婚后得知丈夫不爱她，自杀未遂。葛里高利与情人分手后，夫妻和好，生了一对龙凤胎。六年后，得知葛里高利与情人又开始来往，她瞒着家人去堕胎，死去。

情人阿克西妮娅，她的丈夫司捷潘在部队，很少回来。他与葛里高利公开相爱。葛里高利被父母逼迫结婚。婚后带着她逃走，在地主家打工，生了一个女儿。葛里高利参军后，她被地主的儿子占有，女儿也死了。葛里高利得知，离开了她，六年后，她找到葛里高利，二人的情感死灰复燃。葛里高利带着她逃出村子，途中她被流弹打死。

_作品分析

《静静的顿河》描写的是第一次世界大战到十月革命期间顿河流域哥萨克人的生活和历史事件。涵盖了三个阶段：1914—1918的第一次世界大战；1917年的二月资产阶级革命；1917年的十月革命以及随后的肃反运动。

《静静的顿河》是一部历史长卷，作品以第一次世界大战和苏联十月革命为背景，描写了俄罗斯和苏联的巨变，其间又记录了顿河哥萨克的动荡与变迁。作品主人公葛里高利被历史洪流裹挟着被动前行，从参军当兵开始，他始终没搞清楚，自己为什么作战？自己在保护谁？自己的流血牺牲对谁有利？葛里高利的可爱之处在于他一直在思考，他的思考也把读者带进那个时代，可是葛里高利每次思考的结果，又把他带入新的窘境，让读者跟着他失望、叹息。

历史的车轮滚滚向前，葛里高利就是战车上的一个战士，战斗过，胜利过，失败过，彷徨过，最终被甩下战车。

如何选择人生道路，如何坚持下去，这本书给了我们极其深刻的启示。

_链接现实

讨论题：生活中我们如何选择？如何坚持？如何包容？

那天，参加“雪仙书吧”学习的朋友们陷入沉思，安静了好一会儿。

中学语文教师罗雯娟打破了沉默。她感慨地说：葛里高利是一个好战士，很聪明，善于接受新事物，但是，由于没有正确的引导，总是走错路。这与他个人的知识结构有关。另外，读书，善良，都可以帮助人们选择正确的东西。

霍金发接过来说：时代在变化，可人们总是喜欢探索，这是一致的，是不变的本能。我来深圳十年，也有犹豫和迷茫，我们都需要指引。人生的导师是很重要的，我们需要老师，需要兄长，需要有人商量问题。令人遗憾的是：浮躁的社会中，能给出指导意见的人越来越少。很多人的判断标准就是钱、权和利益。物质第一，忽视精神。

王春雷老师说：时代的每一粒灰尘，落在每个人头上，就是一座大山。葛里高利在第一次世界大战和十月革命那样的历史背景下打仗，他的一家人，老少三代十多口人，最后只有他和妹妹、儿子活了下来。一家人死得都那么悲惨，他自己九死一生，后来生不如死。读作品让我们痛恨战争，珍惜和平。

段鹏程接着说，在乱世中，就算葛里高利的选择全部正确，他活下来的概率也很低。人们被历史裹挟着，逆流卷到谁，谁就会灭亡。我们现在是盛世，就算我们不会选择，只要不突破做人的底线，我们的生活就不会太差。假如我们自己身处葛里高利的时代，我们能独善其身吗？现实情况往往是有选择机会的时候，没有选择的智慧；有选择智慧的时候，却失去了选择的机会。人生没有固定的方程式，人都是在社会的大浪潮里游泳，或者游在前面作为领头人，或者被裹挟着前行。作为领头人可能有一定的自由度，但也有可能会第一个遇到暗礁，来不及躲避就牺牲了；被裹挟着前行可能省力，但往往失去自由和自我判断。葛里高利那个时代的人，假如他出生在美国，或者出生在中国，命运会截然不同。

葛里高利的方法论有问题，他看阴暗面太多，过于追求完美。完美的组织是没有的。

贺文婷老师发言说：听吴老师讲作品，感到了一种深深的“悲悯”。当初，村里的年轻人都参军，葛里高利不得不参军（社会的影响）；后来听了贾兰的意见，他选择离开白军参加了红军（政治的影响）；后来又受到伊兹瓦林的影响，他参加了顿河哥萨克的叛军（民族情绪的影响）；当父亲和哥哥被枪毙以后，他回归了家族情感（亲情的影响）；他参军打仗七八年，最后两手空空回到家乡，抱着儿子才感受到自己依然活着。那么我们不禁要问：葛里高利在忙什么？他在为谁流血牺牲？他的每次选择似乎都有意义，可是每次又都错了。他的选择太随意，没有经过认真思考。

姚家全老师讲起自己的选择：小时候没人引路，很无助；为了考研究生而辞职，用破釜沉舟的精神改变命运，实现理想。随着年龄长大，选择会越来越慎重，一旦选择了就不后悔。

侯典国老师说：葛里高利，阿克西妮娅，他们身处乱世，被时代裹挟，还没来得及选择，阿克西妮娅就被流弹打死了，这是很多人的命运，“人间正道是沧桑”。

孙文接着说：我们真的要珍惜和平，反对暴力，反对战争。我们要尊敬生命。我们现在有选择的机会，一方面不能随意地盲目选择，一方面也不能死心眼一根筋地坚持，这个“度”是很难确定的，我想，一个是“沉淀一下”，一个是与朋友“商量一下”，三思而后行。

吴学先老师说：身处逆境，被历史裹挟，还是可以选择的。比如，北大季羡林先生，“文革”时他被关牛棚，无事可做，他就翻译《罗摩衍那》1—7卷。没有纸的时候，许多译文写在报纸的边上。“文革”结束后，他带着翻译和研究成果回到教授的岗位上。不放弃，不灰心，坚持下去就有出头之日。全国的大学都在批判白专道路，季羡林却相信做研究是正确的，就坚持下去，这不容易。“坚持”不容易，“选择”更难。像葛里高利那样，不停地选择，结果为每次选择付出惨重代价，痛心不已之后，下次还要选择。望穿双眼，朝目标跑过去，要为哥萨克独立而打拼，哪知前方却是悬崖，那是什么心情？

汪志朋老师感慨葛里高利对人性善良的坚守，也感慨小人物在时代洪流中选择的艰难。政治影响着每一个人，我们需要懂得一些政治；能力影响着你的选择，在有条件的情况下，学习和读书是永远正确的。小人物可能过得很舒服，小人物也可能过得很悲惨，了解了葛里高利，更加坚信：生命中总要坚守一些东西。我喜欢当老师，每次发现一篇学生的好作文，就会高兴一天。假如不是这样，整天想着成为亿万富翁，就可能会出现悲剧了。选择并不难，难的是坚守。坚守不是迎合，不是委曲求全，而是要用自己的价值观影响他人，乃至影响组织，让自己立命的环境变得越来越好。

窦晓月发言说，战争年代，人们会彷徨、犹豫，寻找前行的道路非常难。我每次面临选择的时候，会把自己的想法写下来，然后放几天，过一段时间再做最后的决定。一旦决定了，就坚持下去，哪怕付出十年努力，都值得。流着泪做选择，流着汗为选择付出努力。

李帮凤老师发言，她说，葛里高利这样的人，现实中有很多。冲动，做决定不经过大脑思考。小人物在大时代里，很艰难。我们需要坚守一个自己的梦想，我个人的梦想就是：我喜欢学生，也为学生喜欢我而自豪，这样就过了大半辈子，工作上不会有新的选择了。

郑海泉一家都来参加讨论，他讲述了作家肖洛霍夫对人性的思考，对历史的预言。

他的女儿郑迦接着父亲的话说下去，然后联系到身边的事情。她对深圳初中毕业生的命运充满了担忧，她说，深圳初中升高中的比例太低，不应该让那么多十五六岁的少年辍学，他们有权利读高中，到十八岁，再开始就业。（小姑娘现在就开始关心他人命运，她具备了为他人着想的素质，未来必将成为栋梁之材。）

罗珊珊老师说，很多年前，因为丈夫被派到深圳工作，我不得不随他从内地到深圳，我是老师，当时深圳的学校比内地差很多。从我自己的角度说，我后悔过，但考虑到一家人在一起，考虑到孩子读书的连贯性，我就想通了。一生中总会遇到选择，主动的、被动的，会有后悔，但不要陷入后悔的泥潭不能自拔，而是要设法补救。如果一直患得患失，会影响家人的幸福感。今天回头看，值得。

刘女士说，四十多年前，我试图读这部小说，但没读完，今天听课，被打动了。面对波澜壮阔的历史变迁，也有些人会表现出淡定，这种淡定的产生，或者是因为无知，或者是因为见识。葛里高利没有那么多见识，但他一直在思考，也不算无知的人。

最后，燕宇发言。他的发言总是概括性的，有深度。他说：听完这节课，我想到了四个关键词：政治、选择、忠诚、孤独。他说，我们每个人都不可能远离政治；我们要有选择能力，我们每个人都会面临选择，上什么大学，学什么专业，找什么工作。我们需要好老师的指引，需要榜样的引导。我曾遇到一个领导，他告诉我，工作是为自己干的，不要过分在乎某些领导的态度。认为自己做得对，就坚持。这话让我受益很多。我们要有起码的忠诚，对组织，对领导，对妻子。不能意气用事，江湖义气、有勇无谋，必然害人害己。另外，就是要学会享受孤独，难以选择的时候，首先可以选择孤独。没有刻骨铭心地孤独过，就不算成熟了。孤独中的思考和探索，是成长的必需品。

夜幕阑珊。讨论还在继续。后半夜，段鹏程在微信群发出信息，说道："被葛里高利的命运打动了，强烈共鸣，今夜失眠。"

06

高尔基《伊则吉尔老婆子》

_导读

读完作品，我们看到了一个英雄的产生。这个英雄是从平民变成的。

我们都想成为领导者，成为时代的英雄，但是你们想过没有：英雄与大众有什么不同？

_作者简介

马克西姆·高尔基（1868—1936）

苏联无产阶级作家，代表作有《海燕》《母亲》《童年》《在人间》《我的大学》等。

_参考译本

巴金译，人民文学出版社，1981年出版。

_主要角色

♀伊则吉尔老婆子：讲故事的老妇人

♂我：听故事的人，文章的作者

♂丹柯：英雄

♂族人：逃难的人群

♂茂密的森林：逃难人此时的敌人

_内容梗概

作品中，伊则吉尔讲述了三个故事，我们重点介绍其中“丹柯”的故事。作品不长，作者以第一人称的口吻叙述。情节动人，人物和景物描写极其生动、形象，显示出高尔基高超的写作技巧。当然，这里面也有巴金翻译时再创作的功劳。

小说是这样的——

草原的远处，闪烁着一粒一粒的蓝色小火花。“我”问：这些火星是从哪里来的？

伊则吉尔老婆子说：是从丹柯的燃烧的心里发出来的。老婆子就开始讲述丹柯的故事了：

古代，有一个族群，他们居住的地方，三面是茂密的树林，一面是草原。他们是快乐的、强壮的、勇敢的民族。可是，不知从什么地方来了一个别的种族，抢他们的地盘，与他们作战，打死了很多男人。他们被迫走进了森林。森林里面很阴暗，有很多沼泽。太阳照在沼泽上面，会有一股恶臭散发出来。孩子们就会中毒死去。儿童在减少，妇女们在痛苦中挣扎。

男人们在静默，沉思，他们被悲哀压倒了。他们知道，只有两条路：一条路，退回去，继续作战，打退异族，或者被消灭；一条路，向前走，走出无边的森林。

习惯了在广阔草原生活的人，他们很害怕森林里的声音，当风吹过树梢，整个森林发出低沉的响声，好像在威胁他们，给他们唱葬歌。男人们在想办法。他们想回去打一仗，拼一个你死我活。可是，面对妇女儿童，他们又犹豫了。他们还有一个夙愿，他们不想死去。

愁思最伤害身体，他们感到了身心疲乏。人们被思想弄得衰弱了。

恐惧在他们中间产生了。最初，恐惧是在女人中间产生的，它似乎抓住了他们的命运。恐怖随着就产生了，蔓延开来。林子里出现了胆小的话语，他们想把自由献给敌人，回去当奴隶。

就在这个危急关头，丹柯站出来了。丹柯是一个年轻的美男子。美人总是勇敢的。他对大家说："为什么我们要把我们的力气浪费在思想上、悲伤上？起来，我们到林子里去，我们要穿过林子，林子是有尽头的，世界上的一切都是有尽头的！我们走！"

大家望着他，看出来他是他们中间最好的一个，因为他的眼睛很明亮，闪着很多力量。

"你领导我们吧。"他们说。

丹柯领着大家向森林深处走去。大家和谐地跟着他走，他们相信他。他们放弃了与敌人战斗，选择了与大自然搏斗。

路很难走：沼泽张开大口，要把人吞下去。树木像一堵墙拦着他们，树枝相互纠缠，很难穿过。树根像蛇一样朝四面八方伸出去。森林越来越密。

人们每走一步，都要流汗，流血。他们走了很久，力气越来越小。人们开始抱怨丹柯：说他年轻没经验，不知把他们带到哪儿去。

天上下起了大雨。林子里非常黑暗。摇摇晃晃的树木发出轧轧的响声，闪电在林子顶上飞舞，寒冷的青光把林子照耀一下，又隐去了。来，去，是一样的快。

闪电划过天空时，在亮光的照耀下，人们看到了可怕的景象：树木好像活起来，伸出带着疙瘩的手（树枝），结成密密的网，要把他们挡住。

人们总是不会承认"自己"软弱，他们就开始抱怨丹柯：丹柯不能好好地带领我们。大家站住了。疲倦，气愤。在黑暗中，他们开始审问丹柯。

有人说："你对我们来说只是一个无足轻重的人，有害的人。你领导我们，把我们弄得精疲力竭，因此，你就该死。"

丹柯挺起胸膛对大家说："是你们说，领导我们吧，我才来领导的。……我有领导的勇气。可是你们呢？你们做了什么对你们自己有益的事情呢？你们只是走，像一群绵羊一样。"

森林里，闪电把黑夜撕成了碎片。许多人围着他，他们的脸上没有一点高贵的表情。丹柯不能期望从他们那里得到宽恕。怒火在丹柯心里燃烧起来。丹柯心里在斗争。开始他愤怒，可是因为怜悯，他又压住了怒火，他爱那些人。丹柯知道，没有他，他们就会灭亡。他心里又发出希望的火。他想搭救他们。他的眼睛里又发出光芒，像狼一样。

大家知道他发脾气了，警戒起来，他们像狼群似的，围着他，等着他发起攻击。

森林一直唱着忧郁的歌。雷声依然隆隆作响。大雨瓢泼而下。丹柯看出了大家的心思。只要他有所动作，他们就会弄死他。

“我还能为这些人做些什么呢？”丹柯思考着，他的心声比雷声还大。他虽然感到委屈，但是，依然要坚持。忽然，丹柯用手撕开了自己的胸膛，从那儿拿出自己的心，把它高高举过头顶。

他的心燃烧着，像太阳一样，而且比太阳还亮。

整个森林完全静下去了。树林被这个伟大的人类举着的爱的火炬照得透亮。黑暗躲开它的光芒逃跑了，跑到森林深处，颤抖着跌进沼泽龌龊的大口里去了。

人们都吓呆了，好像变成了石头。

丹柯说：“我们走吧。”

他高高地举着那颗燃烧的心，给人们照着道路。自己带头向前奔去。

大家像着了魔似的跟着他冲去。大家的脚步声盖过了森林发出的响声。众人勇敢地跑着，而且跑得很快。现在也有死亡，不过人们没有抱怨，也没有眼泪。

丹柯一直走在前面，他的心一直在燃烧。

森林忽然在他们前面分开了，又分开了，等到他们走过以后，它又合拢起来，还是又密又静的；不知走了多久，丹柯和所有的人都闻到了新鲜空气，阳光照在他们的身上了。在他们的面前，草原一起一伏。

他们终于走出森林，发现了另一个草原。黄昏，河上映着落日的霞光。

丹柯看着横在自己面前的广袤的草原，他快乐地望着这自由的土地，骄傲地笑起来。随后，他倒下了。他死了。

充满了希望的快乐的人们并没有注意到他的死，也没有看到他的心还在尸体旁燃烧。

有一个仔细的人注意到这个，有点害怕，抬脚踩在那颗骄傲的心上，那颗心裂散开来，成了许多火星，熄灭了。

伊则吉尔老婆子的故事讲完了，她说："在雷雨之前，草原上会出现蓝色的火星，就是丹柯破碎的心。"

_角色分析

作品中的人物形象，一个是英雄柯丹，一个是族人大众，一个是拟人化的大自然。"异族"此时已经退去，不再是眼前的敌人了。

拟人化的自然

作品里的大自然似乎有生命，每个场景犹如一幅幅恐怖的图画：

森林手拉着手，阻挡众人前行；后来，森林也被感动，会让出一条路，众人过后，树木又在后面合上。

沼泽吞噬着孩子和老人；雨是帮凶，让人们艰难的行走变得更加艰难。

闪电是用来夸张的，把黑暗的森林瞬间闪现在人们面前。人们也看到彼此的惨状，在雨夜人们变得更加悲伤。

愤怒和抱怨的人群面对丹柯，似乎成了一匹狼与一群狼在对峙；“狼”更体现出环境的恶劣、人性的恶劣。

看到丹柯燃烧的心，人们被惊呆了，大家愣在那里，像石头；“石头”坚硬，与丹柯的心形成对比。

丹柯死去，他的心化成了星星，无数的“星星”在草原上闪烁。

英雄丹柯

丹柯是一个年轻的美男子，他的眼睛很明亮，闪着很多力量。

英雄会被误解，要承受很多委屈。丹柯被族人指责，被族人误解；大众把自己的艰难归咎于英雄，以为英雄就该帮他们克服困难。历史上，许许多多的伟人都曾被误解，英雄是在误解和委屈中逐渐变得坚强起来的。

英雄之所以是英雄，一定是付出与回报不成正比。丹柯付出了生命，却没有享受到胜利的果实。

选择做英雄，就要无怨无悔。丹柯为了拯救族人，用自己的心做火把，照亮前进的路程。他知道自己很快就会死亡，但是，只要对大家有利，能救大家，他就愿意做。

值得欣慰的是：总会有人记住英雄所做的贡献。伊则吉尔老婆子还在讲述丹柯的故事，我们还在讲述丹柯的故事。

族人大众

族人大众是盲从的。跟对人，就有未来；跟错人，就会遭受灭顶之灾。

困难面前，族人大众会抱怨。他们缺乏坚持下去的勇气。总是需要被劝说，被鼓舞。

族人大众不会认错，总会把错误归于领头人。大众不会认错，这是世界性现象。雪崩后，没有一片雪花认为自己有责任。

在历史的转折关头，对于失败和损失，反思是很难的。划分责任，更难，个人的难以归个人，领导的难以归领导；人们习惯于把责任归咎于最高领导。

众人也会被感动，但很短暂。

危机一结束，众人就忘记了英雄丹柯。丹柯寂寞地死去。我们可以想象，在草原上，许多人开始吹嘘自己的艰辛与付出，乃至抢功。那些族人在喝酒的时候，一定会吹嘘自己的贡献，比如："想当初，我在森林里搀着老人，背着孩子"，等等。

_作品分析

《伊则吉尔老婆子》体现了高尔基的浪漫主义情怀，讲述了丹柯带领族人走出困境的全过程，惊心动魄，震撼心灵。作品记录了族人与敌人的战斗，族人与大自然的战斗，也描写了族人与丹柯的对立与统一。最终，丹柯用自己的生命之光带领族人走出困境，找到了新的家园。

_链接现实

好的作品总会在多方面给我们启迪，一百多年后重温高尔基的《伊则吉尔老婆子》，依旧会感慨万千。

丹柯是了不起的英雄，他的故事似乎有点“神奇”，但是，这类事情每天都在发生。我们很多人都会有这样的经历：带领大家做事，却被误解，感到委屈。这时，为了证明自己，不得不做出更大的付出和牺牲。在最后的坚持中，成功就来了。

第一，成就来自再坚持一下的努力之中。

在每一个大的成就后面，都存在着难以想象的付出、无处诉说的委屈和打掉牙往肚子里咽的忍耐。成就不会轻易到来。这就是为什么，在获奖的时候，人们总是流泪，女排获得世界冠军，姑娘们躲到卫生间放声痛哭，就是这个道理。所以，不要只看见掌声和奖杯，有多大的成就，背后就有多大的委屈。

尽管有委屈，我们还是要咬牙坚持，还是要努力奋斗，还是要做一个有利于他人的人。读的书越来越多，我们会发现，古今中外好多作品都涉及“感动上天”的话题。比如：愚公移山感动了“上帝”，于是派了两个神仙下凡，把“太行山”和“王屋山”两座山背走了。

我们也许都有过这样的经历；当你伤心到想要放弃，当你痛苦到想转身离去，只要再坚持一下，突然仿佛时来运转，你就成功了。你就是自己的“上帝”，精诚所至，金石为开，成功存在于再坚持一下的努力之中。

第二，丹柯是“利他”的，以“利他”为前提所做的努力，都值得赞美。

讲一个企业投资中的“利他”故事。那是1999年前后，某省公开招标一座山的开采权来生产水泥。几家水泥公司都去投标。A公司也去竞标。在计划书里，A公司承诺了几个方面：

第一，在薪酬方面，他们承诺雇用当地工人，水泥厂的工人工资会高于全省工资的平均线。此前，水泥厂工人吃住在工地，月薪只有几百元。

第二，在环保方面，他们承诺：当这座山被挖完以后，会在那片裸露的荒原上修一个人工湖，湖边栽上树，树边盖上房子，还当地一个美丽的社区。

第三，在税收方面，水泥厂投产后，纳税会过亿。A公司保证，会把全部税收交给当地政府，不瞒不转。

第四，关于业绩，A公司会追加投资，扩大产能。

他们竞标成功。后来，他们在那里做得非常好。A公司投标时所说的几条，都是“利他”的，与之相关的“各方”在这个项目中“多赢”的时候，这个项目必然成功。做计划书，不要只看自己的利益，而是要把各方面的利益考虑到，确认各方多赢的时候，你想撤出都不行，大家希望你成功，也就跟着你走向成功。

企业投资时，一定要有“利他”的思考。

讨论题：想当英雄，要先学会付出，不怕委屈。

在讨论阶段，大家发言特别踊跃，都是成年人，对文学理解比较透彻。

李帮凤首先发言，她说：今天听了这一课，对丹柯有了深刻理解，对英雄为什么会受委屈，也突然理解了，茅塞顿开。以前，我也会经常感到委屈，以后就不用委屈了，想想丹柯，自己就能化解了。李老师的话引来大家的笑声。看来，都有同感。

窦晓月是一家上市公司的高管，她回忆了自己的故事：为一个项目，做了七年的坚持和付出，有时候很难过，会在车里哭，哭完了，补妆，再面带笑容回到团队中间，鼓励大家坚持下去。七年的业余时间几乎都用在工作中，靠责任感度过了绝望期。付出太多，就差把心拿出来给大家照亮道路了。后来成功了。听了她的话，在场的朋友们报以热烈的掌声。

罗珊珊老师说：态度决定一切，付出了，迟早都会有回报。我在学校，曾经选过最差的班级，我真诚待学生，学生理解我，就会按要求努力好好表现。那个期末，我们班平均成绩成为全年级第一，班里的四个差生彻底转变。他们的父母来感谢我，说我帮助了整个家族。这就是最好的回报。其实，在这个过程中，我的付出真的太多了。

侯典国老师说：《危楼愚夫》告诉我们，大众启蒙是多么艰难。鲁迅的《药》也表达了这个意思，英雄的牺牲被无视。丹柯与族人的关系，这个话题太有意义了。我在学校当高三班主任，带领学生向人生的更高目标前进，某种程度上像是做英雄，这个过程中付出很多，可是，被认可的机会不多；很多好学生考上大学不会感谢老师，他们认为是自己聪明。坏学生落榜，他们的父母会说是老师不够好，四处败坏老师，说自己的孩子被老师歧视。这个时候，会很委屈，就像丹柯被族人指责时那样，四周一片黑暗，连星光都消失了。下个学期，我们抚平心灵的创伤，又要面对新的同学。今天听了这次课，丹柯的故事告诉我们：英雄就是这样炼成的；英雄的故事总会被人们传说。

杨宜凯说：我们“90后”不崇拜权力，但我们也想干一番事业。我想当英雄，我知道我还年轻，要积累经验，要积蓄力量。

何思薇是数学老师，她说：我也是“90后”，我也想飞，想成为了不起的人，但我知道，首先要脚踏实地。我知道自己要努力，要利他。

日常生活中，有大英雄，也有小英雄，首先要做好自己。当你真的能为他人领路的时候，你不会被埋没。

想当英雄，先从化委屈为力量开始。

当你付出后却不在乎奖赏的时候，就具备领头人的素质了。

深圳降温了，夜半时分，很冷，可讨论很热烈，曾校长一再推迟下课时间。走出书吧的门，大家还三三两两地在门口继续讨论着。

07

福楼拜《包法利夫人》

_导读

包法利夫人是一个充满虚荣心的女人，先后两次婚外恋，导致家败人亡。她的丈夫包法利对她信任而且容忍，忍耐和包容是一种善良，但是善良应含着锋芒。

_作者简介

福楼拜（1821—1880）

作家，西方现代小说的奠基者。左拉认为福楼拜是“自然主义之父”。代表作《包法利夫人》《情感教育》等。

_参考译本

《包法利夫人》发表于1856年，李健吾译，人民文学出版社，1979年出版。

_主要角色

♂包法利：一个乡村医生

♀爱玛：包法利的夫人

♂郝麦：无照行医者

♂罗道耳费：地主

♂赖昂：律师

♂勒乐：商人

_内容梗概

女主人公叫爱玛，就是后来的包法利夫人。

爱玛出生在农村，父母还算富裕，十五岁的时候，父亲把她送到城里的修道院读书。她喜欢跟修女们在一起，她感觉十字架有一种神秘的魅力。她喜欢穿过长廊，走进礼拜堂，听着音乐，朗读《圣经》。有些人来忏悔，说起未婚夫、丈夫、婚姻，听着这些事，她感到意外的喜悦。

她读《演讲录》，读《基督教真谛》，书里的描写与她熟悉的大自然联结起来了，她爱大海的惊涛骇浪，爱青草能在废墟里生长。她寻找的是情绪，并非风景。她狂热而又实际，爱教堂为了教堂的花卉，爱音乐为了歌曲的词汇，爱文学为了文学的热情和刺激。

有一位老姑娘，每月来修道院做女红，她会带来一些小说，爱玛读了几本，读到感动的情节，哭起来泪如泉涌。她希望自己也能住在古老的庄园里，遥望一位白羽骑士从田野里疾驰而来。

音乐课，歌词总涉及天使、圣母等，音调优美，她仿佛看到了感情世界的动人形象。

圣诞节，大家都收到一些贺礼，很多是明信片。这是学校禁止的。爱玛好奇，她把大家的贺卡借来欣赏。夜里，爱玛翻开贺卡的锦缎封面，读那些诗文，下面是伯爵或子爵的签名。她看着这些名字，惊呆了。里面还有图画：穿短斗篷的青年男子，搂着一个白袍少女；还有一些美女画像，圆草帽，金发环，大眼睛；有的女士，遥望明月，窗帘半遮，脸上有一滴眼泪。

这些都是爱玛喜欢的场景。她认为，这就是浪漫。

可是好景不长，爱玛的母亲去世了。父亲供不起她读书了，带她回家。

爱玛会画画，会弹琴，喜爱文学，爱幻想，容易伤感。这些与村子里的女孩们格格不入，她再也不喜欢自己的故乡了。

一天夜晚，爱玛的父亲摔伤了腿。包法利医生前来医治，过了一段时间，伤腿治好了。包法利与爱玛相识了。包法利的妻子病故。包法利是一名医生，在这一带算是有文化的人了，也算富裕。包法利追求爱玛，不久，他们就结婚了。

他们过了一段幸福时光，但爱玛很快就发现，丈夫不会游泳，不会击剑，不懂文学，压根没有上剧院的念头。她开始失望了。

九月的一天，附近的侯爵请他们去家里做客。

宴会上，爱玛羡慕地观察那些贵族，雍容华贵的人们，骄奢淫逸的场面，这给她很大的刺激。餐后舞会，她一直跳到凌晨两点。跟他跳舞的子爵让她难忘。

回家以后，每当回忆起宴会和舞会，她就感到惆怅，心情就会变坏，脾气也跟着变坏，身体也随之越来越糟糕。她买了一张巴黎地图，还订了一份报纸《沙龙仙子》，她渴望了解贵族的生活。

为了换换环境，包法利决定迁居永镇寺，那里离卢昂市近一些。他们离开了偏远农村。

爱玛生了一个女孩。

临近庄园的地主罗道耳弗来找包法利看病，见爱玛漂亮，就想勾引她。恰好农业展览会开幕，罗道耳弗带她去看展览会，其间向她表达爱情，爱玛的激情被燃起。台上颁奖时，他们俩在台下谈爱情。

罗道耳弗是风月老手，第一次见面后，他隔了六个星期不见爱玛，借此折磨爱玛，希望爱玛把对他的思念全部转化为爱情。他相信爱玛已经在他的掌握之中了。再见面时，他说自己出国了，忙着做生意。爱玛很憔悴。罗道耳弗对包法利说，你夫人需要到野外锻炼。包法利居然同意了。

罗道耳弗约爱玛去骑马，锻炼身体。他给爱玛买了一匹小马。

每次爱玛骑马回来，都很高兴，身体也好了起来。包法利不反对爱玛出去。包法利信任他们二人。可是，有一天，罗道耳弗和爱玛骑着马走进密林深处，他们有了婚外情。

包法利钻研医术，但也有虚荣心，他在对自己的医术还没有把握的情况下，却要给一位病人做正腿手术。郝麦为了沽名钓誉，竭力怂恿，还请来了报社记者。爱玛出于虚荣心，也鼓励。结果手术失败。病人被截肢。包法利不得不举债赔偿。

包法利的失败增加了爱玛对丈夫的不满，她跟罗道耳弗频繁约会。他们交换照片，剪下头发作信物，罗道耳弗送爱玛戒指。半年里，爱玛像在恋爱之中，感到幸福。

永镇寺有个服装商人，叫勒乐，他发现了爱玛的行为，就鼓励她买礼品给罗道耳弗。爱玛想买一个马鞭。这个商人就去办，故意不说价格，下个月，勒乐送来270法郎的账单。爱玛有点吃惊，但没有埋怨他。

爱玛不满足于苟且偷生。她对罗道耳弗说："我们去别的地方生活吧，随便什么地方。"

罗道耳弗决定抛弃爱玛，他玩够了。他给爱玛写信说："我不希望害你一辈子。忘了我吧。为什么你生得这样美啊。"他说，"爱玛，人世冷酷，我们走到天涯海角，都要忍受无礼的盘问，诽谤，蔑视，甚至于侮辱。我自己要亡命他乡，这样来惩罚我带给你的祸殃。"

他怕爱玛找他，结尾他说："当你读到这封信，我已经走远了。永别了。"

爱玛收到信，躲到阁楼上，靠着窗台读信。她不相信这是真的。她看着窗外：原野一望无际，广场空空落落。石子闪闪烁烁。爱玛很伤心，她想跳楼自杀。

这时用人喊她："太太，老爷在等你，汤端上来了。"

爱玛下楼，简单吃了几口。夜色中，罗道耳弗坐着马车走过广场，爱玛正好看到，就晕倒了。

爱玛从此崩溃了，身体每况愈下。

包法利决定带爱玛去卢昂看戏，散散心。剧场中间休息，他们遇到了之前认识的见习律师赖昂。三人都很惊喜。下半场演出就没有看，包法利夫妇和赖昂去喝咖啡、聊天。

深夜，该回家了。爱玛说还想看戏剧的后半场，明天看完再回去。她就留下来，住在宾馆。包法利回家了。

赖昂陪爱玛去宾馆，他就没有离开，直到第二天。

爱玛为了每周能见到赖昂，找了一个借口，她对包法利说要去卢昂学钢琴。这样，每周四她就可以在那里与赖昂同居了。

卢昂市比她的故乡大多了，有十二万人，爱玛感到头昏眼花，但也热情澎湃。她怕遇到熟人，把黑面网拉下来，但心里喜滋滋的，笑容满面。

赖昂和爱玛错把旅馆当家园了，每次见面他们都难舍难分。

包法利有一天突然问爱玛："你的钢琴教师是不是朗玻乐小姐，在邻家见到她，她说不认识你。"

爱玛说："卢昂有好几个朗玻乐小姐。"

隔几天，爱玛把学钢琴的"收据"藏在包法利的靴子里，包法利穿鞋时发现了。爱玛说："怎么掉到靴子里了？"她蒙混过关。

爱玛的生活里谎话连篇。这变成一种需要，一种快感。

爱玛与赖昂的关系又被商人勒乐发现了。商人为她提供各种服务，鞋子、衣服、奢侈品，爱玛买了很多，都是赊账。后来，勒乐来逼债，爱玛还不起，商人让她用房子做抵押，借款。爱玛真的做了。但借款很快又花完了。勒乐将她告上法庭。

爱玛找到罗道耳弗，想借三千法郎。罗道耳弗拒绝了。爱玛感到了彻底的幻灭。法律无情，她无路可走。她跑到郝麦的药房里，吞了毒药。

死前，她给包法利留了一封遗书，写道：什么人也不要怪罪。

爱玛死了，包法利在阁楼上发现了罗道耳弗写给爱玛的信，他不信他们有越轨行为，依然以为他们只是精神恋爱。

包法利破产了，不久也死去，家里的东西仅卖了十几法郎。

女儿无处栖身，最后到一家纱厂当了女工。

_角色分析

爱　玛

爱玛是一个聪明、漂亮的女孩，在修道院读书开阔了眼界，开始喜欢文学和美丽的东西。她喜欢富有情感的歌词，喜欢印着美女和王子的明信片。

爱玛从修道院回到农村，强烈的对比让她无法快乐起来，每天幻想着逃离农村。虚荣心更加膨胀了。那个年代，女人在经济上不能独立，她只能依靠男人来改变命运。

福楼拜在作品中说："爱玛在自己的向往之中，混淆了物质的享受与心灵的快乐、举止的高雅与感情的高尚。"可以给爱玛定义一个标签，即她是一个有着强烈虚荣心的女人。

爱玛嫁给丧妻的医生，本就是一个不明智的选择。老气横秋的丈夫不能给她浪漫的生活情趣。她参加舞会回来，闷闷不乐，她想每天都能过上那样的生活。

爱玛不是一个彻底的坏女人，比如她跟赖昂在一起，更多的是自己出钱；她没有追着罗道耳弗讨说法，没有死缠烂打；直到临死，她还嘱咐丈夫不要怪罪他人。

爱玛追求的并不是改变命运，也不是为了钱财，她追求的只是一时的浪漫和刺激。她没有离婚的勇气，也没有公开婚外情的勇气，只好不断地用一个谎言掩盖另一个谎言。

包法利

他懂些医术，不甚高明，梦想成名，却屡遭挫败。他逆来顺受，把倒霉的事情都归于命运。他也有虚荣心，他的最大缺点是不识好坏人。

包法利是一个善良的丈夫，可是，他过于愚钝，过于迁就，过于信任，妻子与什么人交往，他不闻不问，对妻子没有任何约束，妻子把房子都抵押了，他居然不知。

假如最初，他不允许爱玛与罗道耳弗交往，也许还能对爱玛的虚荣心有所约束。包法利的善良里面，没有任何锋芒，结果，被妻子所累。

地主罗道耳弗

他是一个风月老手，懂得如何勾引女人，花钱不多，甜言蜜语，很理智，知道如何开始，也知道何时结束。不会为女人改变自己的生活。

他是一个表里不一、谎话连篇的利己主义者。他用偷情满足自己短暂的欢愉，他根本没想过要为爱玛的未来付出什么，他是不负责任的卑鄙之人，他不能改变自己的命运，更不曾想过帮助爱玛改变命运。

他很精明，他看透了爱玛的虚荣心，爱面子，因此他毫不畏惧地勾引爱玛，他知道自己没有风险。

律师赖昂

赖昂年轻英俊，温文尔雅，很吸引女人。他是爱玛失去罗道耳弗后的填补者。他自己也是个孤独的人。在学校胆小怕事，谨慎，精明。虽然他不是坏人，但也不是好人。按现在的话来说，他算是一个精致的利己主义者。

商人勒乐

勒乐阴险狡诈，识人，会借势，会推波助澜，也会乘人之危，他为了赚钱不择手段，知道包法利夫人虚荣心很强，不断给她设下陷阱。他替爱玛买东西都有收据，他让爱玛用房子做抵押借钱，也都立好合同。勒乐把爱玛一步一步逼到破产，他是一个不择手段的利己主义者。

_作品分析

《包法利夫人》以外省一个富裕农民的女儿为主人翁，描写了社会的各种阴暗与虚伪。此书出版后，法院控告他有伤风化。有一位作家批评他过于“冷淡”。

福楼拜则认为人类的欲望都要归于失败，有进取心的英雄消失了。“包法利主义”因此而成为一个“成语”，意思是：不切实际，想入非非，幻想，体现出“平庸污浊的现实”。

福楼拜说：“同时在二十个村子里，可怜的包法利夫人在那里忍受苦难，伤心饮泣。”包法利夫人这样的人到处都有。拿破仑时期的英雄一去不复返，野心勃勃的于连也销声匿迹，取而代之的是庸碌无能之辈，虚荣心支配着他们空虚无聊的心灵，却不知如何改变命运。

_链接现实

讨论题：虚荣心与理想有什么区别？

3 月 10 日晚，朋友们在“雪仙书吧”聚会，一起温习法国著名小说《包法利夫人》。这是春节和寒假过后的第一讲，大家见面后相互问候；亲情、友情、同学情溢满书吧。

《包法利夫人》描写了爱玛的虚荣心。我们每个人都有理想，也都有虚荣心，那么，二者有什么区别呢？怎么认定我们的某个想法，或某个行为，是属于“虚荣”，还是属于“理想”呢？

让我们解剖一下爱玛的言行，从中找到一些答案。

她有梦想：爱玛一心追求美好的生活，向往大城市的文化氛围和浪漫生活，她喜欢舞会、看戏、沙龙聚会、美丽服装，等等。对此，始终不变。爱玛一心想与富人、有学问的人交往：她的朋友是子爵、地主、大学生。

她有动力：爱玛心里有追求，所以也不辞劳苦。她坚持读书、坚持练琴，等等。

爱玛心里对美好生活的向往，爱玛读书练琴时的坚持和努力，这些因素可能是每一个年轻人都会有的，对此，不能说好不好、对不对。

那么，为什么说爱玛是一个“虚荣”的人呢？因为爱玛为了实现梦想，所采取的行动都不可取。

第一，想走捷径。

爱玛嫁给包法利，本希望丈夫带给她幸福。她失望后，寄希望于大地主罗道耳弗，恳求罗道耳弗带她远走高飞；罗道耳弗消失后，她又希望赖昂带她去巴黎。那个时代，女人没有经济独立，只能寄希望于男人。

第二，不计后果。爱玛不计后果地坑害家人以取悦外人。她装病，撒谎，偷偷地用房子做抵押，各种欺骗手段都用上了。她只爱自己，当她希望罗道耳弗带她私奔时，她可以不在乎女儿还那么小，更不在乎丈夫的感受。她自杀，害死丈夫，女儿成了童工。

第三，谎话连篇。为了见罗道耳弗和赖昂，她不断撒谎。偷偷摸摸，不能光明正大。

第四，失去理性。当爱玛不顾颜面胡作非为时，好人离她而去，坏人趁机而入。她失去了理性，商人花言巧语来敲诈她，她完全相信商人的谎言。最终被骗得家破人亡。

第五，对外人，爱面子导致懦弱。当罗道耳弗抛弃她以后，她不敢揭穿他的骗子行径，胆小怕事，自己承担痛苦。失去房子以后，两个情人都没有帮助她，她也没有伤害他们。直到死去，她也没有揭穿商人勒乐，她怕自己丢面子。她带着自己的秘密走了，连丈夫都被蒙在鼓里。她不能像《安娜·卡列尼娜》中的安娜那样直接告诉丈夫："我恨你，我爱沃伦斯基。"她也不能像《红与黑》中的于连那样开枪复仇。

爱玛不会保护自己，也不懂得爱护家人。她先后与两个自私的男人相处，她不曾谋取钱财，这说明她不够坏；她不曾提出离婚，却想跟情人私奔，这说明她糊涂。直到死去，她都不明白自己为什么会走到这一步。是虚荣心害了她。

其实，我们每个人都有虚荣心，也有理想。那么，"虚荣心"与"理想"有什么区别呢?

虚荣心是一个贬义词；理想是一个褒义词。

“理想”，体现在行动中会是什么样呢?

第一，不怕吃苦。人们为了实现理想，不怕吃苦。他们可能会遇到挫折，但他们会勇敢面对，奋斗不息，百折不挠。

第二，利己，也利他。“理想”包含“利他”的特点，为母亲争光，为母校争光，为单位争光，为祖国争光。为了理想而奋斗的人，能得到老师的引导，能得到贵人的帮助，他们往往不是孤军作战。有理想的人不仅要造福家人，也希望造福一方。他们心里想的，除了自己，还有“祖国”“人民”“他人”，他们想通过努力，不仅要改变自己的命运，也要改变大家的命运。

第三，坦荡。为理想奋斗的人，成功可以分享，失败可以述说，完全不用像爱玛那样撒谎和隐藏。爱玛的快乐不能分享，同样她的苦衷也不能说出来。

第四，理性。奋斗中的人，他们会为自己制订计划，时常会检讨和反思，在反思中成长。他们不会失去理性。前进中，每个人都会本能地选择捷径，但是，同时会理智地趋利避害，自我克制，不能为了短暂的快乐而冒险。

以“虚荣心”为主导的人，心里只有自己，为了自己的利益，可能会牺牲家人或朋友；为“理想”奋斗的人，做事不会突破道德底线，更不会突破法律的约束。

以上我们简要区分了“理想”和“虚荣心”的特点。这些特点总结得也许不够全面和准确，但可以大致区分二者的不同，算抛砖引玉。

那天，参与学习的朋友们进行了激烈讨论。来书吧的朋友，有母女，有退休长者，也有刚毕业的年轻人。大家讨论，也有争论。

对包法利，对包法利夫人，每个人都有了更深刻的理解。

08

夏洛蒂·勃朗特《简·爱》

_导读

《简·爱》描写了“爱情的曲折”和“婚姻的完美”，体现了作者对精神自由、经济独立和爱情平等的追求。作者夏洛蒂在作品里反映女性的内心世界和女性的呼声，她是英国第一个表现这类主题的作家。

_作者简介

夏洛蒂·勃朗特（1816—1855）

出身于英国北部约克郡的一个乡村牧师家庭，母亲早逝。夏洛蒂·勃朗特于1847年出版长篇小说《简·爱》，轰动文坛。后来有《谢利》《维莱特》《教师》等作品。

_参考译本

祝庆英译，上海译文出版社，1980年出版。

_主要角色

♀简·爱：小说主人公，作品以第一人称“我”的口吻进行叙述

♂罗切斯特：一个富裕的男士

♀阁楼上的疯女人：罗切斯特的妻子

_内容梗概

冬季，一个寒冷的下午，舅妈和儿子、女儿在庄园里烤火炉，让只有十岁的我离远一点。我溜进早餐室读书。我是个孤儿，寄养在舅舅家里。舅舅也去世了，舅妈对我不好，表哥受到舅妈的影响，经常欺负我，就连家里的用人都敢讽刺我。

表哥用书砸我，我摔倒在地，头撞到门上，流血了。我站起来，忍不住愤怒，抓住表哥，打他。

使女闻声赶来，对我说：“你居然打你的小主人。”

我说：“难道我是用人？”

使女说：“不，你还赶不上用人呢，你靠人家养活，却什么也不干。”

我被关进红屋子。我在想：“这不公平。”我多想反抗啊。为什么我这样受苦？屋子特别冷，我变得像冰冷的石头。我往常的自卑心情、自我怀疑、无奈的沮丧，都浇在我的怒火上。我想：如果舅舅活着，舅舅对我一定会很好。于是我放声大哭，他们赶来，看我

还有力气反抗，就把我锁了起来，直到我昏迷过去。

他们请了药剂师给我看病，药剂师同情我，就跟舅妈说送我去寄宿学校读书吧。舅妈同意了。

学校负责人来家里，舅妈跟他说我的坏话，说我脾气暴躁，爱骗人，等等。客人一走，我就对舅妈说我是不骗人的。我这一辈子永远不再叫你舅妈。你对我的残酷到了可耻的地步。说完这些话，我的心里有了从未有过的自由感，胜利感。

一月十九日，马车来了。我到了五十里以外的慈善学校。学生们都是孤儿，是九到二十岁的女孩。

历史课，一个十三岁女孩被罚，她不哭，在众目睽睽之下镇定自若。我佩服她。她叫海伦。后来，海伦告诉我要“以德报怨”。我打碎了写字的石板，被老师罚站。老师要我在高凳子上罚站一天。海伦用眼神安慰我，还偷偷给了我一块面包。她给了我力量。

女教师谭波尔来看我，我给她讲家里的事。她相信我的话，亲了我。

海伦得了伤寒，学校怕她传染别人，把她隔离了。我体会过孤独和恐惧的滋味，想去陪她。夜晚，我溜进她的房间，陪她聊天，陪她睡觉。天亮，人们发现，她死了。

我在这所学校学习了六年，毕业后留校当老师。两年后，我登报求职，选择了家庭教师的职位，离开了慈善学校。

我到了桑菲尔德府。管家告诉我：这片田野，眼睛看得见的地方，都是罗切斯特的田地。

他的女儿十四岁，是我的学生。

冬天的一个下午，学生感冒了，休息。我就出去散步，顺便寄信。小路上，一个人骑着马飞驰而来，不知为什么，马和人一下子摔倒了，我跑过去帮忙。他把手按在我的肩上，勉强上了马。

傍晚我回到家才知道，他就是罗切斯特。他中等身材，胸膛宽阔，黑黑的脸，忧郁的容颜。

次日，他考查我，叫我弹琴，还看了我的速写和油画。我们就熟悉了。

有一天，他突然问我："你认为我漂亮吗？"

我脱口而出："不漂亮，先生。"

他说："我喜欢你的直率。"

他说我有修女的神气：安静、庄严、单纯。

我对他产生了好感。

罗切斯特告诉我，他女儿是一位女舞蹈家的孩子，他们虽然好过，但这个孩子不是他的。

他把这个秘密告诉我，是对我的信任。他对我来说，不再是傲慢的主人，像是朋友了。我好激动，夜晚睡不着，在床上胡思乱想的时候，闻到了烟味。我顺着烟味走过去，原来是罗切斯特的房间着火了，我赶紧灭火。

他被熏晕了，醒来后问怎么回事。我在他的房间里听到一阵奇怪的笑声。他让我不要声张。大家闻声赶来，他对大家说，他在床上看书，睡着了，蜡烛点燃了帐子。

第二天，罗切斯特装作若无其事，去拜访英格拉姆家了。管家说英格拉姆是个美女，未婚。我突然很难过，对自己说："他和你不在同等地位上，你还是留在你的阶层吧，要自爱。"

十天后，他带了一批绅士和淑女来家里玩。英格拉姆也来了，她珠光宝气。人们称她为女王。他回来后，忙着招待客人，举办宴会、舞会，甚至不看我一眼。但是，他叫我去参加舞会。

看见他，我知道，我已经爱上他了。

英格拉姆用恶毒的语言咒骂我的学生。我立刻意识到，罗切斯特不会爱这个没有修养的女人。

过了几天，家里来了一个吉卜赛女巫，蒙着头。她要给我算命。她说我愚蠢，你不肯让美好的感情过来，也不肯朝它走去。

原来，这个女巫就是罗切斯特。他在试探我。

一天，舅妈家里的人赶着马车来接我回家，舅妈要死了。舅妈承认对不起我。然后把舅舅去世前留给我的遗产还给了我。办完舅妈的丧事，我在表姐家又住了一段时间，才回到罗切斯特的家里。

一天我在院子里散步，闻到雪茄的味道。我知道是从书房传来的。我就走进果园。有一堵墙把果园与院子隔开；另一边是林荫道，把果园与草坪分开；尽头有一段篱笆，把果园与田野分开。在这里漫步，没人可以看见。

鲜花，鸟鸣，夜莺在歌唱。可爱的黄昏。

月亮还没有升高，我看见了他的身影。我准备悄悄回家，不让他发现我。

他没回头，却说："简，来看看这个家伙。这么鲜艳的夜游神。"他一直在关注我，知道我在这里。

他说："在这落日紧接着月出的时刻，肯定没有人会想去睡觉。"

他说："桑菲尔德在夏天是个可爱的地方，是不是？"

我说："是的。"

他又说："你一定相当依恋这所房子吧？"

我说："是的。"我们彼此试探。

想到英格拉姆小姐，想到有一天我将离开，我忍不住哭了出来。我说："我爱桑菲尔德。……在这里我没有受到践踏。"

"你将迎娶你的新娘，我是非走不可的。……你以为我是没有感情的机器吗？……你想错了，我的灵魂跟你的一样。……站在上帝跟前，我们是平等的。"

"因为我们是平等的。"他重复了一句，一把把我搂在怀里，说，"我打算娶的是你。"

夜晚，下雨了，我们往回走，不然，我们会坐到天亮。

我们去教堂举行婚礼。突然，有人走进教堂，大声说："婚礼不能继续举行。"一位律师和一位男士来了，他们说，十五年前，罗切斯特与梅森结婚，妻子还活着。

我震惊了。

大家跟着罗切斯特回到家里，走到阁楼上，看到了阁楼上的疯女人。罗切斯特说，梅森的家族有遗传病史，婚前他们没说，婚后梅森犯病，出于好心，他依然养着她，没有离婚，不忍心把她送到精神病院受折磨。

我决定离开。他有妻子，我不能充当他的情妇。

夜晚，我从小门离开了桑菲尔德庄园。我没有带足够的钱。半路上被马车夫赶下马车。我饥寒交迫地在荒野里徘徊了两昼夜，终于被一个守丧的牧师收留。我昏迷了三天，到第四天才能说话。

牧师和两个妹妹收留了我，对我很好。这里有一所为穷人开办的小学，为了生存，我就去当老师，我成为大家喜爱的人。

有一天，牧师收到一封律师信，律师在寻找简·爱。那就是我。叔父在海外去世，给我留了两万镑遗产。我把钱分成四份，我留下一份，另外三份，分给了牧师和他的两个妹妹。我把他们三人当成自己的亲人。

牧师向我求婚，我拒绝了。此时，我想起罗切斯特。我要回桑菲尔德看看。

回到庄园，我看见，庄园已经被烧成平地。人们告诉我：去年秋天，疯女人放火后，跳楼摔死了。罗切斯特救火，房屋坍塌。他双目失明，还失去一只胳膊。之后，他和家里的用人都搬走了。

我在那一带寻找，我终于看到了他：他坐在长椅上，他的五官没有变。

我默默地走过去，没有说话。

他抓起我的胳膊，摸着我的肩膀，说：“简，是你吗？”

我说：“我找到你了，我回到你这儿来了。”

我告诉他，我继承了五千镑遗产，我是一个独立的人了。我说："做你的妻子就是我在世界上最大的幸福。"

我们结婚了。一晃十年过去了。我们幸福到无法形容。我们有了一个儿子。儿子出生的时候，罗切斯特的一只眼睛经过医治，复明了。

_角色分析

罗切斯特

他是一位善良的贵族：其一，他怕妻子受虐待，不忍心把她送进疯人院，而是把她留在家里，安排专人伺候她。其二，那个女儿，他明明知道是法国舞蹈家的私生子，不是他的孩子，但他还是收留了无辜的女孩，还为她请来家庭教师。

这个女孩的家庭教师，给他带来了生活的乐趣。简·爱知书达理，虽然不美丽，但很有修养，内心丰富，安静，好强，爱读书，会画画，会弹琴，她使这个庄园有了音乐，有了柔情。

罗切斯特有了一个可以说话交流的人。

他们彼此欣赏。罗切斯特问简·爱自己长相漂亮吗，简·爱直接回答："不漂亮。"这个回答更能打动罗切斯特，因为简·爱没有像其他人那样迎合他，讨好他，而是坦率地说真话。

简·爱

简·爱在书里的成长过程可以分为几个阶段：

第一个阶段：她在父母去世后被寄养在舅舅家里，舅舅家比较富有，家里有用人。舅舅去世后，舅妈虐待她，她反抗舅妈，表现出自立和勇敢。

第二个阶段：在寄宿学校，这是她人生苦难的极点，但她更展示出善良的一面。

第三个阶段：当家庭老师。其间发生了两次"美女救英雄"的事，一次是罗切斯特的马摔倒，一次是罗切斯特的房间起火。在相处中，罗切斯特对简·爱有了好感。不久，简·爱舅妈去世，她回家继承遗产，这也是告诉读者，她出身很好，从小受过良好教育，这是他们深入交谈的前提。

第四个阶段：逃婚后，她被救助。再次继承遗产，她大方地与恩人们平分，这展示了简·爱对物质财富的态度——大方、慷慨。

最终，她的爱情走向了幸福的婚姻。

她内心强大，刚毅，敢于反抗。但她也很善良。其一，她在孤儿院陪着海伦直到她死去；其二，她把所继承遗产的四分之三分给了他人，这不是谁都可以做到的。

简·爱和罗切斯特二人，外表普普通通，但品行善良，他们具备丰厚的学识和高雅的修养，这一切都成为彼此欣赏的原因。他们因此相爱了。

_作品分析

罗切斯特和简 · 爱的爱情是优美的，但是，走向婚姻却不是一件容易的事情。

走向婚姻，他们之间横着两个障碍：

第一个障碍：阶层的不同。罗切斯特是贵族，简 · 爱现在是一个穷人。

简 · 爱追求平等，可她只是一个家庭教师，她和罗切斯特不属于一个阶层。简 · 爱有一句名言，至今仍然在全世界的妇女中回响："你以为我贫穷、低微、不美、渺小，我就没有灵魂、没有心吗？你想错了。……我们站在上帝跟前，是平等的。"

在那些贵族小姐面前，简 · 爱也曾犹豫过，她对自己说："他和你不在同等地位上，你还是留在你的阶层吧。"

后来，他们在交流中，二人都认同了这个理念："我们站在上帝跟前，是平等的。"

这个认知让他们突破了阶级的障碍，走进了结婚的教堂。

遗产对于他们的爱情来说，不重要。因为直到去教堂举行婚礼之时，简 · 爱还只是个穷家庭教师。不过遗产对于简 · 爱建立"女性自信"来说，有点作用。

简 · 爱一直追求独立和自食其力，这一点是这部作品的价值所在。

第二个障碍：罗切斯特的妻子还活着。

简 · 爱坚持女性独立，她的道德底线告诉她，只能做妻子，不能做情人。

简·爱说：你的夫人还活着，今天上午已经被确认了。如果我像你所希望的那样，跟你生活在一起，那我就是你的情妇，无论怎么说，那都是不对的。

直到罗切斯特的妻子死去，简·爱才嫁给罗切斯特。

_链接现实

2020年3月17日，“雪仙书吧”的朋友们聚集在一起，欣赏影片《简·爱》。

这部影片是2011年的新版本，最早的版本是1944年的黑白电影，这个新版本是彩色仿黑白。影片采用倒叙手法，开场就是简·爱走在逃离的路上，她从罗切斯特家里“逃婚”，晕倒，被路人搭救。之后，通过一次次“闪回”，完成对整个故事的叙述，很吸引观众。

欣赏完电影，我们开始介绍作者，并分析作品。

《简·爱》影片，大家都喜欢。对这个故事，对于不同性别和不同年龄的读者来说，却有着大致相同的认知。

在“雪仙书吧”，参与学习的朋友们进行了热烈讨论。

读《简·爱》会有很强的代入感，读者会把自己想象成简·爱或罗切斯特，会庆幸他们有情人终成眷属。读者会赞美简·爱的“腹有诗书气自华”，也赞美罗切斯特的善良和坚持。

09

雨果《悲惨世界》

_导读

冉阿让是悲惨世界里最悲惨的人物。他为了养活姐姐的几个孩子，去偷面包，结果被捕，坐牢长达十九年。出狱后改了名字，办厂做首饰，不仅发了财，还当上市长。警察沙威认出他是冉阿让，再次抓捕他，判他海上劳改。他跳海逃走，只因曾答应一位逝者，要关照她的女儿，他成了女孩儿的父亲。沙威像魔鬼一样尾随他，他一次次搬家逃避。

在冉阿让有机会枪毙沙威的时候，他却放了沙威。

_作者简介

维克多·雨果（1802—1885）

法国19世纪前期积极浪漫主义文学的代表作家，人道主义的代表人物，法国文学史上卓越的作家，被人们称为“法兰西的莎士比亚”。一生创作颇丰，在法国及世界有着广泛的影响力。代表作有长篇小说《巴黎圣母院》《九三年》《悲惨世界》等。

_参考译本

李丹译，人民文学出版社，1958年出版。

_主要角色

♂冉阿让：男主人公

♀芳汀：女主人公

♀柯赛特：芳汀的女儿

♂马吕斯：彭眉胥的儿子

♂吉诺曼：绅士

♂彭眉胥上校：吉诺曼的女婿，马吕斯的父亲

♂米里哀：主教

♂沙威：警察

♂德纳第：恶人

_内容梗概

冬季，冉阿让失业了。姐姐的七个孩子没有吃的，他打破橱窗，想偷面包，结果被抓，判了五年徒刑。由于一再越狱，一再加刑，他坐了十九年监牢。

1815年10月，冉阿让走出监狱。由于有犯罪记录，身份证是黄色的，没人敢收留他，就连旅店老板都拒绝他留宿。一路又饥又

渴，他敲门求助。这是主教米里哀的家。主教款待他，并留他住下。

天亮前，他偷了主教家的银餐具，离开了。清晨，警察押着他来到主教家里。

主教看到冉阿让，几分怜悯油然而生。他对警察说这些餐具都是送给他的，然后主教又送给冉阿让一个银烛台，并对他说："我的兄弟，我赎的是您的灵魂，这些银器是为了做一个诚实的人用的。"

平民女子芳汀两年来真诚地爱着一个大学生，她跟他在一起，生了一个女孩。大学生不想负责任，留下一封信就离开了，从此再无音信。

十个月后，芳汀把孩子寄养在一家客店里，店主德纳第夫妇是这里有名的恶魔。他们也有两个女儿。

蒙特猗市来了一个陌生人，他改革了手镯制作工艺。过去，各国都用玉石制造首饰。白墨玉产自挪威，黑墨玉产自英国，这样的玉很贵。德国做出了人造墨玉。现在，法国也能像德国一样仿造墨玉了。陌生人建立了工厂，城市兴旺了，他成了富翁。大家叫他马德兰伯伯，后来他成了市长。

芳汀在工厂做工，收到一封信。德纳第夫妇在信里说孩子需要买一件羊毛裙，需要十法郎。芳汀没有钱，无奈的她只好卖了自己的长发，然后把钱寄给德纳第夫妇。

芳汀结识了一个流浪音乐师，他好吃懒做，不久又把芳汀抛弃了。

德纳第夫妇再次来信，说孩子得了猩红热，需要四十法郎。

广场上，牙科医生在推销商品，江湖语言加俗话，大家边听边笑。商人看到芳汀美丽的牙齿，就说：把你的门牙卖给我，我给你四十法郎。

芳汀想，头发可以长出来，牙齿长不出来啊。她拒绝了。芳汀回到家里，想到女儿，猩红热得不到治疗就会死去。怎么办啊，这一夜，她的内心一直在挣扎，她老了十岁。第二天，她卖了自己的门牙。

其实，这是德纳第的一个骗局，她的女儿根本就没病。

芳汀没了门牙，很丑，她回到家里，把镜子扔了。为了省钱，她搬到一个阁楼上住，她把床也卖了，睡在草上。从此，她不再修饰，不再缝补衣服。隔三岔五，就有债主来找她催债。

芳汀恨透了马德兰。她每天工作十七个小时，只挣九个铜元。

一天，芳汀又收到德纳第夫妇的来信，信中说：赶紧支付一百法郎，否则就把柯赛特赶出去。她被迫无奈，做了公娼。一天，一个公子哥侮辱芳汀，把一团雪塞进她的后背。芳汀骂他。警察沙威立即把她带走，判六个月监禁。马德兰市长认为她无罪，命令沙威放了她。

芳汀病倒了，马德兰把她送进医院。芳汀跟马德兰市长讲述了自己的遭遇，讲述了女儿的情况。马德兰市长答应她，去把她的孩子接回来。

沙威是一个无情的警察。他开始怀疑：马德兰就是当年的冉阿让。

一个叫商马弟的人被警方抓获。这时，几个苦役犯证明：商马弟就是冉阿让。

马德兰自己的良心受到谴责，他彻夜未眠。第二天，他去法庭，承认自己是冉阿让。商马弟被释放。

警察沙威来到医院，要逮捕冉阿让。芳汀觉得天翻地覆，一口痰涌上来，死去了。冉阿让被抓。

他事先答应要接出柯赛特，为了完成对芳汀的诺言，他逃出监狱。

1815年6月18日，滑铁卢战场，英军退却，拿破仑命令法国骑兵去占领圣约翰高地。骑兵奔跑过去，在山脊的最高处，突然发现，面前是山谷，是一道深坑。骑兵停不下来，就跌进山谷。直到骑兵和马匹填满了山谷，后面的骑兵踏着他们的尸体，越过深坑。一个骑兵旅，三分之一的人死去了。

法国开始失利。战后的原野一片凄凉。德纳第在偷盗尸体身上的财物。他盗走了彭眉胥的手表和钱包，发现他还活着。德纳第无意中救了这个上校，他们互通了姓名。

冉阿让越狱三天后，又被捕，被判终身苦役。他被送到大海里的船上做苦役。多年后，为了救一个海员，他落进大海，淹死了。

1823年圣诞节的晚上，德纳第夫妇逼迫八岁的柯赛特去河里挑水。她走出村庄，走进田野，她感到十分害怕。在河边，她抓住一个树枝，作为扶手，另一只手拿着水桶取水。她用尽力气把水提上来，然后，蹲在地上喘息。

一个陌生人来到她身边，帮她把水提回家，还送给她一个布娃娃。第二天，这个人给了德纳第一千五百法郎，带走了柯赛特。

他就是一个月前落入大海的冉阿让。

冉阿让带着柯赛特在巴黎最荒僻的地方租了一个房子，住下来。他们以父女相称。自从他偷了面包被判刑，二十五年来，冉阿让从来没有建立家庭，如今有了女儿，他的慈爱被唤醒。柯赛特八岁了，她从小缺少父爱，现在，冉阿让这么爱她，她开始依靠这位老人了。

这是冉阿让第二次遇见光明的启示。

第一次，主教让他明白了什么是善良。

这一次，柯赛特唤醒了他生命中的爱。

有一天，沙威来到这里，他像个幽灵，四处游走。他盯着冉阿让看。冉阿让带着孩子搬家了。沙威四处寻找冉阿让，带人追他。

冉阿让逃进一个院子。黑暗中走来一个人，认出了马德兰（冉阿让）。这个人是当年马德兰从大车下救出来的，人们叫他割风老爹，是马德兰安排他在修道院当园丁。割风帮助冉阿让躲进棺材，并抬出去下葬。沙威看着棺材被埋掉才离开。

冉阿让再次死里逃生。此后他改名割风，是割风老爹的弟弟，也在修道院做园丁。柯赛特进了修道院寄宿学校。

巴黎有一位绅士，反对拿破仑。因女儿嫁给拿破仑的军官彭眉胥，他很气愤。婚后，女儿生了一个男孩，不久，女儿就死了。外孙马吕斯跟着这位绅士生活。

马吕斯十七岁时，父亲要死了。外公允许他与父亲告别。父亲已经咽气，留下一个字条，写着：滑铁卢战场上，皇上封我为男爵，吾儿应承袭这个勋位。德纳第从战场上救了我，如有机会望报答。

看到父亲的遗容，马吕斯认出来，这个人一直坐在教堂的角落里，他见过很多次。但他不知道，原来他是自己的父亲。他不明白，为什么外公一直瞒着他。

马吕斯跑遍了图书馆，查阅拿破仑时期的资料，他还访问了很多人。他开始崇拜拿破仑了。政治分歧导致他和外祖父闹翻了。

马吕斯离家出走。三年后的一天，他在卢森堡公园散步，看见一个男人和一个女孩坐在僻静小路的板凳上。

半年后，再去公园，他发现那个女孩儿长成了妙龄女郎。他爱上了那个姑娘了。后来，姑娘再也没来公园。

冉阿让带着她搬家了。

马吕斯借着隔板的小洞，看见老邻居容德雷特等六七个人正在捆绑一个人。这人正是公园里的那位父亲。

沙威带着警察赶来，抓住那些人。那位受害人跳窗逃走了。

马吕斯听到容德雷特对警察说自己是德纳第。马吕斯想：父亲寻找的恩人原来是个无赖。

柯赛特来到花园，在自己坐过的石凳上发现一个大石头，下面压着一个信封。是关于爱的随笔。她知道，这是马吕斯留给她的字条。他们相见了。

德纳第他们商量越狱，一个流浪儿从烟囱送下去一根绳子，帮他们越狱成功。

1832年6月，法国发生暴动，人民和军队发生了冲突。在麻厂街，双方建造街垒。

机灵的流浪儿发现了警察沙威，众人把沙威绑在柱子上。

民众和学生在麻厂街上反抗。红旗倒了，一位八十岁老人拿过红旗，向街垒走去。当他走到最高一级，高喊“革命万岁、共和万岁”时，卫队向老人开枪。

马吕斯开枪打死了两个卫队军人。他与卫队肉搏，准备同归于尽，军人见状，吓得全逃了。

这时，一个微弱的声音喊马吕斯，是爱潘妮，德纳第的女儿。她负伤了，刚才，她为马吕斯挡了子弹。她临死前把柯赛特的信交给了马吕斯。

马吕斯给柯赛特写了一封信，让流浪儿送去。冉阿让看到信，发现女儿与马吕斯相爱，受到沉重打击。

街上，斗争还在继续。没有子弹了，一个幼小的流浪儿跑到阵地上捡子弹，被打死了。

起义者派冉阿让处决沙威。冉阿让把沙威带到无人处，朝天开了一枪。他放了沙威。

街垒战很残酷。马吕斯受伤了。在他摔倒时，一只手托住了他。这是冉阿让。冉阿让背着他走进地下排水道。地下水越来越深，没了他的腰，没了他的脖子。他依然艰难地用双手举起马吕斯。在他感觉自己要沉下去的时候，他的脚触到一个硬东西，这是一个支点。他背着马吕斯，找到了出口。

出口被锁住了。一个人对他说：想出去，交钱。冉阿让认出，是德纳第。

冉阿让交了身上仅有的三十法郎，走出了出口。

他刚走出来，就看到了沙威。冉阿让对沙威说，请派人把马吕斯送回他外公家，我跟你走。

沙威找人送走了马吕斯，却没抓冉阿让。沙威觉得自己的灵魂出窍了。他一生遵守的原则不存在了。他钦佩这个苦役犯。这一刻，他的天平散了架。他走到塞纳河边，投入河中，自杀了。

四个月后，马吕斯伤愈了。这四个月里每天都有一位老人来看望他，并送来一包裹伤布。这位老人就是冉阿让，做裹伤布的人就是柯赛特。

马吕斯提出要结婚。外公终于同意他跟这个做裹伤布的女孩子结婚。

婚礼在准备中。冉阿让把五十八万法郎交给柯赛特。这是他当年制作首饰的积蓄，埋在森林里，最近刚挖出来。

婚礼那天，冉阿让右手指受伤。宴会开始后，他说不舒服，提前回家了。他在家里，打开小箱子，里面是柯赛特儿时的衣服。他回忆第一次见到柯赛特时的情景。

冉阿让一夜未眠，就像“商马弟事件”那天一样。

他能一直瞒着身份，叫割风吗？他决定把实情告诉女儿女婿。

冉阿让跟马吕斯单独谈话。他说：为了一块面包，我坐了十九年牢。为了活命，我又盗窃了一个名字，我不是柯赛特的父亲。

马吕斯听了这些话，开始怀疑那五十八万法郎来路不正。他们打算不接受父亲的那笔钱。

马吕斯为了省钱，和新婚妻子搬到地下室居住，那里没有炉火。

冉阿让看到这些，明白女婿马吕斯的心情。他知道这里面有误解，他开始写信，想解释钱的来历。痛苦的回忆折磨着他。

1883年晚春和初夏，每天黄昏，老人都会步行几条街，走到圣路易街附近。看着女儿女婿的住处，泪水流了下来。每次他都没有走过去，而是转过身，往回走。后来，他每天走到这附近，摇摇头，好像拒绝内心的一个要求，就返回去了。

柯赛特沉浸在幸福里，她不懂父亲多么思念她。

冉阿让老了三十岁，额头出现了死亡的痕迹。

一天，一个陌生人求见马吕斯。他穿着从“变换商”那里租来的衣服，很不合身。

“变换商”在当时的法国是一种商业，专门给坏人提供化装的衣物，供他们做坏事的时候化装成不同的角色。

这个人对马吕斯说自己一家要去若雅落脚，没有旅费。我给你一些情报，换钱。他说：贵府有一位杀人凶手，他叫冉阿让。你给我两万法郎，就告诉你实情。

马吕斯说：你说的我都知道。

陌生人说：给我二十法郎吧。

马吕斯说：我知道你就是工人荣德雷特，就是诗人尚弗洛，就是戏剧家法邦杜，就是西班牙人阿尔瓦雷兹，又是妇人巴利扎尔。你不断改名换姓，我知道，你就是德纳第，一个骗子。

马吕斯拆穿了德纳第的老底。马吕斯给了他五百法郎，说：这是滑铁卢战役给你的奖赏。马吕斯替父亲彭眉胥还了这个人情。

马吕斯对德纳第说：你是不是要告诉我，冉阿让抢劫了马德兰市长的钱，还杀了警察沙威。

德纳第说：不是的，冉阿让就是马德兰，沙威是自杀的。

马吕斯说：那冉阿让是一个圣徒了？

德纳第说：不，他是杀人凶手，是盗贼。6月6日那天，他背着一具死尸，抢劫后杀人灭口，要把死尸扔进河里。在阴沟出口，他求我开门。当时我一边跟他说话，一边在死人的衣服上撕下一块布，想留作证据。

德纳第拿出那块布。

马吕斯听完，突然明白是岳父救了自己。他说：他背的那个人就是我。他拿出血迹斑斑的衣服。他说：你来诬告这个人，反而为他洗脱了罪名。

马吕斯又拿出一千法郎说：滑铁卢保了你。

德纳第拿着这笔钱，去贩卖黑奴了。

马吕斯拉起柯赛特，坐上马车，去看望冉阿让。

冉阿让躺在床上，至高无上而又十分温和，高大中透出谦卑。这个苦役犯圣化为基督了。他的心失去了寄托，他就要死了。他说：那五十八万法郎就是柯赛特的，你为什么不用呢。你们不用，我这一辈子就白过了。还有壁炉上的烛台，银做的，对我来说，是黄金，是钻石。

马吕斯说：您就是马德兰先生，您感化了沙威，也救了我。

冉阿让对女儿说：德纳第一家很恶毒。我该把你母亲的名字告诉你，她叫芳汀。她受尽磨难，她的不幸和你的幸福成正比。这是上帝的安排。

当晚，冉阿让去世了。

_角色分析

冉阿让

冉阿让在作品里出场的时代是拿破仑战争期间。1804—1815年，拿破仑在欧洲征战十余年，整个欧洲民不聊生。冉阿让善良纯朴，在苦海里挣扎。因为偷了一块面包被判刑五年，因为越狱，加刑至十九年才出狱。

出狱后，在主教的感化下，走上正途，成为企业家，当了市长，做了许多好事。可是，因为警察沙威的出现，他为了救商马弟，再次入狱。

他要完成接回柯赛特的承诺，几天后越狱，却再次被捕。他被送到海上做苦役，他跳海逃走，终于找到了柯赛特。之后，还是被沙威追捕，在修道院，他被装进棺材，埋葬，才得以逃生。

被捕，越狱，这成为他半生的生活。

可是，他是那么善良。他爱姐姐的孩子们；他保护商马弟，他帮助芳汀，他把柯赛特当成自己的女儿，他救了女婿，他甚至放走了仇人沙威。他是悲惨世界里最悲惨的人。

直到最后，像幽灵一样追捕他的沙威被他感动了，放走他。他给女儿女婿留下干净的遗产，死去。他又是悲惨世界里最善良的人。

沙　威

他是统治者的鹰犬，国家机器的一部分，他已经没有能力分清好坏。他执着，他忠于职守，到了铁石心肠的地步。

冉阿让因为偷面包坐牢十九年，出狱后，应该安全了。马德兰市长给城市带来了经济繁荣，这是好事。可是，当沙威发现这个市长是冉阿让，他就要抓，依然不依不饶。

冉阿让逃走，他追捕，并判冉阿让在海上一生服苦役。

冉阿让再次逃走，找到柯赛特，带着柯赛特逃到修道院。沙威还要抓他。

暴动时，众人要杀了沙威。冉阿让悄悄放了他，直到此时，他才似乎明白了该如何做人。后来，他在地下道的出口处，放了冉阿让，然后跳河自尽。

他是悲惨世界的帮凶和麻烦的制造者，最后完成了道德的自新，成为一个人而不是国家机器。

芳　汀

她短暂的一生十分悲惨，她善良而容易被骗。大学生骗取了她的情感，德第纳夫妇逼得她走投无路。

芳汀是一个贫穷的女工，爱上了一个大学生，有了孩子后，逢场作戏的大学生却跑了。

她爱女儿胜过爱自己，但是把孩子错付给德第纳夫妇，为了女儿，她卖掉自己的头发和门牙，然而孩子依然受到残酷的伤害。芳汀最后成了公娼，在人间地狱受尽煎熬。

幸亏她遇到冉阿让，才让同样悲惨的女儿摆脱了悲惨的命运。

德纳第

彻头彻尾的恶人。他坏得比沙威彻底，毫无悔改之意，毫无良知和人性，全书中他没有一丝亮点。

他勒索芳汀（谎称为柯赛特买衣服、看病）；他勒索冉阿让（地下道出口处）；他勒索马吕斯（卖情报，出卖冉阿让）；在滑铁卢战场偷盗死尸遗物；最后去贩卖黑奴。

马吕斯

在马吕斯身上，体现着作者的政治立场：支持共和，反对君主立宪。作者描写了这个贵族青年的探索、思考与成长。

小时候，外公爱护他，似乎在幸福中成长。直到父亲去世，他才知道，自己一直生活在骗局里。父亲死后，他离开外公，开始查阅历史，思考法国的变化，思考拿破仑。这是他思想和价值观形成的时期。大革命暴动，他不怕死，成了英雄。他被冉阿让救起。与柯赛特结婚。这样，他代替冉阿让成为保护柯赛特的另一个男人。可是他误解了冉阿让，以为岳父给的那些钱来路不明。

他守信用。他遵照父亲的遗嘱，替父亲感谢德纳第，尽管他已经知道德纳第是个骗子。

他知错就改。当他从德纳第那里得知是岳父救了他，他马上去见岳父，他给了岳父最温暖的送别。他对岳父说：您就是马德兰先生，您感化了沙威，也救了我。

如果说柯赛特给了冉阿让幸福感，那么，马吕斯则当面肯定了冉阿让一生的善良和无私，给了冉阿让最后的定论，让冉阿让在安慰中死去。

作者写了马吕斯的成长过程。十七岁父亲去世，他开始思考人生，与外公闹翻，赞美拿破仑，参加暴动，替父报恩，宁肯艰苦也不花来路不正的钱。这个年轻人代表着法国的未来。

柯赛特

儿时吃了很多苦，八岁后开始过上幸福生活。作者想通过她告诉读者，什么是爱。作者还通过她告诉读者：未来是有希望的，命运可以改变。

柯赛特十个月时被寄养在恶魔家里，受尽折磨。八岁时母亲去世。也许上天有眼，母亲的艰辛换来她的幸福。冉阿让像父亲一样爱护她，马吕斯是一个很好的丈夫。

柯赛特和她妈妈芳汀在书中代表着劳苦大众，在作者笔下，她们成为善人与恶人的试金石。

米里哀主教

他是仁爱和善良的化身。

他收留了刚出狱的冉阿让，可是冉阿让却偷了他家的银器溜走。面对警察，他说这些银器是自己送给冉阿让的。冉阿让因此改变。此后，冉阿让把这些银器当作传家宝，死后留给了女儿。

在作品里，主教米里哀和警察沙威形成了鲜明的对比。

流浪儿

流浪儿是法国文学中最生动传神、最机灵可爱的孩子，也是世界文学史上最感人的孩子。

他聪明，幽默，勇敢，善良。他帮助监狱里的人逃走。他为马吕斯送信。暴动时，大家没有子弹了，他一面唱歌，一面收集子弹。

他的死犹如灿烂的鲜花被践踏，让读者感动不已。他是悲惨世界里最底层的贫民，是弱小的儿童，无家可归，甚至无名无姓，他的不幸深深地刺痛了读者的心。

_作品分析

作者用宏大的社会背景，对法国社会做出了全景式描绘：滑铁卢战役，波旁王朝和奥尔良王朝初期，战场、贫民窟、修道院、法院、监狱、工业城市、巴黎大学生与卫队对垒，等等。作者以此展示当时法国社会的各个角度。

作品里有几组人物形成了鲜明对比，如芳汀和女儿柯赛特，米里哀主教与警察沙威，流浪儿与德纳第，冉阿让与马吕斯。在他们身上，雨果展示了人性的复杂，同时也寄托了自己的思考与理想。

_链接现实

讨论题：时至今日，我们该如何评价好人和坏人？读者为什么会把“小偷”当成好人，反而把“警察”当成坏人？

李帮凤老师说：真是可怜之人必有可恨之处。芳汀的苦难不那么令人同情，甚至感觉咎由自取。

第一，她虚荣心太重。她爱一个大学生，没有结婚，与他同居。生了孩子，男人消失了。如果不是这样草率同居，就不会有孩子；如果结婚，那就不同了。结婚时，两个家族的亲人和朋友都会参加，就算以后男人消失了，她还可以找到他的其他亲人，他的父母和亲人总会帮助她抚养孩子。同居，是对自己不负责任。后果是，男人可以轻易地抛弃她和孩子，不用负责任，她却求助无门。

第二，她不识人。选错了男朋友，又选错了收养人。稀里糊涂有了孩子，又稀里糊涂把孩子送到恶魔家里受苦。

第三，愚蠢。恶魔诈骗，她卖头发，卖牙齿，却没想到去看看孩子。

第四，她身上还有令人同情的地方。她没有一下子变成公娼，中间有挣扎。她卖头发、卖牙齿，就像我国的贫困农村，为了生存而卖血。她的无奈与挣扎，给读者留下一分可以同情她的理由。

侯典国老师发言，沙威是警察，按理说是正面形象，为什么读者把他当成反面形象来读，一百六十年来，读者们都恨他？

第一，他毫无同情心。他分不清“偷”的性质。为了生存偷面包，这是执政者在犯罪，他们不关心人民。沙威应该施舍，而不是抓捕。第二，他阻挠冉阿让向善良转变。第三，他与革命者为敌。尽管他自杀了，也不能得到读者的原谅。

冉阿让两次偷东西，被政府判刑，按理说冉阿让不是好人，读者为什么把他当成正面形象来读，读者为什么依然同情他？第一次，他为姐姐家里的七个孩子偷面包，这令人同情。第二次，十九年后出狱，因为黄色身份证，他无路可走。他需要一点钱，于是偷了主教的银餐具。两次偷东西，都是为了生存。冉阿让本质好，他爱家人，也关爱他人，他帮助芳汀，他让一个城市的经济活跃起来。他拼命努力，流血流汗，却一次次被社会践踏。这就是读者被《悲惨世界》深深感动的原因。

李暑云说：我国四分之三的人口是农民，农民问题解决了，很多社会问题就好办了。尤其是农村的留守儿童问题，更是值得探讨。小李的发言引起了共鸣，大家就这个问题展开了热烈讨论。对精准扶贫，对农民社会保险，等等，都提出了建议。

窦晓月女士说：我们必须重视实体经济，不能一味追求高大上。实体经济最能产生有效价值，最能帮助低端人口就业。我们还需要埋头求发展。

让农民摆脱贫困，让人人有社会保障，这是中国目前的首要任务。缩小贫富差距，缩小城乡差距，这依然是我们未来很多年的使命。

我们不能仅仅抓捕偷面包的人，而是要满足所有人对面包的需求。

我们不能无视留守儿童，不能让他们成为作品里的流浪儿，不能让他们成为得不到父母之爱的柯赛特。

我们不能仅仅用“好”与“坏”来评价一个人。

冉阿让是小偷，是囚犯，是越狱逃犯，是放走沙威的江湖人士；可同时，他很善良，很聪明，很勇敢。

对于冉阿让，我们能不能用“好人”或“坏人”这样的词汇评价他?

我们能不能用“非黑即白”的方法评价一个人，能不能认为一个人不是好人，就一定是坏人；不是坏人，就一定是好人?

我们只能说：每个人都是多面性的，每个人都是在变化中的，不能用“好”与“坏”给予定论。在评价人的时候，要就事论事，客观公允，不能以一概全，不能一成不变。好比有一根绳子，一头代表“好”，一头代表“恶”，在这根绳子上，每个点，既有好的成分，也有坏的成分，就看比例多少；靠近“好”的这边，可能就是一个有缺点的好人；靠近“恶”的一边，可能就是一个还有一些人性的坏人。

如果说冉阿让悲剧的主要原因是社会因素，那么芳汀悲剧的原因，一方面是社会因素，一方面也是她个人的因素造成的，她自己不识人，未婚同居，未婚生女，给自己带来了那么多的困扰。

那天，大家就芳汀的悲剧展开了讨论，后来一致认为，芳汀太年轻太天真了，被爱情冲昏了头脑，以至于未婚同居甚至未婚生女，最后伤害了自己，伤害了孩子，让自己的命运更加悲惨。现代的女孩更应在恋爱中保持清醒，为了两人更美好的未来，要保护好自己，保护好自己就是保护好自己的爱情，也保护了自己的未来，甚至保护了自己的孩子。

《悲惨世界》被创作成歌剧，在世界各大音乐厅连续上演，《悲惨世界》在呼唤人性的觉醒，在鞭挞执法的非法性，在批判社会的黑暗，在希冀幸福的生活能光顾弱者。

在“雪仙书吧”，朋友们的讨论持续到子夜时分。大家享受着这夜晚的放松。

10

海明威《老人与海》

_导读

“老人”孤独一人，这天，他捕到一条大鱼。经过三天难熬的“相持”，他终于把大鱼绑到了船边。鲨鱼闻到血腥，先后赶来，把大鱼身上的肉咬下来吃掉，留下一副骨架。

老人没有带回吃的东西，可是，孩子把他当成了英雄，给了他最温暖的迎接；渔民和游客也被他感动了，大家丈量大鱼的身长，赞叹老人的顽强。

作品里有一句名言：“人不是为失败而生的。一个人可以被毁灭，却不能被打败。”

_作者简介

厄内斯特·海明威（1899—1961）

美国作家、记者，被认为是20世纪最著名的小说家之一。

参加过第一次世界大战，战争经历让他写出了《永别了，武器》《太阳照常升起》。1952年发表《老人与海》，获诺贝尔文学奖。

_参考译本

黄源深译，译林出版社，2016年出版。

_主要角色

♂桑地亚哥：打鱼的老人

♂孩子：老人的朋友、小助手

_内容梗概

老人叫桑地亚哥，出海八十四天没有捕到大鱼。他有个小朋友，作品里称他为“孩子”。

这天，老人出海依旧空手而归。

孩子的父母对他说，桑地亚哥倒霉透顶，你还是离开他吧。

孩子来看老人，对老人说：“是我爸让我走的，我总得听他的。”孩子很懂事，鼓励老人：“有一回你有八十七天都没有捕到鱼，可后来，一连三个星期，我们每天都捕到了大鱼。”

孩子说：“我在露天饭馆请你喝杯啤酒。”

孩子问老人：“你第一次带我上船那会儿，我几岁啊？”

老人说：“五岁，你差点就没命了。一条大鱼险些把船撞碎。”

他们回家后，孩子问：你吃什么啊？

老人说：一锅黄米饭和鱼，你要吃一点吗？

孩子说：不，我回家吃。孩子知道，老人什么都没有，不过，他们每天都把这场戏演一遍。孩子临走的时候说：穿暖和些，老爷子，别忘了现在是九月。

老人说：是大鱼上钩的月份。

老人睡着了，孩子给他盖上毯子。

孩子弄了些吃的回来。他说："只要我还活着，就不让你空着肚子去打鱼。"

孩子想：我要替他把水管子接过来，还有肥皂和毛巾，我为什么这么粗心呢，我得再给他搞一件衬衫，一件过冬的外套，一双鞋子和另外一条毛毯。

饭后，老人说：明天早上我会叫醒你。

孩子说：你就是我的闹钟。

老人说：年岁就是闹钟。

老人用裤子做枕头，盖着毯子睡了。他梦见了非洲的沙滩。他不再梦见风暴，不再梦见女人，不再梦见大鱼。他醒来后，去叫醒孩子。月亮渐渐隐去。

一路上，男人们扛着桅杆都在准备出海。

孩子在饭馆给老人赊了一杯咖啡和一点吃的东西。老人出海一天，就靠这点食物了。

两人抬起小船，让它滑进水里。孩子告别时说：祝你好运，老爷子。

黑暗中，老人把船划出港口。他能听见船桨划水的声音。老人向大海深处划去，把陆地的气息留在了身后。在七百英寻的深水区，他看到了马尾藻发出的磷光。

老人感觉到，早晨正在来临。他放出了钓饵，这里是四十英寻深的海域。第二个钓饵放在七十五英寻处，第三个和第四个放在一百和一百二十五英寻的地方。

太阳升起来了。

老人想：有些渔民的钓线还在六十英寻的水里，他们就以为在一百英寻了。我的钓线深度很精准。这样，等机会来临时，我已经做好了准备。

他看见了一只军舰鸟。鸟儿看见了大鱼群。他低头往水里看了看，看见深蓝色的海水里散布着红色的浮游生物。他很高兴，知道这里有鱼情。

“长鳍金枪鱼。有十磅重吧，做鱼饵很不错。”

他不记得独处的时候何时开始大声说话。以前独处时他曾唱过歌。

他想休息一会儿。他把鱼线缠在脚趾上。

他想，第八十五天了，我要好好钓鱼。

突然，钓竿猛地往下一沉。一百英寻深的水下，一条鱼正在咬饵。老人想：在这么远的地方，这一定是本月里遇到的第一条大鱼。他觉得钓线动得厉害，心里很高兴，那是鱼的重量。“它已经咬钩了。”他使出全部力气，想把吊钩拉回来，但毫无结果。豆大的汗珠落下来。

“真希望那孩子在我身边。”他大声说。

大鱼沉在海里，拖着小船往西北方向移动。

老人用后背抵住钓线。四个小时，他们相互较劲。“我还没见过它呢。”他双膝跪着，不去猛拉钓线。他挪动身子，往船头移动，拿起水瓶，喝了一口水。

他回头看了看，已经看不见陆地了。

他想：我没有抽筋，身子骨还结实。那鱼，嘴里带着钩子，不舒服。这是多大的鱼啊。真想看到它，好知道我在跟什么样的东西搏斗。

我奈何不了它，它也奈何不了我。

接着他大声说：“真希望那孩子在我身边，帮帮我，也见见这种场面。”他想：一旦上了年纪，谁都不该单枪匹马了。

眼前这条大鱼，懂得对抗，不慌不忙。

“要是那个孩子在就好了。”他大声说。通过斜背在后背的钓线，他感觉到了大鱼的力量。也许我不该当渔夫，他想。不过，我是为这而生的。我必须记着，天亮后，把金枪鱼吃掉。

黎明时分，他听见鱼竿折断了。钓线开始往外飞驰。黑暗中，他解下带鞘的刀，摸黑把两根备用的钓线接好，他准备了六根备用线。

他大声说：“真希望那孩子在这儿。”

我有充足的备用钓线。我有一个男子汉所渴求的一切。鱼啊，我会誓死奉陪到底。它能撑多久，我也能撑多久。

太阳露出第一道边。从出海到现在，一昼夜了。鱼随着水流转向，这说明，它累了。老人在判断对手。

一只小鸟飞过来，鸟很疲倦。他说："你多大了，第一次上路？""好好休息吧，我现在有朋友做伴了。"鸟儿落在他的鱼线上。

就在这时，大鱼猛地一拉，把老人拖得往船头倒去。鸟儿飞走了。他的手在流血。

他大声说："要是那孩子在这儿，还有一点盐就好了。"他把手浸在海水里，看着鲜血飘散。他的左手抽筋了。"感觉怎么样，手？我要为你再吃些金枪鱼。要是有些柠檬或者盐，就好了。"

鱼有什么计划呢？我又有什么计划呢？

它往上跳，我就可以杀死它；它却一直待在下面，那我也只好奉陪到底。

他目光横扫海面，明白此刻自己是多么孤独。手抽筋。那孩子要是在这儿，就可以替我揉一揉了。

他看见钓线慢慢往上倾斜。大鱼露头了，它剑状的嘴像棒球棍那么长。它比我的小船长两英尺。

第二天中午。我要保持体力。我要把它宰了，不管它有多么伟大和荣耀。我要让它看看，一个男子汉有多大的能耐。我必须证明这话。我已经证明上千次了。

夜幕降临。飞机飞过。他看着飞机，直至消失。实际上，这架飞机是来找他的。

老人用鱼叉捕小鱼，当晚餐。

他自己估摸着歇了两个小时。他的双手随时准备放出一些钓线，免得太紧。星空下，越来越冷。他吃了一点生鱼肉，他想：下次一定要带盐或酸橙出海。

月亮升起来好久了。

那条鱼突然跳了起来，掀起巨大海浪。钓鱼线再次割伤他的手指。那鱼跳了十几次。

第三天，太阳升起来了。

鱼开始打旋。鱼打旋的圈子越来越小。

老人眼前发黑，这样持续了一个小时。大鱼为了呼吸，就必须跳出水面。每次跳跃，它的嘴就会被拉伤。大鱼回过头来，朝小船游来。鱼长不可测。

再转两圈，老人就有机会把鱼叉插进鱼身了。他忍受着痛苦，用余下的力气和早已丧尽的自尊，来对付鱼的痛苦挣扎。他用尽力气把鱼叉插进鱼的心脏，鱼流血了。鱼死了。

鱼太大了，小船装不下。老人想：我只能把鱼绑在船外。鱼头靠近船头，看样子，它会超过一千五百磅。假如洗干净后，剩三分之二，三毛钱一斤，一共多少钱呢？

这条鱼多大啊，仿佛是在小船边捆绑了一条更大的船。他的眼睛看不清了，双手很痛。

小船返航，鱼嘴闭着，鱼尾在上下摆动。天空有很多卷云。老人知道整个晚上都会有风。

夜色中，他走了一个小时，鲨鱼来了。鲨鱼捕捉到腥味，就会赶来。一条鲨鱼划破了海水。老人准备好了鱼叉。鲨鱼靠近船尾，咔嚓一声，牙齿插进大鱼的尾巴。老人听到鱼皮撕裂的声音。

老人把鱼叉猛地刺向鲨鱼的头。他刺的时候不抱希望，却带着决心和十足的恶意。鲨鱼翻过身来，死了。鲨鱼慢慢沉入海里。

老人大声说："它叼走的肉有四十磅。"

大鱼在流血，还会有其他鲨鱼来袭的。

他想：真希望这是一场梦。希望我根本没有钓到过这条鱼。希望我独自在床上看报纸。

"但是人不是为失败而生的，"他说，"一个人可以被毁灭，却不能被打败。"

现在困难的时候来了，老人连鱼叉都没有了。

这时，他看见了两条鲨鱼。

一条鲨鱼钻到船底下，另一条鲨鱼撕咬大鱼。船身摇晃。老人用刀刺到了一条鲨鱼。

小船继续摇晃。老人把刀刺过去，鲨鱼皮很坚硬，勉强刺进去，震得双手和肩膀生疼。鲨鱼咬住了大鱼。老人刺到了鲨鱼的眼睛。鲨鱼松开嘴巴。它们咬掉了四分之一的大鱼。

老人升起船帆，调整好航线。还会有更多鲨鱼来。

第四条鲨鱼是独来独往的六鳃鲨。老人把刀刺进鲨鱼身子，鲨鱼滚动着身子，折断了刀子。刀子随鱼落进海里。

老人查看自己可以利用的武器：手钩，两把桨，还有舵柄，短棍。

他又把手浸在海水里，这时已经是傍晚，除了大海和天空，什么也看不见。他希望不久会看到陆地。

又来了两条鲨鱼。老人举起棍子，鲨鱼靠近了，他打鲨鱼。他看着鲨鱼把肉叼走了。“我已经让它们受了重伤，没有一条会好过。”

天黑了。

夜里十点多，他看到了城市灯光的倒影。隔着波涛汹涌的海洋，城市的光渐渐清晰了。

他想鲨鱼一定还会来袭击。他的身子又僵又疼。

半夜，鲨鱼成群地游来了。他知道搏斗也没有用了。他的短棍被鲨鱼咬住，拖走了。鲨鱼撕咬着大鱼。船在摇晃。他用舵柄打鲨鱼。舵柄断了。大鱼被鲨鱼吃光了。后来，还有鲨鱼来，啃大鱼的骨头。

老人知道，自己终于被击垮了，而且无法进行任何补救。舵柄断了，他就用断了的舵柄对付着驾驶。他把麻袋披在身上挡风。

他轻松地驾着船，他没有任何想法和感觉。他现在已经超脱一切，只是尽心尽力驾着小船朝目的港驶去。

他看见村落的灯光，进小港的时候，露台饭馆楼顶上的灯灭了。大家都已经上床了。

他把小船系在石头上。取下桅杆，卷起船帆。他回头看了看，大鱼的尾巴好长一段拖在船尾后面。头尾之间没有一点鱼肉。

他这时才知道自己有多累。他歇了五六次，才回到家。

早上，那孩子从门外探进头来。他睡着。孩子看见老人在呼吸。

随后看见老人的手，于是便哭了起来。他悄悄地离开，去弄咖啡，一路都在哭。

很多渔夫围在船边。其中一个站在水里，用绳子丈量鱼的骨架。“有十八英尺长。”

一个渔夫问小孩：“他怎么样？”

“他睡着呢，别去打扰他。”孩子不在乎大家看见他在流泪。

老人终于醒了。

老人说：“它们打垮了我。它们确实打垮了我。”

孩子说：“它们没有打垮你。那条鱼没有打垮你。”

孩子说：“现在我们又可以一起捕鱼了。”

老人说：“不，我的运气不好，我再也不会走运了。”

孩子说：“我会带来运气。”

孩子说：“去搞些治手的药来。”孩子走出门，又哭了起来。

游客在看那条鱼骨，发出惊叹和赞美。

老人睡着了。那孩子就坐在他的旁边。老人梦见了狮子。

_角色分析

桑地亚哥老人

刚毅，坚强，孤独，是一个英雄的化身。

老人八十四天没钓到鱼。孩子的父母把孩子换到了别的船上。第八十五天，善良的孩子送老人出海。老人为了钓到大鱼，独自一人驶入深海。老人钓到了大鱼。老人和鱼相持了两昼夜加半天。老人与大鱼，一条鱼线连接他们，彼此折磨。老人怜悯鱼，又要战胜鱼。

老人很孤独，于是感受外界：海风、海浪、太阳、月亮、星星、黑夜、小鸟、浮游生物、鲨鱼、飞机。他把这些当成伙伴，以此摆脱孤独感。

老人很坚强，内心世界有亲人和偶像，这是他安放灵魂的地方：孩子、球星迪马乔。

他希望孩子在他身边帮助他，陪他说话，也分享眼前的经历。他内心最温暖的地方，就是对“孩子”的一次次呼唤。

他希望迪马乔能为他骄傲，就像他钦佩迪马乔一样。

这些因素是老人战胜困难的巨大动力。

作品名言：一个人并不是生来要被打败的，你尽可能把他消灭掉，可就是打不败他。

作品开头，他梦见了海滩，寓意他想休息了；在作品结尾，他梦见了狮子，寓意他又有了雄心壮志。

孩　子

善良，聪明，善解人意，是温暖的化身。

孩子善解人意。他每天跟老人做一个游戏，问老人今晚吃什么，明知老人没什么吃的，他却假装相信老人的话；作品结尾，他说要跟老人出海，为的是多学本事，却不说自己是为了陪伴老人。这给老人留下足够的尊严。

孩子很有同情心，看见老人的手，就哭了，一直哭到露天餐馆。

孩子也很自立，他要违背父亲的意见，要跟老人出海了。这个孩子是老人心里的温暖，有了这个牵挂和依恋，老人就觉得生命有了意义。

这个男孩既是老人的陪伴，也是对老人美好品质的衬托，也是作者寄予的希望所在。

大　鱼

大鱼的形象是很感人的：它聪明、顽强。

作者用拟人化的手法写大鱼，鱼与老人僵持三天，用各种方法力图逃脱。它先是潜在海水深处，然后奋力跃出海面，闪亮登场，鱼跳跃了十几次，掀起巨大浪花，这场景悲壮，凄美。

_作品分析

《老人与海》的情节很简洁，之所以感人，是因为作家高超的写作技巧。

第一，电报式的对话，语言朴实无华，清澈流畅：作品里的对话都非常简洁，没有任何多余的形容词。作品用老人的孤独奋斗，表达老人的刚毅；为了救老人，村里动用了海岸警备队和飞机，这样的重大举措，只一句话带过，却足以表达出大家对老人的关心和爱戴，足以安慰老人，也足以感动读者。

第二，意识流手法：老人听到两只海豚在游戏，就想起自己曾经钓到的大枪鱼，雌性大枪鱼咬钩后，雄性伙伴一直陪着它。

第三，侧面描写：老人回来了后，村里的渔民站在海水里，测量那条鱼，有十八英尺长。大家都在感慨；饭店老板让孩子带去他的问候以及游客的惊叹和赞美；这些都侧面烘托了老人的勇敢与伟大。

海明威用他的创作手法，清晰地塑造出一个硬汉形象。

_链接现实

讨论题一：海明威在笔下塑造了如此硬汉形象的老人，而为什么生活中他最后却自杀了？

李帮凤老师说：为什么海明威能写出“老人”这样的硬汉形象，而自己却开枪自杀？他在美国生活过，也到过中国和古巴，对社会形态有对比，有理解。他参加过两次世界大战，对战争与和平有认知，有论述。他手中有笔，能写出优秀作品，可是，他为什么会自杀？

丹妮是心理学老师，她说：疾病和遗传都可能引起抑郁。

罗珊珊老师说：人在伤心的时候，一般都是独处。但是，如果有以下这样的表现，一般就不会抑郁和自杀。还能欣赏（比如，夜晚抬起头欣赏月亮）；还想做饭（慰劳家人）；还有念想（牵挂父母、孩子、朋友、同事）；还想读书（也许读一本小说，与作品人物共鸣）；还能帮助他人。

这几条的共同特点是对外界还有感受，没有彻底沉浸于个体内在世界。即使是十分痛苦的人，只要内心还在想着他人（或他物），就能走出痛苦，只是时间长短的问题。能很快走出悲伤的人，是打不垮的。海明威自杀，一定是没有了这些需求。

讨论题二：桑地亚哥有很强的自我调节能力。谈谈你遇到痛苦的事情，如何自我调节？你能很快走出悲伤吗？

小张讲述了自己战胜痛苦的方法。小张是一个自信、快乐的“80后”。她说：每代人有每代人的焦虑，每代人也有每代人的洒脱。我们一定要学会自强不息，学会摆脱“外界压力”和“内心痛苦”，做一个“打不败”的女汉子。

我们每个人都会碰到这样那样的困难，都会有痛苦的时候。这时，亲人和朋友永远是我们战胜孤独走出困境的力量源泉。

桑地亚哥的心里有孩子和迪马乔，这是他坚持下来的动力。他没有想到，村里面还有很多人在关心他，还有海岸警备队和飞机。

我们也是，“家”是我们的心理安慰，还会有“意外的力量”出现，也会来帮助，只要自己不被打垮，就能走出困境。这个世界很美好，你自己不关闭心灵，阳光就能洒进来，温暖就能流出来。

11

小仲马《茶花女》

_导读

作品描写了英俊青年阿尔芒与妓女玛格丽特的爱情故事。在父亲的阻拦下，他们的爱情没有走向婚姻。玛格丽特为了自我救赎，宁愿献出生命。

他们二人为什么各奔东西？是他们对爱情不够忠贞吗？父亲为什么阻拦，他的观点是否有道理？

请大家读下去，并一起思考这个伤感的故事。

_作者简介

亚历山大·小仲马（1824—1895）

法国剧作家、小说家。出生于巴黎，是法国小说家大仲马的私生子。代表作品有《茶花女》《半上流社会》《金钱问题》《私生子》《放荡的父亲》《克洛德的妻子》《福朗西雍》等。

_参考译本

李玉民译，二十一世纪出版集团，2016年出版。

_主要角色

♂阿尔芒：作品中的“我”，主人公

♀玛格丽特：一个交际花

♂我：第一人称，本书作者

♂父亲：阿尔芒的父亲

_内容梗概

作品从“我”的叙述开始。

1847年3月12日，我看到一则拍卖广告，拍卖物主去世后留下的家具和古玩。广告没说逝者的名字。我去了拍卖场，这是一个妓女的闺房，名贵物品应有尽有，每一件物品都显示出可怜人的一次卖身。

我忍不住去问看管的人，他说：她是玛格丽特·戈蒂埃小姐。

我见过她。

在香榭丽舍大街，我经常见到玛格丽特。她也经常去剧院看演出。一次，见到她在一楼包厢，身边放着山茶花。因此人们称她茶花女。那段时间她被一位公爵包养，公爵派人陪着玛格丽特，实际上是监视她。

拍卖开始了。拍卖完很多东西后，我听见主持人喊道：“一本书，扉页上还有题词，十法郎。”

我说：“十五法郎。”

竞价很快就到了一百法郎。

最终对手放弃了，我买下来这本书。书的扉页上有赠书人阿尔芒的留言。

拍卖结束了，收入达十五万法郎。玛格丽特生前的债主们分掉了三分之二，余下的钱给了逝者的姐姐。

三四天之后，有人拉响了我的门铃。仆人把他的名片拿给我，是阿尔芒。我想起来了，我拍到的那本书，阿尔芒就是给玛格丽特送书的人。

阿尔芒走进来。他问我拍到的书是否还在，我说是的，于是把书拿给他。他接过书就哭起来。他说，这个死去的姑娘是个天使。然后，他把姑娘写给他的一封信递给我。

信中写道：

> 我得了不治之症，您这么关心我，大大减轻了我的病痛。我们相隔千里，从我们分手之日起，我每天写日记，重温我一生仅有的幸福时刻，对我大有裨益。等您回来，就去找朱丽，她会把我的日记交给您。我快死了，此刻债主们就在客厅里走动。

阿尔芒不再控制自己的眼泪。他说：临死她还在思念我。

不了解他的痛苦，就很难给以安慰。不过我很同情他。

后来，我带着好奇，去玛格丽特的坟墓看望。墓前放着白色山茶花。守墓人说，一个年轻人来过，大哭一场，然后说，他要去买一块永久的坟墓。眼前这个墓地只买了五年。守墓人告诉我，他迁坟的目的，是为了再见一次玛格丽特。

守墓人告诉我他的地址。不久，我见到了发烧生病的阿尔芒。他说：那么年轻美丽的女子，同我分手后就死了。我必须亲自验证才能相信。

我问他拿到她的日记了吗。

他说这三个星期，每天要看十次，都记在心里了。

第二天，在他的指挥下，掘墓人挖开坟墓，并开棺验尸。警察问，是她吗？阿尔芒流着泪说：是她。随后合棺。

两周后，阿尔芒恢复了平静，他开始断断续续地给我讲述他与玛格丽特的爱情故事。

以下是阿尔芒的讲述。他说：

我初次见到她是在一家商店门口，被她的美丽征服。后来在巴黎歌剧院经人引见，与她打了个招呼。之后听说她得了肺病，卧床不起。我每天都去探望她，我不通报姓名，所以她不认识我。后来听说，她外出疗养了。

过了差不多两年，我们在杂耍剧院重逢，她样子变了。我一直看着她，她在包厢，拿起望远镜，看看我，估计记不得我是谁，淡淡微笑，算是打招呼。她又跟对面包厢的朋友打招呼，那是我熟悉的时装供应商杜韦尔努瓦太太，是我的邻居，也是玛格丽特的邻居。供应商随后跟我打招呼，我过去见她。经她介绍，我认识了玛格丽特。

玛格丽特以前的情人是一位公爵。公爵最近很少见她了。有一位伯爵在追求她，她不喜欢这位伯爵。杜韦尔努瓦太太带着我和朋友去了玛格丽特的家里。伯爵自知无趣，就告辞了。我们第一次一起吃夜宵，她允许我第二天再来拜访她。这夜我失眠了。

第二天的时间过得特别慢。晚上十点，我去了玛格丽特的家，很意外，她留我过夜。

次日她去歌舞剧院看演出，约我幕间休息时去见她。她光彩照人。

伯爵还在追求她，我很生气，这是嫉妒。她的女伴告诉我：玛格丽特每年开支要十万法郎，公爵给她七万左右，伯爵每年给她至少一万法郎。在巴黎，年薪只有两三万的年轻人，为了玛格丽特举债是很愚蠢的，她劝我放弃。这时，玛格丽特招呼我去她家，我一进屋，她就走过来，热烈地亲吻我。

我有律师证书，但一年可支配的收入只有八千法郎。父亲是税务总监，年金四万法郎。

认识玛格丽特后，一个月的交往就花掉三千法郎。我还想帮她恢复健康，坚持六个月陪她散步。我们一起去了乡村。玛格丽特请公爵给她租了一个小房子。在乡村，她也为我租了一个客栈。伯爵很少来乡下，我就住在她那里。

公爵得知她跟我在一起的事，不再给玛格丽特生活费用。

玛格丽特完全接受了我的爱。我们在乡下一起过了四个月。

玛格丽特为了筹钱，卖掉了她的马和马车，卖掉了开司米披肩和首饰。

我决定回巴黎借钱。玛格丽特的女伴告诉我，玛格丽特需要三万法郎还债。她劝我离开，不要为了一个女人跟父亲闹翻。她说：你离开，公爵和伯爵都会回来帮助她。他们不能容忍玛格丽特真心爱你。

玛格丽特知道我在筹钱，对我说："难道你以为，我的幸福就是追求虚荣吗？殊不知人毫无爱情的时候，就满足于虚荣，一旦有了爱，虚荣就变得一文不值了。你每年的收入足够我们生活了。我卖掉多余的东西，还清债务，再租一个小房子，够两个人住就行。你能独立，我有自由。"

我打算把母亲留给我的年金赠送给玛格丽特。公证人把这一切告诉了我父亲。父亲直接批评我，说我为了一个青楼女子而不回家看望父亲和妹妹。他让我放弃这种生活。

父亲约我回家，他却不在家。后来我才知道，他去见玛格丽特了。一连几天，白天我回巴黎见父亲，父亲却去乡下见玛格丽特。终于有一天，我在巴黎见到了父亲。那天，他跟我交谈，我感觉到，他一直在故意拖延时间，不让我离开。晚上等我回到乡下，玛格丽特不见了。园丁告诉我，她和女伴回巴黎了。

我回到巴黎，四处找她。一位夫人把一封信交给我，是玛格丽特的信，她在信里说：阿尔芒，等你看到这封信时，我已经成为另一个男人的情妇了。我们之间的一切都结束了。

我病倒了。父亲带我离开我的出租屋，回到他的家，见到我的妹妹。

一个月后，我对父亲说，我要出去办事。在香榭丽舍大街，我见到了玛格丽特，她见到我，顿时面失血色。我的心剧烈跳动。我控制着自己，她很快上了马车。我看见她生活得很幸福，这种奢华是由另一个人供给的。我的自尊心受到了挑战。

我去见她的女伴。女伴告诉我，伯爵在帮她还债。玛格丽特每天赶场参加舞会，吃夜宵，喝酒。

我在不眠之夜想她。我的结论是：她跟其他青楼女子一样，爱情抵不过马车和酒宴的诱惑。

之后，我寻找机会报复玛格丽特。我假意找了一个新情妇，给她六千法郎。并让这个年轻的青楼女子散布诋毁玛格丽特的谣言。玛格丽特看上去不卑不亢。最终，她被气得卧床不起。

一天夜晚，玛格丽特来到我的住处。一进门，她就失声痛哭。

我说：那天，在乡下，你留下一封信就走了，我那么爱你，你怎么能欺骗我？

玛格丽特说：当时，我是顺从一种迫不得已的情况。但具体原因，我不能告诉你。

我留她过夜，她先是拒绝，随后就同意了。到天亮，我们都没合眼。第二天，她回去了。我在煎熬中度过。

傍晚，我不由自主地走到玛格丽特的住处，她的门房告诉我：夫人去英国了。

我也离开巴黎，外出散心。

阿尔芒说：后来发生的一切，就在这些信里了。

我开始读玛格丽特给阿尔芒的信。玛格丽特说：我病了，有可能不治而亡。我现在把真相告诉你。我们在乡下的时候，你父亲来找过我。他说，他不能容忍儿子倾家荡产。

阿尔芒的父亲从各个角度语重心长地劝说玛格丽特。

（一）社会不认可：

> 生活对情感是残酷的，往往会提出苛刻的要求，又必须委曲求全。……您要考虑，除了情妇还有家庭，爱情之外还有责任，过了充满激情的年龄，人就成熟了，在社会上要受人尊敬，就必须有一个牢固而体面的地位。

（二）家族不认可：

> 因为大家并不了解您，会认为接受这种牺牲出于不光彩的原因，怕玷污了我们的姓氏。别人才不看阿尔芒是否爱您，您是否爱她，才不看你们相爱对他是不是幸福，对您是不是从良。

（三）两人的未来不乐观：

> 他们只会看到一件事，就是阿尔芒竟同意一个青楼女子，

请原谅，我的孩子，我不得不对您直言，竟同意一个青楼女子为他卖掉了自己的物品。以后，责备和痛悔的日子就会到来，请相信这一点。谁也避免不了，你们也一样，两个人都套上了枷锁，根本挣不开。那时你们怎么办呢？您的青春耽误了，我儿子的前程也断送了。

（四）女儿的夫家不认可：

我的女儿就要结婚，要嫁她所爱的男人，进入一个体面的家庭，而那个家庭希望我的家庭也不无体面。……假如阿尔芒还那样生活下去，他们就要退婚。

玛格丽特信中对阿尔芒说，我过去的生活，完全剥夺了我梦想的这样的未来的权利。我问你父亲相信我曾把这种爱变成我一生的希望、梦想和自赎吗？

你父亲说他完全相信。

玛格丽特写道：我知道，等你了解了这些真相，我在你的眼里就会越高尚。

阿尔芒在国外旅行时，他的父亲听说玛格丽特病了，写了一封信给她，这让玛格丽特激动不已。玛格丽特在信中写道：你父亲还送来一些钱。你父亲的帮助不算施舍，我接受了。

在另一封信里，玛格丽特说：难道你就不会在我死之前回来吗？伯爵来过，帮我支付了一些费用。公爵也来看望我了。我去了剧院，走进第一次跟你见面的那个包厢。那天我不能控制自己的眼泪，我被送回家时已经半死不活了。我很痛苦。

后来的信就是她的女伴写的了。

她说：玛格丽特不能写信了。家里的东西都被查封了，准备拍卖还债。神父来过了。玛格丽特弥留之际，有两三次，她说出您的名字。

她死了。送殡的队伍中，只有两个男人跟在后面，他们是公爵和伯爵。

阿尔芒讲完他的故事，让我（作者）陪他去见他的父亲。我在那里住了几天。回到巴黎，我写下了这个故事。

_角色分析

阿尔芒

他的爱情基础是因为对方“美丽”。

在剧院，他被玛格丽特的美丽吸引，在她生病期间，每天问候却不通报姓名。两个月后，在剧场这样的公共场合，由他们共同认识的朋友引见。这个相识是自然可信的。但是，有一点不可否认：阿尔芒只是被玛格丽特的美丽所吸引，他并不了解对方的品格、对方的家庭。这是不严肃的。

玛格丽特

她需要真爱。

公爵年迈多病，伯爵让玛格丽特讨厌，加上玛格丽特的健康出了问题，阿尔芒的出现给玛格丽特的生活带来一股清新自然的模式。他们很快坠入爱河，他们选择到乡下休养，也想借机开始正常生活。玛格丽特是“识人”的。她的选择没有错。她卖马车，首饰，披肩，她希望通过出售自己的东西，还清债务。从这点可以看出，玛格丽特珍视这份感情，真的希望开始新的生活。

她有爱的情感，也有爱的能力，担得起爱的责任，也受得起爱的沉重。她为爱付出了精力、财产、身体乃至生命。

父　亲

一个善良而又传统的家长。他爱自己的孩子，不能接受儿子这样的婚姻，认为这样的婚姻会影响儿子的前途，影响未来的生活，也会影响到女儿未来择婿，所以背着儿子说服了玛格丽特，劝她离开了阿尔芒。他又很善良，当他得知玛格丽特生病，就寄去钱，还写信安慰她。

_作品分析

《茶花女》是一部关于妓女的作品，为什么这样一部作品会经久不衰，会成为经典？

《茶花女》经过了这么久的筛选，依然在流传。它成了经典作品有这样几个原因：

（一）虽然阿尔芒以“美”为基础的爱情观经受不了风吹雨打，但玛格丽特死后，他的怀念是真诚的，是感人的。

作品描写了一段真诚的爱情，玛格丽特生病，他去看望，不报姓名，不求回报。这一段故事是感人的。

他们的爱情是短暂的，是经不起时间考验的。玛格丽特的一封信，就结束了他们的爱情。一生很长，爱情变成婚姻以后，要经历很多考验，政治的，道德的，经济的，琐碎的，每一点点风吹草动，都可能人仰马翻。两个人的价值观是否相近，两个人是否彼此信任，沟通是否顺畅，这些都很重要。他们二人的爱情，根本就不靠谱。

玛格丽特死后，作品描写了阿尔芒对玛格丽特的怀念。他迁坟为的是见她最后一面；他跟“我”讲述玛格丽特的故事，复述那些信件，流泪不止，深深地忏悔。这些叙述也是很感人的。

（二）作品写了妓女真诚的自我救赎，以生命为证，很感人。

玛格丽特爱阿尔芒，愿意卖掉所有财产，还清债务，然后开始普通人的新生活。她的决心和自我救赎的勇气，是真诚的，她为了证明自己对阿尔芒父亲的承诺，去了英国，开始了新的生活。她在病中坚持写日记，告诉阿尔芒自己的爱有多纯洁，为了阿尔芒她甘愿孤独地死去。

在作品里，玛格丽特的爱情与阿尔芒的爱情并不对等，玛格丽特是真诚的，她遇到阿尔芒之后，真善美都复活了，也都展示出来了。可是，阿尔芒对玛格丽特不够信任，当玛格丽特托词离开他时，他就真的相信。直到她死了，阿尔芒的真诚与善良才被激发。

玛格丽特失去了爱情，却赢得了高尚。

（三）父亲阻碍儿子的婚姻，令人憎恨，但是，他以“道德”和“伦理”为基础的婚姻观，有一定道理，他对玛格丽特所做的补偿，很感人。

父亲的话至今代表着许多家长的心愿。父亲相信玛格丽特能自我救赎，却并不关心她自我救赎的结果。因为，救赎是对未来的承诺，但是并不能改变她曾是妓女的历史。

父亲很在乎儿媳妇的“名声”。玛格丽特的自我救赎并不能改变父亲对她的看法，父亲也许相信玛格丽特未来能变好，但是，作者在创作中，还有一层意思没有直接表达，这始终没有说出来的后半句话，我们在此可以补上：

我相信你未来会变好，但是，我依然不能原谅你的过去。

这后半句，才是最难以逾越的鸿沟。

_链接现实

讨论题一：今天读这部作品，有什么现实意义？

年轻人要写好自己的历史，不能像玛格丽特那样。她之前误入歧途，追求虚无的“华丽生活”，之后遇到了阿尔芒，她的爱情真正被唤醒，然而她却失去了“爱人”的资格，无法被阿尔芒的父亲接受，因为他父亲担心他们无法被社会真正接受，无法获得真正幸福的世俗生活。

写好自己的历史，一方面是遵纪守法，不做试探道德法律底线的事，另一方面也不要把自己的生活全部展现在网络上。互联网是有记忆的，网络暴力也时有发生，很多人常常因将自以为“人畜无害”的照片晒出来而引起了轩然大波，甚至毁了自己。

聪明人，有远大理想的人，不要把自己局限在小小的“朋友圈”中。

讨论题二：什么样的家庭模式是值得提倡的？

作品中，父亲反对儿子与玛格丽特结婚，这说明，他对自己的家庭名誉十分关心，他希望儿子找一个正常家庭、“好家庭”的女子，建立一个幸福的家庭。

那么，什么样的家庭是好的家庭？

当今中国，脱贫攻坚战已经取得初步胜利，在解决了基本的物质需求以后，文化层面的精神需要就会日趋重要。

我们认为，提倡一种“书香门第”的家庭氛围是很有必要的。书香门第的家庭里，有藏书，人人爱读书，一生坚持学习，让学习伴随工作，不断进步。爱读书的人，内心丰富而安宁，不容易为外界风雨所动，不容易急功近利、随波逐流。

我们，或许出身于书香门第，也或许从自己这一代开始建立书香门第的家庭，当这样的家庭多了，社会就会更加和谐、稳定。

《茶花女》的含义非常丰富，阿尔芒、玛格丽特、父亲，他们的故事含义深刻，他们对婚姻的态度十分鲜明。

回到上文开头的话题：二十岁时读《茶花女》，我们会为玛格丽特流泪；五十岁再读《茶花女》，我们能理解父亲的一片苦心，也同意他的态度：

我相信你未来会变好，但是，我依然不能接受你的过去。

12

莫泊桑《羊脂球》

_导读

妓女羊脂球的善良让读者动容，九个同行者的冷漠与虚伪令读者愤怒。

我们都想为作品改写一个结尾，如果是你，你会怎么写？

_作者简介

吉·德·莫泊桑（1850—1893）

出身于法国一个没落贵族家庭，法国优秀的批判现实主义作家，与俄国契诃夫和美国欧·亨利并称为“世界三大短篇小说巨匠”。代表作品有《项链》《漂亮朋友》《羊脂球》《我的叔叔于勒》等。

_参考译本

赵少侯译，选自《法国短篇小说选》，中国青年出版社，1978年出版。

_主要角色

♂卢瓦佐（鸟老板）：葡萄酒批发商，诡计多端、能说会道，人们送给他一个外号“鸟先生”

♀卢瓦佐夫人：高大、强壮、沉着、高嗓门，有主意又坚决

♂卡雷－拉玛东：企业家，有三个纺织厂，曾获荣誉勋章，省参议会议员

♀拉玛东夫人：比拉玛东年轻得多，素来是卢昂驻军中官长的“安慰品”

♂于贝尔－布雷韦尔伯爵：有着诺曼底省最古老、最尊贵的姓氏，专注于服饰，据说每年收入五十万法郎

♀伯爵夫人：雍容华贵，待人接物颇为能干

♂高尼岱：民主党人，善于夸夸其谈，将遗产挥霍干净后假充革命，混饭吃

♀两位修女：一个年纪很大，满脸麻子；另一个身材瘦小，好看，带病容

♀羊脂球：妙龄发胖，因而有一个诨名“羊脂球”

_内容梗概

普鲁士军队攻入法国，占领了卢昂。侵略者挤满了街道，挎着军刀在街上炫耀。他们去敲各家的门，跟着就进入房内，肆无忌惮地勒索。这是入侵后的占领行为。

战胜者要钱，要很多钱，城里的资产者被迫如数支付，战败者不得不向战胜者表示亲善。老百姓则忍气吞声，敢怒不敢言。

本地几个大商人，他们很想从陆路先到第耶普，再从那里乘船去在法军占据的勒河弗尔港，他们在那里有生意，那里没有被敌军战领。

他们利用相熟的德国军官的势力，从司令部弄来了一张马车离境许可证。这是一辆由四匹马拉的大驿车，有十个人订了座位。

羊脂球一上车就被认出来了。酷爱名誉的女人们小声地称她为“卖淫妇”和“社会的羞辱”。

她自我表白说：“起初我以为自己能够待下去……甘愿养几个兵士。不过等到我看见那些普鲁士人，我满肚子全是怒气了。我扑到其中一个的脖子上。倘若没有人抓着我的头发，我可以掐死他。事后我不得不躲藏了。”

一车人出发了。

第一天。大家吃完了羊脂球的食品。普鲁士军官对羊脂球提出无理要求。

清晨四点半出发。上午十点：还没走出四法里；下午一点左右，大家有了吃东西的欲望，然而没有看见一家饭铺子，沿途做生意的人都吓跑了。高尼岱请大家喝一点朗姆酒；大家含沙射影地谈论着羊脂球，显示出不屑与之同行的态度。

下午三点钟，羊脂球开始吃饭；她的提篮里盛着两只切开的罐子鸡，还有蛋糕、水果、甜食，这是为三天的旅行而预备的。这时，车上所有的眼光都向她射过来了。香味散开着，嗅觉在饥饿的时候更加灵敏。

鸟老板说："真好哟，这位夫人比我们考虑得周到。"

羊脂球抬头对他说："您可是想吃一点，先生？从早上饿到现在是够受的。"

他欠一欠身子："说句真心话。我不拒绝，我再也受不住了。"

羊脂球又用谦卑而甜美的声音邀请两个嬷嬷来分享她的便餐。她俩立即接受了。

高尼岱也没有拒绝，他和两个嬷嬷在膝头上展开报纸，构成了"桌子"。

其他人后来也加入进来。九个人如狼似虎地吃着。

吃了这个"姑娘"的东西自然不能不和她说话，起初，九个人的姿态是慎重的，随后，因为她的态度很好，大家也就随便得多。

伯爵夫人显出贵妇人一尘不染又和蔼谦虚的样子。

高大的鸟夫人素来怀着保安警察的心理，仍旧是顽固不化，说得少，吃得多。

提篮空了。十个人吃空了它。谈话又继续了一会儿，不过自从吃完以后，车上就冷清了一些。

夜色中，寒气逼人。羊脂球冻得发抖。布雷韦尔夫人把自己的袖珍手炉送给她用。

前面的大路上出现一星一星的灯火。那是多特镇。他们走了十四个小时了。车子到了镇上，他们在旅馆门口下了车。一行人走进旅馆的厨房，日耳曼人检查出境证，上面登记着每一位旅客的姓名、年龄和职业。

大家终于坐到饭桌旁。这时候，旅馆的掌柜走了过来。他问道："哪一位是伊丽莎白·鲁塞小姐？请过来。"

羊脂球思索了一下，随后说："我不会过去的。"

她的周围发生了一阵骚动，每个人都在发表意见。

伯爵走近她跟前说："您错了，夫人，因为您的拒绝是能够引起种种重大困难的，不仅对于您自己，而且甚至对于您的全体旅伴也一样。人总是不应当和最强的人作对的。"

大家都和伯爵意见一致，央求她，催促她，重复地劝告她，终于说服了她。谁都害怕她的冒昧举动可能带来麻烦。最后她说："确实是为了各位，我才这样做。"

伯爵夫人握着她的手说："这样，我们谢谢您。"

十分钟以后，她回来了，脸上绯红，喘得连话都说不出，非常生气，她说道："浑蛋！浑蛋！"全体都急于知道底细，不过她什么也不说。

吃完夜宵，大家都去休息了。

鸟老板让妻子上了床，自己却从门上的钥匙洞向外望。

高尼岱在跟羊脂球说话。他说："您真没有想通，这于您算个什么？"

她像是生气了，回答道："不成，好朋友，这些事情有时候是不能做的；并且，在这儿，那是件丢人的事。"

他不说话了。妓女的爱国心和廉耻心应该是唤醒了高尼岱。他和她拥抱了以后，就蹑着脚回到自己的屋子里去。

第二天。大家知道了德国军官的要求，初期的愤怒很快就变成了沉默。

早晨八点，车没有按原定计划出发，高尼岱在喝酒，奸商鸟先生去推销他的葡萄酒，伯爵与纺织厂主在聊天。

上午十点钟，来人说，德国人不让走。众人找德国人交涉，未果。

下午快去吃饭的时候，胖掌柜又露面了，他高声说道："普鲁士军官要人来问，伊丽莎白·鲁塞小姐是不是还没有改变主意。"

羊脂球嚷着说："您可以告诉那个普鲁士下流东西，说我永远不愿意，您听清楚，我永远不，永远不，永远不。"

胖掌柜出去了。

羊脂球被人包围了。所有的人都想知道德国军官请她谈话的秘密。她拒绝。但没多久，她被激怒了，叫道："他要的是和我睡觉！"

大家都很愤怒，可不久就平息了。他们照旧吃了晚饭，话却说得不多。

晚上，大家打牌。

第三天。大家开始冷落羊脂球。

午饭时，仿佛有一种故意冷落的气氛针对着羊脂球。经过昨夜的宁静，大家已经改变了态度。他们开始怨恨她了：她为什么不偷偷跑去找那个普鲁士人，如果找了，大家一起床就可以启程了。

午后，为了消磨时间，伯爵提议到镇外走走。每个人都换了衣裳，这个小团体就出发了。

鸟老板说，这个卖笑的女人是否想让我们在这个地方再待些日子。

伯爵始终是文雅的，他说，旁人不能把这样的牺牲强加给一个妇人，她要出于自愿。

第四天，众人密谋，给羊脂球洗脑，客气地逼她就范。

上午，众人密谋如何让羊脂球就范。鸟老板说：把这个“贱东西”的手脚捆起来，送给普鲁士人。

伯爵出身于三代都做过大使的家庭，具有外交官的高尚，他主张用巧妙手腕：“叫她自己决定。”他们开始行动了。

午饭时，他们给羊脂球洗脑。一坐到饭桌上，大家就开始讲故事。

故事一：曾有这样一个女人，叫克娄巴特拉。她跟敌军将领们上床，之后，那些将军都变成了她的忠实的奴隶，听她指挥。

故事二：罗马的一些女公民走到迦布埃城，让汉尼拔以及他的将士在她们的怀里酣睡。

故事三：英国有个贵族小姐，用献身的方法救国，她去患上一种可怕的传染病，再去传染给拿破仑。

这些故事，讲得很得体，很有分寸，足以刺激好胜心。

下午，众人不打扰羊脂球；人们简单地称呼她"小姐"，仿佛故意让她明白自己的身份是可耻的。

晚饭，修女们继续给她做思想工作。

羊脂球问："嬷嬷，您认为只要动机纯洁，任何途径都会被上帝接受，行为本身也会得到上帝的原谅吗？"

"夫人，有谁会怀疑呢？一个本身应受指责的行为，常常因为启发它的念头好而变得可敬可佩。"

第五天午后，众人外出散步。

伯爵单独劝羊脂球："这么说，您宁愿让我们留在这儿，同您一样准备承受普鲁士军队吃了败仗后一定会施加的种种暴力，而不肯做一件您的生活中经常做的那种取悦于人的事吗？"

他用情感去说服她。"伯爵先生"这个身份，威严又和蔼可亲。

晚饭羊脂球没出席，她去陪那个普鲁士军官了。

众人欢呼"胜利"。

鸟老板用颤抖的声音反复说着："够了！够了！"然后他自言自语道，"但愿我们还可以和她再见，但愿那个无耻的家伙不要把她置于死地！”

在这些人的周围，渐渐形成了一种氛围，充斥着放荡的念头。

鸟老板兴高采烈，举着一杯香槟站起来：“为我们得到解救饮一杯！”大家全都站起来，一起欢呼。

第六天：再次启程。为大家而牺牲自己的羊脂球，受到大家的冷落。

马车准备上路。只等羊脂球一个人了。

她终于出来了。她似乎有点慌乱羞惭，怯生生地朝旅伴们这边走过来。大家一起转过头去，好像没有看见她。伯爵神气十足地挽起妻子的胳膊，把她领到一边，躲开这种不洁的接触。

羊脂球轻轻说：“早安。”大家都离她远远的，仿佛她的裙子带来了一种肮脏。随后人们陆续上车，她走在最后，静悄悄地坐在第一天坐过的那个位子。

大家都无视她，仿佛不认得她。鸟夫人低声对丈夫说：“幸亏我不坐在她的旁边。”

上路三个小时以后，就餐时间，大家拿出食品，开始吃。没人理羊脂球。

羊脂球哭了。羊脂球什么都没有买。看着这些平平静静吃东西的人，她气极了。

没有一个人看她，没有一个人惦记她。她觉得自己被他们的轻视淹没了。当初，他们牺牲了她，现在又把她当作一件肮脏的废物扔掉。她想起她那只装满美味的提篮，那里面有三天的食物，第一天就被他们吃光了。

羊脂球哭了，忍不住哭出了声。

_角色分析

羊脂球

一个爱憎分明的善良女人，一个弱者，作品里描写了她的“母性”“人性”以及“尊严”。

战争中，一个妓女没有答应占领者的无理要求，后来被同行者苦苦相求而答应，最后却被同行者唾弃的故事。

羊脂球首先是一个女人，虽然她曾是妓女，但她不肯屈服于侵略者，敢于反抗。正是因为反抗过，她不得不逃离。这个时候，她具有好女人的爱国情怀。

（一）关于母性的苏醒，作品里这样描写：

一阵钟声传过来了。那是为了一场洗礼。“胖姑娘”（羊脂球）本有一个孩子养在伊弗多的农人家里，她每年见不到一回，也从不记挂他；不过现在想起这个就要受洗礼的孩子，她心里有一种突然而起的热烈慈爱，于是她决定去参观这一场洗礼。

对一个妓女来说，这个孩子是个“意外”，她恨他。可宗教洗礼让她感受到崇高，她的母爱苏醒了。

（二）作品也描写了她“人性”的苏醒。她是一个妓女，可是，在城市沦陷后，她拒绝接待侵略军。在逃难路上，她再次很坚决地拒绝侵略者的要求。她不想为敌人做事，这是她的尊严。羊脂球拒绝侵略者的行为是值得尊敬的。

可是，当一行人因为她的拒绝而被滞留时，出于“人道”的慈悲，她还是违心地做了自己不打算做的事情。她的这次失身有一种牺牲精神在里面，她是为了大家而被迫前往，是出于无奈，这次失身是值得同情的。

（三）作品描写了羊脂球的善良。

第一天她就把自己三天的食品贡献给大家了；为了大家能启程，她被迫牺牲自己，接受了普鲁士军官的无理要求；再次启程以后，看到大家有说有笑，吃吃喝喝，她不停地流泪，没有做出任何反抗。

九个同行者

作为一个集体，他们自私自利，假清高，真卑鄙，没有同情心，更没有爱国热情。

作品里，羊脂球是一方；另外九人作为一个集体形象，是对立一方。

作者的记录是渐进的，在揭露丑恶人性的过程中，其批判力度从“温和”到“毫不留情”。

作品记录了一行人六天里的活动。

那另外九个人是一个“集体”形象，有三件事，他们的言行基本上有一致性。第一，在第一天，他们集体吃完了羊脂球三天的食品；第二，逼迫羊脂球就范；第三，在羊脂球失身以后，他们装出了“伪清高”。

第一天，九个人“装模作样”地保持着高尚，对羊脂球不理不睬。可是，当他们有了饥饿感，见到丰盛的食品，终于放下了假面具。

第二天，考验出现了，还没引起大家的重视。

第三天，鸟老板和伯爵在讨论这件事了。女人们还没有明确态度。

第四天，讲述那些可敬的妓女和女人的故事，修女也参与其中，引导羊脂球。

第五天，逼迫成功。大家兴高采烈。

第六天，看到为了大家而牺牲自己的羊脂球，一行人没有感动，反而一起冷落她。那九个人，不仅吃光了她的食物，而且因为她的牺牲才得以重新上路，可是，没有人跟她打招呼，没有人给她吃的东西，哪怕一片面包。羊脂球默默流泪，哽咽，痛苦，失望。

作者莫泊桑用对比的手法，通过每个人的言行揭露他们的灵魂。羊脂球是个妓女，却表现出爱国和反侵略的态度；而那些商人、贵族、官员、贵妇人、修女，却一个个自私自利，毫无同情心，道貌岸然，假清高真卑鄙。他们对羊脂球忘恩负义，落井下石，甚至助纣为虐，让羊脂球的境遇雪上加霜。在侵略者占领了自己的城市以后，他们想的依然是个人利益。

战争——极端的环境；妓女——卑微且有争议的身份；有产者和无产者——矛盾的对立面；通过这样的对比，高尚和卑鄙得以显现。把这个故事放在这样一个极端环境里，更显得真实可信。就如北岛描述的那样：卑鄙是卑鄙者的通行证，高尚是高尚者的墓志铭。

_作品分析

《羊脂球》描写了一个妓女的善良，揭露了一群正人君子的虚伪，这种强烈的对比似乎对每一位读者都提出了严酷的灵魂拷问：如果你在其中，会怎么做?

_作品链接现实

讨论题一：假如我们是《羊脂球》逃难驿车上的一员，我们会如何做?

读《羊脂球》，我们都会同情“胖姑娘”，可是，假如我们身在其中，会怎么做?

莫泊桑很伟大，他用“时间”来考验人们的灵魂。在战争中，“意外”会随时出现，如果一个人能在四天里保持善良，那么，到了第五天，还有几个人能坚持下去?

时间让九个人全部背叛了自己的良知，他们找到了一个很好的理由：羊脂球本来就是妓女，多接待一个客人也无所谓。

如果说逼她就范还可以原谅，那么，让读者心痛的是：启程后为什么不能给她一片面包?

假如我们在车上，会给她吗?

讨论题二：现实中，用牺牲一人来成全大家，事后，应该如何对待这个牺牲者?

我们为作品设想一个这样的结尾：在大家的冷漠里，那个修女伸出手，安静地递过一片面包。

这样的结尾能不能感动全世界的读者?

人性在恶劣的环境里会变得很“恶”，可是，我们依然呼唤善良，相信善良，并践行善良。

这就牵连出第二个话题：一个人牺牲，换来了大家的幸福。事后，活着的人一定要感恩，比如：感恩牺牲的军人、警察、见义勇为的公民。

莫泊桑毫不留情地批判了人性恶：他要用恶唤醒良知。他要告诉人们：请给出一片面包，以此表达你的感激之情。

感恩，不需要很隆重，很多时候，一个亲切的眼神，一片薄薄的面包，就足以温暖对方。

13

歌德《少年维特的烦恼》

_导读

维特暗恋一位已经订婚的女孩，女孩对他虽然友好，但却保持着清醒的距离，不谈爱情。维特伤心欲绝，几番挣扎，最后还是自杀了。

维特是死于爱情，还是死于对社会的失望？在阶层僵化的社会里，年轻人的路在何方？

_作者简介

歌德（1749—1832）

德国著名思想家、作家、科学家，魏玛的古典主义最著名的代表。最伟大的德国作家之一，也是世界文学领域的一个光辉人物。代表作《浮士德》《少年维特的烦恼》。

_参考译本

杨武能译，人民文学出版社，1981年出版。

_主要角色

♂维特：青年男士

♂威廉：维特的好朋友

♀绿蒂：维特的好朋友

♂阿尔伯特：绿蒂的男朋友

_内容梗概

第一编

春天，维特离开了生活多年的城市，来到一个小镇。他曾恋爱，却失恋了。他出来散心，想改变自己的生活环境，忘记过去。

他给朋友写信。他写了很多信。

他说："亲爱的朋友，我向你保证，我一定改弦更张，绝不再像以往那样，总把命运加给我们的一点儿痛苦拿来反复咀嚼回味，而是要享受眼前，过去了的就让它过去。"

他在信里说：

不远处有一口井。我碰到一个年轻使女。她把水瓮放在最低的台阶上，等着有人来帮她。我走过去，帮她把水瓮放到头顶上。

我认识了各种人，我为我们只能同走一小段路而感到难过。他们忙忙碌碌，为了生活花去了大部分时间。

成年人在地球上东奔西闯，不清楚自己打哪儿来，往哪儿去，干起事来漫无目的，受着饼干、蛋糕和桦木鞭子的支配。

孩子们的幸福简单得多。他们拖着布娃娃到处跑，围着妈妈藏点心的抽屉转来转去，如愿以偿便高兴地吃了起来。

我在这里，常常把桌子椅子搬到坝子上，在那儿饮我的咖啡，读我的《荷马史诗》。

一位青年女子挎着小篮子，向两个坐着的小男孩走来。她有三个孩子，丈夫为了遗产去了瑞士。我给孩子们每人一枚银毫子。

每当心烦意乱的时候，只要看见这样心平气和的人，我就可以安定下来。这种人乐天知命，过一天算一天，看见树叶落下，只会想“冬天快到了”。

他们不会伤感。

看到村里的孩子们，我很快乐。

今天遇到一个青年男士，他在一个富裕的寡妇家当长工，他爱上了女主人。说起女东家就滔滔不绝，满口称赞。

没有任何语言能描述这个青年的幸福感。

“威廉，我见到了一位天使，她完全俘虏了我的心。”

我写这封信的时候，有三次差点儿扔下笔，准备骑上马去她那儿。

我到底没有克制住自己，我去了她家。我看见，她在八个弟弟妹妹中间忙，他们的妈妈去世了，她成了孩子们的“妈妈”。她叫绿蒂。

乡下举办舞会，我去了，她也去了。

在跳舞的时候，我的舞伴告诉我，绿蒂订婚了，她未婚夫的父亲去世，他回去奔丧了。

绿蒂的表姐问她：我新寄给你的书有没有读完？

绿蒂说：我不喜欢那本书。当我们年纪还小的时候，我最爱读的就是小说。眼下，我很少有工夫读书，那我读的书就必须十分对我的口味。我最喜欢的作家必须让我能找到我的世界，他书里写的仿佛就是我本人，使我感到那么亲切，恰似在我自己的家里，不像天堂那么美好，却是幸福的源泉。

舞会上，看她跳舞真是大饱眼福。

我和她跳舞了。其间，一位妇人在擦肩而过的时候，听她两次提到“阿尔伯特”。我问谁是阿尔伯特。

她说：“阿尔伯特是个好人，我与他可以说已经订婚了。”

即刻，我心烦意乱，竟然蹿进了别人的舞伴对儿。不消说，人在纵情欢乐之际突遭不测和惊吓，那印象是比平时来得更加强烈的。虽然我的舞伴已经告诉我这一点，但绿蒂亲口告诉我，我还是很受打击。

舞会以后，日月星辰尽可以安安静静地升起又落下，我却再也分不清白天和黑夜，周围的整个世界全给抛到了脑后。

你是了解我的，威廉，反正我不能再说，我没有享受过欢乐。浪迹天涯的游子终于又会思恋故土。我真的快活呀，我的心竟能感受到一个人将自己种的蔬菜端上饭桌时那种纯真的欢乐。我去一位总管家里，跟孩子们一起玩，搭纸牌房子。我喜欢孩子。我认为：孩子们今日的固执任性可能是将来的坚毅与刚强；今日的顽皮放肆可能是将来的幽默与乐观。

绿蒂进城去陪一位病人。我去看望她。我和绿蒂，还有几位来看望病人的客人，一起聊天。

我说：我平生最讨厌人与人之间相互折磨了。尤其是生命力旺盛的青年，他们本该坦坦荡荡，乐乐和和，实际上却常常板起面孔，把仅有的几天好时光给糟蹋了，等到日后醒悟过来，却已追悔莫及。

我说：我们应该每天对自己讲，你只能对朋友做一件事，即让他们获得快乐，并同他们一起分享这幸福。

我们去郊游。我捕捉绿蒂的目光，她却不看我。

每当绿蒂谈起自己的未婚夫，她是那么温柔，那么亲切。每次听完，我心中就颓唐得犹如一个丧失了荣誉和尊严的人。

她是那么天真无邪，胸怀坦荡，全然感觉不到我的痛苦。她是圣洁的，一切欲念在她面前都是沉默无言。

“威廉，你劝我跟公使离开这里，我还不打算同意。我母亲希望我有所作为，我感到好笑，难道我眼下不是在做事吗？”

我为绿蒂画画，三次都失败了。我下决心，不要经常去看她。可是，日复一日，我都屈从于诱惑。我告诉自己，明天不去了。可明天一到，我总能找到理由，一眨眼的工夫，又到了她的身边。

我祖母讲过磁石山的故事，船夫惨遭没顶。她成了我的磁石。

阿尔伯特回来了。

阿尔伯特是一个让你不能不产生好感、能干而和蔼的人。他对我很友善。他知道，姑娘们有本事让两个崇拜者和睦相处。

我在绿蒂身边的快乐告吹了。我在林子里乱跑。

原谅我，威廉。你说："要么你有希望得到绿蒂，要么没有。"我不知道未来会如何。阿尔伯特在侯爵府上获得一个待遇优厚的差事。像他这样办事精细、勤快、谨慎的人，我见得不多。我和阿尔伯特聊天。

他说：一个受热情驱使而失去思考力的人，人家只当他是醉汉，是疯子。

我说：我的热情从来都是离疯狂不远的。经验告诉我，一切杰出的人，一切能完成伟大的、看似不可能的事业的人，都被骂成是疯子或酒鬼。

绿蒂生长在狭小的圈子里，每天做着同样的家务，唯一的乐趣就是礼拜天跟姐妹们聊天，溜达。她不会被虚假欢乐所迷惑，她所思所想的只有阿尔伯特一个人。

我和阿尔伯特的友谊结束了。谁也没能理解谁。在这个世界上，人跟人真难以相互理解啊。夜里，我梦见绿蒂。我面对这黑暗的未来，绝望地痛哭。

威廉，我浑身充满活力，却偏偏无所事事。既不能什么都不干，又什么都不能干。我有时甚至希望当个短工，以便清晨起来，对未来的一天有个目标。

阿尔伯特每天埋头处理公文，我羡慕他。

今天是我的生日。一大早就收到阿尔伯特差人送来的包裹。礼物是一个蝴蝶结和两本书。这个蝴蝶结是绿蒂的，我曾请求她送给我。

我无数次地吻着那个蝴蝶结，回忆着一去不复返的日子。我周围世界的一切，在我眼里全部与她有关，这样的错觉也曾使我幸福了一些时候，可到头来仍不得不与她分离。

我常常两三个小时坐在她身边，欣赏她优美的姿态举止。每次分别以后，威廉，我不知道我是不是还活着。我在广阔的田野里徘徊，攀登上陡峭的山峰，穿过满是荆棘的木丛，让它们刺破我的手脸，撕碎我的衣服，这样，我心中的感觉会好受一点。

威廉，我必须走了。是你坚定了我的决心。十四天来，我一直想着离开她。

威廉，我终于坚强起来，离开了她。走前，在两个小时的交谈中，丝毫不曾泄露自己准备走的打算。上帝啊，那是怎样的一次谈话啊。

告别的那天晚上，我站在栗子树下，目送夕阳西下。我在林荫道上来回踱着。这是一个与世隔绝的小天地，幽暗，我知道，这里是一个既让人尝到幸福，又让人体验痛苦的所在。

晚饭后，阿尔伯特和绿蒂来了。我怀着令人销魂的离别情绪。我听到他们走来，我跑着迎上去，我拉起绿蒂的手，吻了一下。我们走上高坡，月亮也刚好升起来。我们谈着各种各样的事情。我们走进一个凉亭，坐下来。我内心不安，无法久坐。我站起来，走到绿蒂身边，踱了一会儿，又坐下来。那情形真的令人难受。

我们沉默无语。过了好一会儿，绿蒂说："每当在月下散步，我总不免想起已故的亲人，对死和未来的恐惧就一定会来袭扰我。我们都一定会死啊。维特，你说，我们死后还会不会再见面呢？见着了还能相互认识吗？你的预感怎么样？"

我把手伸给她。我含着眼泪说："绿蒂，我们会再见的。"我说不下去了，在分别的时候，她为什么这样问呢？

绿蒂讲起她的母亲，她说："在静静的夜晚，我坐在弟弟妹妹们中间，像当年母亲坐在她的孩子们中间一样。这时候，我面前就会浮现出我母亲的形象，我呢，眼含热泪，仰望空中，希望她能哪怕只看我一眼，看看我是如何信守在她临终时对她许下的诺言，代替她做孩子们的母亲的。"

阿尔伯特温柔地打断她，说："你太激动了。"

我流着泪扑倒在她跟前，说："绿蒂啊，上帝时刻保佑着你，你母亲的在天之灵也保佑着你。"

绿蒂说："上帝却让这样一位夫人离开了人世。我有时想，当我们眼看自己生命中最亲爱的人被夺走时，没有谁的感受比孩子们更痛彻的了。"

绿蒂站起来，说："咱们走吧。"

我说："我们会再见的，我们会再相聚，不论将来变成什么样子，都能彼此认出来的。保重吧绿蒂，保重吧阿尔伯特。”

他俩走进了林荫道。我仍呆呆地站着，目送着他们在月光下的背影，随后扑倒在地上，痛哭失声。一会儿，我又奔上土坡，看到她的白色衣裙。她的倩影渐渐消失在夜色里。

第二编

维特不辞而别。从十月到次年的四月十九日，他在一个公使馆里当秘书。他想从工作中求得解脱，但是，官场的陋习又增加了新的烦恼。

二月下旬，绿蒂和阿尔伯特结婚了。维特把绿蒂的剪像从墙上拿下来，装进其他画片里。

三月十四日，公使家里聚会，人们发现维特在场。他们交头接耳，议论他，蔑视他。公使不得不下了逐客令。维特离开了聚会场所。之后就辞去了公职。

维特说："我真乐于让人家走人家的路，只要他们也让我走自己的路就成。"

维特回了一次故乡，他把对儿时的美好回忆写信告诉绿蒂。

他想参军，思考以后，又放弃了。

想去参观离绿蒂家很近的矿井。最后，维特决定再去看看绿蒂。

七月，维特又来到绿蒂身边。旧地重游，物是人非。

那个爱上女主人的青年农民，被解雇了。女主人的弟弟怕这个青年继承遗产。

那个相互依偎的两兄弟，弟弟夭折了。老牧师也死了。

枝繁叶茂的胡桃树，被砍掉了。维特对绿蒂的爱却依然执着、强烈。

每当他看到阿尔伯特搂着她的腰，他就不寒而栗。他借酒消愁。

“我常常拿理智来克制自己的痛苦，可是，一旦我松懈下来，我就会没完没了地反驳自己的理智。”

绿蒂劝他，无效。

编者致读者（小说的第三部分）

维特最后几天的情况，是从了解他的人那里得知的，再加上他最后留下的几封信。

有一个傍晚，阿尔伯特对绿蒂说：“为了我们自己，我请求你，别让他老来看你，已经有人在讲闲话了。”

维特处于一种坐卧不安的状态，莫名地狂躁。他无所希望，无路可走，辞世的决心越来越坚定了。

绿蒂想尽一切办法，想让维特离开。她想证明自己没有辜负丈夫。圣诞节前，她告诉维特：“节前你就不要来看我了。我求你，为了我的安宁，再不能这样下去了。”

维特重复着：“再不能这样下去了。绿蒂，我将再也不来见你了。”

绿蒂说：“你可以来看我们，只是减少一些就行了。”

“克制克制自己吧。你的天资，你的学识，你的才能，它们不是可以带给你各种各样的快乐吗？别再苦恋着一个除去同情你就什么也不能做的女孩子。”

“你存心要把自己毁掉吗？”

维特说：“没准是阿尔伯特这么讲的吧，外交家。”

阿尔伯特回来了。三个人都很尴尬。

阿尔伯特问妻子，是否把这样那样的事情都办妥了。绿蒂说还没办妥，他就冲她粗暴地发火了。

用人来摆晚饭，维特告辞了。维特回到家里，一进门就开始大哭。

第二天清晨，他给绿蒂写信：“我已经决定了，我要去死。”

他吩咐用人结清账目，收回借出去的书，把该施舍的钱提前发放。然后，他去看望绿蒂的父亲。

维特对以往种种伤心事做最后的重温。下午五点，他回到住所，收拾好行李。

他给绿蒂写了这个片段：啊，绿蒂，今天不见就永远不见了。到圣诞节晚上你手里捧着这封信，你的手会颤抖，你的泪水将把信纸打湿。我决心已定。

阿尔伯特外出公干，晚上不回来。绿蒂送走丈夫，自己想着心事：丈夫的稳重可靠仿佛天生作为一种基础，好让她在上面建立起幸福的生活。维特之于她又如此可贵，他俩意气相投，她习惯于把自己的快乐跟他一起分享。

绿蒂想，可否把自己的女友介绍给维特？她想了一遍，觉得女友中没有一个配得上维特。晚上六点半，维特上楼来了。

绿蒂让使女去叫几个女友来陪他们。可是，女友们都没空来。

晚上，维特给绿蒂读小说："我坐在岗头大放悲声，我等待着黎明，泪雨淅沥。死者的友人们啊，你们掘好了坟墓，但在我到来之前，千万别把墓室关闭。我怎能留下呢，我的生命已消失如梦。"他们继续读着关于死亡的段落。

这些诗句的魔力，一下子攫住了不幸的青年。他抓住绿蒂的双手，绿蒂激动而伤感地弯下身子，两个人依偎在一起。世界对于他们已不复存在。维特把她紧紧地搂在怀里。

"维特。"绿蒂喊着维特，她的声音克制而庄重。

绿蒂挣脱维特，跑进屋里，把门锁起来。

维特伸出手，却没有抓她，在门前，他说："绿蒂，永别了。"

第二天，维特派下人跟阿尔伯特借枪。阿尔伯特让绿蒂去拿。绿蒂把枪擦干净，她看见阿尔伯特用眼睛逼着她，她就把枪给了下人。

维特给绿蒂写信："是你，是你把枪交给了我；我曾经渴望从你手中接受死亡，如今我的心愿得以满足了。"

维特给威廉写信说："我已最后一次去看了田野，看了森林，还有天空。你也多珍重吧。亲爱的母亲，请原谅我。""我们会再见的，到那时将比现在欢乐。"

夜里十二点，邻居们听到枪声。维特自杀了。埋葬维特的时候，绿蒂的父亲领着儿子们来送葬。阿尔伯特没有来，绿蒂的生命让他担忧。

没有任何教士来送葬。

_角色分析

作品的情节非常简单：维特爱上了已经订婚的绿蒂，他为了克制自己的情感而离开；可是工作不顺，他又回到绿蒂身边。已婚的绿蒂回避他，让他伤心。他自杀了。

维　特

博士毕业，衣食无忧，把爱情看得比生命还重要。

维特用书信的方式向威廉讲述自己内心的欢乐和痛苦，很真挚。

在作品第一部分，维特的言行体现出读书人的克制；他在思考什么是爱情。

他乐于帮助别人。在帮助他人时他感受到快乐。帮女仆提水这样的小事都让他快乐。

他有同情心。维特遇到一个男青年，男青年爱上自己的女东家，维特很理解，分享他的幸福；维特看到两个孩子玩游戏，得知他们的父亲死了，他给他们一些钱。

在第二部分，作者歌德更多地在记录朋友耶路撒冷的心路历程，记录朋友从理智到疯狂的变化过程，更多地思考了生存和死亡的问题。第二部分与第一部分有很大区别，在第二部分里，主人公维特更关注内心世界，不再以帮助别人为乐趣。

作品第三部分，写了维特自杀的全过程：他是很理性的，能想到的后事他都安排好了，包括结清账目、收回借书等七八项。

维特是想善良的，他帮助别人时，会感到快乐（提水，施舍）。

他是有才华的，由于社会的等级森严，他得不到社会的认可；参加伯爵家的聚会，被赶了出去。年轻人希望得到认可，得到升迁，可是没有机会。

他本来是很克制的，他知道，自己爱绿蒂是单相思，就回到了法兰克福。他反思，反省，用写信抒发自己的内心挣扎。

他还没有认识到自己的责任，临终前，维特对死后有过思考，但是，他考虑个人感受多一些，对于他人的感受，没有足够的认知。

他死之前，想到了母亲，他让威廉问候母亲；却没想到，儿子死了，母亲怎么活下去？

他为自己选择坟地，他知道自杀不能进入公墓。他却没有想绿蒂怎么活下去，阿尔伯特将怎么办。

他最后自杀是无奈的，在事业上无路可走，在爱情上没有结果，友谊也不足以替代爱情。他没有可以“分神”的东西。聪明、热情、执着、疯狂、理性，二十五岁，毁灭了。

这个维特，青衣黄裤，翩翩少年，成为世界文学中的经典人物。

绿　蒂

单纯、美丽、勤劳、爱读书、有主见。

她替去世的妈妈照顾八个弟弟妹妹。她喜欢实实在在的阿尔伯特，也喜欢浪漫的维特，但是，她只是将维特当作朋友，她没有给维特爱的暗示，她很爱丈夫，爱自己的名誉。

她很有主见，在丈夫和维特之间，她没有迷失自己。

阿尔伯特

精细，踏实，爱妻子，也爱护名誉。对维特很客气，也很克制。

威　廉

一个没出场的人物，是维特倾诉的对象，是读者的化身。

_作品分析

1922年郭沫若曾翻译此书并在中国出版，书名是《少年维特之烦恼》，当时就产生了巨大影响。五四青年渴望自由的精神在德国的“狂飙突进”精神里找到了知音，该书成为挑战封建礼教的普及读物，十年里重印三十次。

歌德出生在德国的法兰克福，那里虽然比较发达，却仍然保留着森严的等级制度。歌德的父亲是法学博士，家境富裕，书香门第，但他的父亲还是受到贵族的歧视，后来他买了一个皇家顾问的头衔，赋闲在家，写写游记。他三十九岁结婚，给了儿子歌德良好的教育和衣食无忧的生活。

歌德先后在莱比锡大学和斯特拉斯堡大学读书，结识了很多文人和艺术家。1771年歌德获得博士学位，回到故乡。次年，他去威茨拉尔法院实习。

实习期间的1772年，歌德在一次舞会上认识了一位少女，但这个少女已经订婚。歌德很痛苦，产生过自杀的念头。四个月后，他不辞而别，回到法兰克福。

回家一个多月后，好朋友耶路撒冷在威茨拉尔市自杀。歌德从其他朋友的信中得知：好友自杀的原因是爱上了同事的妻子，被那个同事斥责，又被老板挑剔，在社交场合又受到贵族青年的蔑视。

1774年，一位女作家的女儿，才十八岁，却嫁给了比她大二十岁的男人。歌德与她相识后，二人多有来往。她的丈夫嫉妒歌德，与歌德产生了激烈冲突。

此时歌德二十五岁，他开始思考爱情、生存，还有死亡。

他开始写作这部小说，他采用了书信体，这样更容易表达情感，能完好地抒发内心活动。作品完成后，他说：自己也分不清，哪些是艺术虚构，哪些是生活真实。

作品分为三个部分：第一编，主要是歌德自己的经历和思考。第二编和第三部分“编者致读者”更多的是好友耶路撒冷的恋爱悲剧。

《少年维特的烦恼》问世后，温暖了历代读者，尤其是温暖了失恋青年的心。维特在信中表达的情感，包括爱情、思念、失恋、纠结，等等，都能引起读者的强烈共鸣。

从历史背景上看，当时的德国，封建宗法制社会已经被资本主义社会替代。经过文艺复兴运动、宗教改革、启蒙运动，市民阶层已经成为一个新兴团体，影响着古老的农民阶层。他们渴望打破等级界限，提出了“个性解放”和“感情自由”的口号。可是，在贫富悬殊的社会里，贫民子弟根本没有出路，即使中产阶层也很难有前途。读书是唯一出路，却也很难得到贵族的尊敬。

维特亲近自然，反对束缚，同情底层弱者，这是对上流社会的挑战。维特有追求美好生活的愿望，有才华，有能力，希望能够有所作为。可是，他处处受到压制。他接触过傲慢的贵族圈子，却受到排挤。他又不甘心从军，上下两难。虽然已经是中产阶层，博士毕业，可是，他的命运依然像《红与黑》中的于连，就算有才华也很少有用武之地，只有参军和当牧师两条路。

他第一次离开绿蒂时是理智的。可是，由于工作不顺，被迫辞职，又回到绿蒂那里寻求精神安慰。可绿蒂不能帮他改变处境。

社会没给青年人自信的理由，没给他们改变命运的希望。他自杀时，对社会没有丝毫牵挂，他似乎没有朋友，没有同事，没有同学。

作品表达出年轻人的思考和反叛，抒发了作者的真情实感，有高度的艺术性，加上追求自由的时代精神，使作品产生了巨大的感染力。图书出版后不久，德国曾宣布此书为禁书，原因是有些青年也模仿维特而自杀。

但尽管如此，此书还是得以广为流传，成为一本“青春颂”，仅在日本就有四十多种译本。

今天，作者歌德居住的魏玛城，已经成为文人朝拜的圣地，也是旅游胜地。

_链接现实

讨论题一：什么是单相思，什么是暗恋？

暗恋是没有表达出来的爱情；单相思是一方爱另一方，也许表达了，也许没有表达，总之，被爱的一方没有接受。

维特爱上绿蒂时，绿蒂已经订婚，绿蒂对男友很忠诚。维特则属于单相思。

讨论题二：怎样对待和评价暗恋？

绿蒂结婚以后，维特不想破坏她的宁静，可是自己却无法安静，于是他选择自杀。维特能不能回到理性和宁静？怎样才能回到理性和宁静？

一位女士说：“在中学时代曾暗恋班长，始终没说出来，他学习好，我也努力。后来上了大学，各奔东西。”

一位男士说："上学时淘气，老师让一个女生帮助我，我就爱上她了。后来我转学，再也找不到她了。"大家逗他，赶紧去找啊。他说："心里留个念想，很好。"

一位女士说："暗恋就是走到他的写字楼对面，看他在灯光下忙碌的身影，却不想告诉他：我就在楼下。"

一位退休女士说："我上学时，爸爸的同事来家里看他，这个同事很年轻，很帅，留下很好的印象，我就开始暗恋他，老想着他。毕业后跟他结婚了。回顾一生，我发现，暗恋很美好，婚姻很现实。"

吴老师点评说：前面几个朋友讲述的暗恋的故事，都是发生在学生时代，值得赞美。其实，学生时代，这样的"暗恋"更多的是出于一种敬佩，是在自己心里树立了一个榜样，这是很美好很纯洁的关系。

要是成年人，如果考虑清楚的话，就不要止步于暗恋，要勇敢地表达出来。当然，如果对方是已婚人士那就算了，不要说表达，连暗恋的念头都不要有，否则发展下去触碰了道德底线，会把自己和别人的生活都弄得面目全非。

从暗恋到婚姻，走过全程，需要很多调整。因为恋爱是美好的，眼中看到的对方全是优点。但在婚后的生活里，对方的缺点慢慢暴露出来，巨大的心理落差会出现，双方都需要调整。需要重新找到二人关系的"底线"，这需要双方认真沟通。

一位年轻女士发言说："第一次读《少年维特的烦恼》这本书，

看到维特自杀，心里很难过，仿佛自己也跟着他痛苦。读完，流过泪，就释然了，似乎对爱情和婚姻理解更深刻了，更实在了。”

其实，读小说的过程也是一种发泄的过程，是跟着主人公思考的过程，我们跟着维特快乐，跟着他悲伤，跟着他参与行动决策。读完，为维特惋惜，想劝他重新活一回，爱自己，爱家人，把绿蒂放在心里。《少年维特的烦恼》里面写了很多思考，对我们有启发作用。这就是阅读的意义。

维特的故事让我们对爱情也有所感悟，爱情是美好的，我们尽量不要用爱情来折磨自己。我们可以找朋友或同学倾诉，我们利用工作转移注意力，寻找亲人的安慰。与其自怨自艾，不如抬头看看月亮，看看天空，还有森林花草。能抬起头欣赏月亮，就没有过不去的坎儿。

维特用他的死“逃离”了那个无奈的社会，这无疑在当时的读者中产生了巨大的共鸣。

如何逃离爱情的折磨？这是每个年轻人都可能遇到的严肃问题。死，是一种勇敢，而活下去，何尝不是更勇敢的体现？为了父母、朋友，为了更多爱我们的人，也为了自己的未来，天涯何处无芳草，毕竟世界那么大，应该去看看。

1774年，歌德笔下的维特为了“逃离”而自杀，同一时期，曹雪芹笔下的贾宝玉“逃离”到了寺庙里。东西方两位大作家都不约而同地写到了“逃离”，而我们更提倡：我不逃离，我要走进世界。

14

莎士比亚《哈姆雷特》

_导读

王子哈姆雷特在国外留学，父亲突然去世。叔父继位，并与他的母亲结婚。在宫廷，迅速形成两派势力：一边，老国王的忠臣明里暗里促使哈姆雷特复仇；另一边，新国王一伙为巩固王位则要杀害他。

剧情跌宕起伏，最后，哈姆雷特和对方势力的代表人物全部死去……谁会成为下一个国王？

_作者简介

莎士比亚（1564—1616）

英国著名作家，对世界戏剧的发展做出了巨大贡献。他的代表作很多，如四大悲剧《哈姆雷特》《奥赛罗》《李尔王》《麦克白》，四大喜剧《威尼斯商人》《仲夏夜之梦》《第十二夜》《皆大欢喜》等。

_参考译本

朱生豪译，人民文学出版社，1984年出版。

_主要角色

♂哈姆雷特：王子，读大学

♂克劳狄斯：老国王的弟弟，哈姆雷特的叔父

♀乔特鲁德：哈姆雷特的母亲，王后

♂福丁布拉斯：挪威王子

♂波洛涅斯：大臣

♀奥菲利娅：波洛涅斯之女

♂雷欧提斯：波洛涅斯之子

_内容梗概

第一幕：怀疑被鬼魂证实

在德国爱登堡读书的哈姆雷特王子得知父亲去世的消息，回到丹麦奔丧。老国王之死让哈姆雷特的命运发生了逆转。父亲的死，使他陷入悲痛之中，失去了早先的欢乐。紧接着是母亲改嫁，叔父成了继父，继父成了国王。这一系列变故，以迅雷不及掩耳之势给了哈姆雷特沉重的打击。

在悲哀的日子里，哈姆雷特反复思考着一个问题：父亲是怎样死的？

叔父克劳狄斯说，国王是被一条蛇咬死的。但敏锐的哈姆雷特

怀疑克劳狄斯就是那条蛇，而且，他猜测母亲乔特鲁德也有可能参与了谋杀。这些怀疑和猜测困扰着哈姆雷特，直到有一天他听说了鬼魂的事。那天，哈姆雷特听城堡上的哨兵报告，城堡上出现了一个酷似先王的幽灵。他决定去看看，希望亲自向父亲的鬼魂打探一下真相。第二夜他果然遇见了它，并在和它的对话中，证实了他的怀疑。正是先王的弟弟克劳狄斯，在先王熟睡时谋害了他，随即篡夺了王位，并娶了孀居的王后。鬼魂告诫他要严守秘密，伺机为他报仇，然后消失了。

哈姆雷特王子受到深深的刺激。

在哈姆雷特看来，叔父和母亲的婚姻是十分不正当的，可以用“乱伦”二字来形容。愤怒和悲痛使年轻王子昔日惯有的快乐荡然无存，在他眼里，高洁的花卉全都枯死了，野草却在那里疯长。叔父和母亲用尽办法想叫他快活起来，但哈姆雷特总是穿着黑色的丧服表示他对父亲的哀悼，甚至在叔父和母亲举行婚礼那天，他仍旧身着丧服以示鄙视。

哈姆雷特与叔父近在咫尺，但是，此时，他却没有表示出要替父报仇的态度。这是哈姆雷特的第一次延宕，他没有立即采取行动刺杀叔父。

第二幕：装疯卖傻，保护自己

慑于这个可怕的秘密和所承诺担当的艰巨任务，哈姆雷特在压力之下，从言语、服饰及各种行为上都装得疯癫怪诞，以掩饰他的行动计划。于是，他给他的女朋友奥菲利娅写了一些热情、晦涩而又不相连贯的情书。她是御前大臣波洛涅斯之女。

他知道复仇大事充斥了血腥味道，和求爱的浪漫很不相称。爱情这种悠闲的感情和他的责任是格格不入的，可是他还会情不自禁地思念奥菲利娅。这种狂躁的表现很符合他的疯癫，但字里行间倒也不免流露出一些柔情，奥菲利亚不能不承认哈姆雷特是爱她的。奥菲利娅把这信拿给父亲看。国王和王后看了，信以为真。国王不知道鬼魂揭秘的事，以为哈姆雷特的发疯，除了怀念父亲，一定还有爱情的折磨。因为哈姆雷特确实给奥菲利娅写过情书、送过礼物，有过爱情表白。国王和王后错误地以为是爱情折磨王子发疯的。母后乔特鲁德真心希望哈姆雷特是因为奥菲利娅才发起疯来的，那么，姑娘的温柔很有可能让哈姆雷特康复。

自从哈姆雷特“疯了”以后，他对奥菲利娅显出冷酷无情的样子。好心的奥菲利娅倒并没有怎样怪他，反而觉得王子的冷漠绝非他的本意，而完完全全是因为他的疯病。她认为王子以前的高贵和睿智仿佛是一串美妙的铃铛能奏出非常动听的音乐，可是现在悲痛和忧郁损毁了他的心灵和理智。

可是，哈姆雷特的心病远非他母亲所能想象的，在这个丹麦王子的脑海里，旦夕想的都是他父亲的鬼魂，是为父亲复仇的神圣使命。每天每时的延宕在他看来都是罪恶的。

第三幕：互相试探，复仇趋向白热化

戏中戏，叔父露出破绽

正当哈姆雷特举棋不定的时候，宫里来了个戏班子。王后和国王为了让哈姆雷特摆脱悲伤的情绪，鼓动下人将他的心思转移到娱乐上面去，这便给了哈姆雷特一个试探的机会。国王和王后都应邀前来看戏。国王压根儿不知道他上了哈姆雷特的当，当他和大臣们坐下来看戏时，哈姆雷特便坐在他旁边，为的是仔细察看他的神情。剧情是哈姆雷特安排的，其中一个场景是：老国王在花园里熟睡，琉西安纳斯把毒药灌进他的耳朵里。哈姆雷特发现自己的叔父再也看不下去了，他忽然大喊“回宫”，装作身体不舒服的样子，匆匆离开了剧场。

至此，哈姆雷特终于断定：鬼魂说的全是实话。

双方进一步试探

看戏之后，克劳狄斯感受到了哈姆雷特的威胁，决定派人将他护送到英国，秘密处死。

哈姆雷特还在盘算着如何报仇。王后派人叫他去后宫谈话。进宫的时候，哈姆雷特遇到正在祈祷的克劳狄斯，只要哈姆雷特扑上去，就可以打败他。

但是，他放弃了这一次绝佳的复仇机会。这成为一次经典的延宕。

篡位的国王生怕乔特鲁德会偏袒儿子，他想知道哈姆雷特是怎么想的。他吩咐御前大臣波洛涅斯躲在王后内宫的帷幕后面，偷听母子的谈话。波洛涅斯能在钩心斗角的宫廷中平稳地混到御前大臣的位置，深知用诡计来刺探内幕的诀窍。

哈姆雷特暴露了自己是复仇者

这次见母亲，哈姆雷特做了两件事：

一是反驳母亲。哈姆雷特来到后宫，王后很温婉地责备了他的举止，说他已经得罪他的“父亲”了。哈姆雷特听到她把“父亲”这样一个听起来令人肃然起敬的称呼用在一个卑污之徒身上，非常生气，他毫不客气地回击了母亲。

二是刺死波洛涅斯。他们的谈话让母亲很生气，她想离开，哈姆雷特生硬地抓住母亲的手腕，不让她走。哈姆雷特的强横态度叫王后十分害怕，王后担心他真的疯了，会做出伤害自己的事来，于是就大声嚷了起来。躲在帷幕后面的波洛涅斯惊恐万状，跟着大喊“救命”。哈姆雷特以为是国王藏在那里，于是拔出佩剑向幕布后刺去。喊叫声戛然而止，哈姆雷特以为国王克劳狄斯一定死了。他把尸体拖出来，却是御前大臣波洛涅斯。

第四幕：叔父第一次借刀杀人

波洛涅斯的死给了国王克劳狄斯对付哈姆雷特的借口。按照国王的本意，应该把哈姆雷特杀死，但担心拥戴哈姆雷特的百姓不答应，也担心受到王后的阻挠。克劳狄斯让两个大臣陪哈姆雷特坐船去英国，以避免所谓的处罚。当时的英国是向北欧强国丹麦纳贡的属国。克劳狄斯给英国朝廷写了封信，编造了一些理由，要他们把哈姆雷特处死。

哈姆雷特怀疑此行一定是个阴谋。夜里，他拿到了那封信，巧妙地把自己的名字擦掉，而换上了那两个大臣的名字。不久，船受到海盗的袭击，哈姆雷特拿着剑跳上敌船，不料那两个大臣丢下他，驾着船逃之夭夭。他们带着改过的信件跑到英国去接受惩罚了。

第五幕：大结局

奥菲利娅之死

海盗俘虏了哈姆雷特，得知他的身份后就把他放了。海盗希望王子在朝中替他们说些好话。

哈姆雷特返回王城后，见到的却是一片悲惨景象：人们正在给奥菲利娅办葬礼。她是波洛涅斯的女儿，父亲死后，受到很大刺激，时而清醒时而糊涂。因为她没想到，父亲居然惨死在她所爱恋的王子手里。她疯疯癫癫地跑来跑去，不慎落水，淹死了。

叔父第二次借刀杀人

奥菲利娅的哥哥雷欧提斯从法国回来，参加妹妹的葬礼。

国王想激怒雷欧提斯，让他替父亲、妹妹报仇，杀死哈姆莱特。

国王唆使雷欧提斯，让他提出与哈姆雷特比剑。比剑过程中，哈姆雷特中剑，这是一把毒剑，是国王克劳狄斯为雷欧提斯准备的。哈姆雷特抢过毒剑，刺中雷欧提斯。两人双双中毒。

在这紧张的时刻，王后的惨叫又增添了几分不祥。原来，国王还给哈姆雷特准备了一杯毒酒，假如哈姆雷特胜出，就饮酒庆祝。但国王忘了关照王后，王后喝下了那杯毒酒，倒地身亡。

哈姆雷特完成复仇

哈姆雷特顿时意识到，这是一个阴谋。他喝令把门关起来，谁也不准外出，要查出究竟是谁干的。垂死的雷欧提斯觉得自己挨了哈姆雷特的一剑，肯定没救了。良心促使他说出了一切。他说，元凶就是克劳狄斯。

雷欧提斯请求哈姆雷特原谅他。他告诉哈姆雷特，剑上涂了国王的毒药，哈姆雷特活不过半个小时了。说完这一切，雷欧提斯死去了。

哈姆雷特知道自己快要死了，站起来向奸诈的国王扑去，把毒剑插进了克劳狄斯的胸膛，杀死了这个害了他全家的凶手。

_角色分析

克劳狄斯

杀兄娶嫂，几次借刀杀人，最后亲自给侄子准备了毒酒，他是一个彻头彻尾的卑鄙小人，阴险毒辣。但是，他也害怕，胆战心惊，他不断用新的阴谋掩盖前一个阴谋。最后，终于暴露了真面目，被哈姆雷特杀死。

乔特鲁德

作为王后，丈夫死后不足两个月，她就与小叔子结婚。她是被迫，还是同党，不得而知。虽然她对儿子还有爱，但已经无法保护儿子。也许是天意，她喝下了新国王为哈姆雷特准备的毒酒，死于非命。

在老国王被害的事情上，她是新国王的同伙，还是被迫与他结婚?

新国王毒死老国王，下毒这件事，估计她不是参与者。那么，在老国王死后，本来应该哈姆雷特继位，可是，哈姆雷特还在国外留学，他的叔父克劳狄斯与御前大臣波洛涅斯一同完成了宫廷政变。事后，乔特鲁德明白大势已去，最后，不得不答应克劳狄斯的求婚，在很大程度上，她这样做，也许是为了保护儿子不被杀害。

奥菲利娅

她本是一个天真无邪的女孩，准备与哈姆雷特恋爱。可是祸从天降，她的父亲被哈姆雷特误杀。表面看起来，她死于无辜，实际上，她死于残酷的宫廷斗争。同样因为父亲去世，哈姆雷特是装疯，她却是真的疯了。

雷欧提斯

他被克劳狄斯用来杀害哈姆雷特。他也是替父报仇，可是，他与哈姆雷特的复仇不尽相同。其一，他的复仇属于私仇，哈姆雷特的复仇里面含着一定为国家的成分。其二，他与哈姆雷特比剑，他知道剑上有毒；哈姆雷特却完全不知。

最后他才知道真正的敌人不是哈姆雷特，而是新国王。他不再受克劳狄斯指使，他揭穿了克劳狄斯。

哈姆雷特

他从“快乐王子”变成“忧郁王子”和“复仇王子”。这种变化反映了他对人性的哲学思考。“替父报仇”与“重整乾坤”，是两个不同的目标，哈姆雷特一时不知道从哪里入手。他迷惘、焦虑，是否能安全地活下去都成了问题。上帝死了，人那么渺小无力。哈姆雷特一边思考，一边采取行动。

哈姆雷特在思考：生存还是死亡，这是一个值得考虑的问题。默默忍受命运的暴虐的毒箭，或是挺身反抗人世的无涯的苦难，通过斗争把它们扫清，这两种行为，哪一个更高贵？

_作品分析

“生存，还是死亡？这是一个问题。”哈姆雷特在面对人生该何去何从时，曾这样叩问自己。这句名言道出了哈姆雷特对人生方向的迷茫，也表达出历代无数读者对人性的思考和纠结。

莎士比亚的名作《哈姆雷特》在1601年上演时，英国正处在封建制度向资本主义制度过渡时期，这时是英国的一个巨大转折期，人们充满热情，思想充满混乱，给人一种世界末日已经来临的感觉。

当时，在伊丽莎白统治下，资产阶级与王权结成同盟，社会显示出一片繁荣，而詹姆斯一世继位以后，采取一系列政策强化王权，新兴资产阶级和劳动人民开始剧烈反抗，社会矛盾开始激化。

莎士比亚的创作正是对这个时代的深刻反映。面对这样一个热情而又混乱的时代，莎士比亚此时已进入中年，他已不像早期那样沉湎于人文主义的理想，乐观与浪漫的成分在减少，他由早期喜剧和历史剧的创作转向了悲剧，表现出对隐患的深入思考。

从整个欧洲来看，文艺复兴运动使欧洲进入了“人性”的觉醒的时代，人们对上帝的信仰开始动摇，在“个性解放”的旗帜下，有些人“为所欲为”，这正是作者要和我们探讨的人性的话题。

_链接现实

讨论题一：谁会成为丹麦下一个国王？

剧本的结尾，挪威王子赶来，他说：“让四个将士把哈姆雷特像一个军人似的抬到台上，因为要是他能够践登王位，一定会成为一个贤明的君主的；为了表示对他的悲悼，我们要用军乐和战地的仪式，向他致敬。把这些尸体一起抬起来。这一种情形在战场上是不足为奇的，可是在宫廷之内，却是非常的变故。”

挪威王子肯定了哈姆雷特应该继承丹麦王位的现实。

可是，哈姆雷特死了。谁会成为丹麦下一个国王？挪威王子会侵吞丹麦吗？

不知道。莎士比亚把这个话题严肃地提出来，让观众和读者思考。

回顾莎士比亚的另一部戏剧《李尔王》，李尔王是自己昏庸，他亲手把权力交给了不该掌权的人。最后，李尔王死了，善良的三女儿也死了；邪恶的大女儿、二女儿、二女婿也死了。留下善良的大女婿继位。

在《哈姆雷特》里，弟弟杀死哥哥，篡夺王位。最后，老国王一家和新国王，全死了。此刻的丹麦，没有继承人。

莎士比亚用自己的作品，一再提出“王权传递”的问题。同时也告诉大家，如果不改革，世界末日正在来临。

讨论题二：有人说“没有哈姆雷特的延宕，就没有《哈姆雷特》”，我们是怎么看待这个观点的呢？

哈姆雷特几次有机会替父报仇，可是他犹犹豫豫，一直延宕。他为什么这么犹豫不决呢？我们分析一下，可能有以下几个原因：

（一）从政治的角度来看，他要将自己的复仇正义化。虽然通过老国王的亡魂，他得知了父亲被杀的真相；为了谨慎起见，他又设计了一出戏中戏，来进一步试探叔父。但这两点都不足以作为

“证据”，都不足以证明叔父的非法性。

其实，叔父下毒的事，是不可能被证实的。假如叔父从此好好当国王，哈姆雷特是没办法实施复仇计划的。延宕，也许无期。

怎么办？哈姆雷特要做的，就是逼迫叔叔再犯错误。于是，他反驳母亲，杀死大臣。

叔父做贼心虚。他担心哈姆雷特会与老国王的心腹结合起来，他担心全国人民识破他“篡权”的真相，他担心哈姆雷特会带领大家推翻他的政权，并取而代之，毕竟，哈姆雷特是真正的国王继承人。

坏人总要露出马脚。克劳狄斯第一次借刀杀人，计划将哈姆雷特送往英国秘密处死，被哈姆雷特发现。克劳狄斯第二次借刀杀人，并在刀上抹了毒药，这个事实让御前大臣的儿子说出来，观众心里就有了充分的“法理依据”，确认克劳狄斯是罪犯。随后，哈姆雷特的母亲喝了毒药当场毙命。这给观众更加强烈的刺激，大家的愤怒都指向了克劳狄斯。

直到这个时候，哈姆雷特杀死叔父的行为，就有了“正当性”。至于是不是克劳狄斯杀害了老国王，这件事已经不重要了，重要的是，克劳狄斯此刻的行为就罪该当死，死有余辜。

哈姆雷特完成了复仇大业。

其实，此时的“复仇”已不重要，重要的是，哈姆雷特消灭了一个“野心家”，消灭了一个卑鄙无耻的人。这对国家、对人民，是一件幸事。如果他当国王，排除异己，盘剥百姓，不知会发生怎样的生灵涂炭。

（二）从心理学的角度来看，哈姆雷特不忍心伤害自己的母亲。父亲刚死一个月，母亲刚刚嫁给了克劳狄斯，从哈姆雷特的内心来说，葬礼和婚礼几乎就在同时，他恨母亲无情，却也担心母亲。他也许还想看看母亲将如何面对儿子。

（三）从社会学的角度来看，莎士比亚想通过这个戏剧唤醒百姓，让百姓了解什么是正义，什么是邪恶。百姓和国家密切相连，权力的更迭和百姓的生活并非无关。延宕造成情节的波澜，观众和读者跟着情节延伸来评判人物道德，更容易唤醒大家，引起读者和观众思考。

（四）从个人成长的角度来看，他的延宕是他走向成熟的必经阶段。他本来是一个快乐的王子，当他从鬼魂那里得知父亲的死因，他将信将疑，设法试探叔父，后来又面对一系列变故，误杀奥菲利娅的父亲，奥菲利娅淹死，这一切使他一步步走向成熟。他的延宕事实上体现了他的成长过程。

（五）从人性的角度来看，哈姆雷特的延宕体现了人性的克制与容忍。

欧洲文艺复兴运动时期，人性开始觉醒，作者要和我们探讨的是“人性”的话题。作为一部文学作品，哈姆雷特的延宕其实是要把道德、价值和戏剧冲突更加充分地展开。

我们可以这样设想：克劳狄斯是一个中老年人，哈姆雷特是一个英武的青年人，从某种意义上来说，哈姆雷特选择隐忍，体现了人性的光辉。可是，靠谋逆上位的克劳狄斯一直有危机感，坐卧不安。

（六）“延宕”是剧情发展的需要。作为一部戏剧，叙事性是其重要特点，东西方戏剧都是如此：注重一波三折，跌宕起伏。莎士比亚作为一个剧作家，深谙其道，若戏剧在开始部分就将克劳狄斯一刀毙命，那这部戏剧也就失去了价值。哈姆雷特的延宕揭示出人物的利益相关性。母亲改嫁，有无奈，也有自愿，她和新国王各怀鬼胎、相互利用。大臣波洛涅斯为了讨好新的国王而为之卖力，偷听哈姆雷特与母亲的对话；国王挑动雷欧提斯为父亲和妹妹复仇，他想借刀杀人。这样的人物关系，利益相关，环环相扣，让戏剧引人入胜。

15

毛姆《月亮与六便士》

_导读

斯特里克兰的家庭幸福，事业成功。人到中年，他却想起了自己的爱好，他要画画，居然离家出走。他追求精神满足，就像欣赏月亮；他过着最简朴的生活，可以用六便士买点食品。

读作品，我们也跟着斯特里克兰经历了一次离家出走。

掩卷长思，我们能这样抛开家庭追求梦想吗？对于孩子的个人爱好，我们该如何支持，如何限制？

_作者简介

威廉·萨默塞特·毛姆

（1874—1965）

英国小说家、剧作家。代表作有戏剧《圈子》，长篇小说《人性的枷锁》《月亮和六便士》，短篇小说集《叶的震颤》《阿金》等。

_参考译本

李继宏译，天津人民出版社，2016年出版。

_主要角色

♂斯特里克兰：一个画家

♂作家：采访和记录斯特里克兰的生前经历

♂德克：另一位画家

♀布兰琪：德克的妻子；斯特里克兰的情人

♀爱塔：斯特里克兰后来的妻子

_内容梗概

在作品里，作者化身为一个“作家”，与人闲谈，了解斯特里克兰的故事，他把大家讲述的故事记录下来，斯特里克兰就是作品的主人公。

斯特里克兰是一位著名画家，故事开篇时他已经去世。他的画在他死后轰动了世界画坛，关于他的研究大量地见诸媒体，溢美之词几乎将斯特里克兰塑造成了一位伟人。但随着研究的深入，越来越多的传闻被挖掘出来，斯特里克兰其实并不像他儿子和妻子说的那样好。妻子和儿子说他是一个“出色的丈夫和父亲，一个和蔼、勤勉又正派的君子”，相反，他很有可能是一个长期受人鄙视的流浪者。这种反差一时间令斯特里克兰更加成为舆论焦点。

正如文中写道：

> 其实斯特里克兰的声誉之所以与日俱增，很大程度上得益于世人普遍接受的那个传说；因为很多人被他的艺术吸引，要么是由于他们很讨厌他的性格，要么是由于他们很同情他的惨死。

作家本人与斯特里克兰及其家人有过交往，这时便萌发了为斯特里克兰写篇文章的冲动，于是开始收集资料。故事就此展开——

一、斯特里克兰在伦敦

作家回顾了他与斯特里克兰的初次相识，那是在英国的伦敦。

那时的斯特里克兰是一个“股票经纪人”，在太太的眼里，“他是个庸俗的小市民”。他的太太是一个热爱文学、乐于结交作家朋友的中年女性。正是因为这个缘故，作家与斯特里克兰夫妇相识。

在一次家庭晚宴上，作家与斯特里克兰见面了。在作家眼中，他身材魁梧，有些五大三粗，五官端正却并不出众，不善交际，讷于言语，因此，作家对他的第一印象很一般：

> 他只是个善良、无趣、诚实的普通人。人们也许会敬仰他高尚的道德品质，但是会敬而远之。他毫无可取之处。他也许是个安分的良民、体贴的丈夫、慈祥的父亲和诚实的经纪人，但在他身上人们找不到值得交往的理由。

其实，这个家庭是令人羡慕的。他们有一双子女，十几岁了，健康可爱，斯特里克兰本人有着一份不错的收入，他的太太开朗大方。

岁月静好，波澜不惊。但这样的生活却让一些人感觉到不满足。作家写道：

> 或许是我的想法比较奇怪吧，反正早在那个时候，我就强烈地感觉到绝大多数人共有的这种生活是不完美的。我承认这种生活有其社会价值，我明白循规蹈矩未必不是幸福。但血气方刚的我想踏上更为狂野不羁的旅途。我认为我应该提防这些安逸的欢乐。我心里渴望过上更危险的生活。我随时愿意奔赴陡峭险峻的山岭和暗流汹涌的海滩，只要我能拥有改变，以及改变和意料之外的事物带来的刺激。

果不其然，过了一段时间，作家从朋友那里无意中得知——斯特里克兰离家出走了。

作家再度拜访斯特里克兰家，传闻得到了证实：斯特里克兰从巴黎寄来一封信，告诉妻子，他决定不再和太太一起生活了。看到斯特里克兰太太伤心欲绝，作家匆匆告辞。

过了几天，斯特里克兰太太再次邀请作家去家里做客。在交谈中，他们仔细梳理了事件的来龙去脉。此前斯特里克兰每周都去俱乐部玩桥牌，因此，斯特里克兰太太断定，斯特里克兰一定是有外遇了。

“真是奇怪。男人要是跟女人好上了，通常会有人看到他们一起吃午饭啊什么的，总会有几个朋友来告诉他的妻子。但没人提醒过我——从来没有。他的信就像晴天霹雳。我原本还以为他跟我在一起很幸福呢。”

斯特里克兰太太拜托作家帮她去巴黎找到她的丈夫，希望他能劝说丈夫回心转意。

作家问斯特里克兰太太：“你还爱着他吗？”

得到的回答却很耐人寻味：

“我不知道。我想要他回来。如果他肯回来，我会既往不咎的。毕竟我们是十七年的老夫老妻了。我是个宽宏大量的女人。他做这种事只要别让我知道，我是不会介意的。他必须认识到他的热恋是持续不久的。如果他愿意现在就回来，事情还有挽救的余地，还能掩盖起来不让别人知道。”

出于对斯特里克兰太太的同情以及尊重，作家决定去巴黎。

二、斯特里克兰在巴黎

作家带着斯特里克兰太太的委托，在巴黎，他顺利地找到了斯特里克兰。

令他震惊的是，斯特里克兰居住的比利时酒店几乎就是一家破败不堪的招待所。此时的斯特里克兰，所带的钱也差不多花光了，竟然要求作家请他吃饭。

在饭桌上，斯特里克兰说出了自己离家出走的原因——他要学习绘画。

他说，自己已经年过半百，却发疯似的要画画，为此，他宁愿众叛亲离，离群索居。

他很认真地对作家说：

> 我从小就想当画家，但我父亲逼我学做生意，因为他说搞艺术赚不到钱。我开始画画是在差不多一年前。从去年以来我一直在夜校学习……我跟你说过我必须画画。我控制不住自己。

他跟妻子说，他去打桥牌，原来，他是去学画画了。

面对作家的劝导，斯特里克兰大方地承认自己丢下家人，确实没有人性。斯特里克兰的这种态度，以及对自己的选择义无反顾的决心，让作家产生了强烈的兴趣，作家甚至尝试着从斯特里克兰的角度分析了他行为背后的原因：

> 我怀疑他的灵魂里是否深埋着某种创作本能，那种本能虽然受他的生活环境所抑制，却像肿瘤在活体器官中膨胀那样顽强地生长着，最终控制了他整个人，迫使他不由自主地采取行动……

作家此行无功而返，回到伦敦后他将实情告知了斯特里克兰太太。斯特里克兰太太清楚地认识到，他们之间长达十七年的感情走到了尽头：

> 如果他是跟某个女人跑掉的，那我觉得还有机会。我不相信那种事情会有结果。他不用三个月就会觉得那女人烦得要死。但他如果不是因为爱情跑掉的，那就一切都完了……

五年后，作家再次来到巴黎，看望了自己的好朋友德克·斯特罗夫。

德克虽然是一个庸常蹩脚的画家，却是一个具有极高审美品位的鉴赏者。拜访中，作家见到了德克美丽贤惠的妻子布兰琪，德克在她面前俨然是一个痴情而又驯服的小男人，这令作家感到非常愉快。

通过德克，作家了解到一些关于斯特里克兰的情况。德克在周围的人都嘲笑斯特里克兰的作品时，却满腔热情地为斯特里克兰辩护。他说：

> 你怎么会认为美，世界上最宝贵的东西，就像沙滩上的石头，随便哪个满不在乎的过路人都能捡起来呢？美是一种玄妙而奇异的东西，只有灵魂饱受折磨的艺术家才能从混乱的世界中将其提炼出来。当艺术家把美提炼出来之后，这种美也不

是所有人都能认识的。要认识它，你必须重复艺术家的痛苦历程。美是艺术家唱给你听的音乐，要在你的心里再次听到它，你需要知识、敏感和想象力。

德克对作家说，斯特里克兰的生活很艰苦。

我听说曾经有六个月他每天就靠一片面包和一瓶牛奶度日。他的言谈举止俗不可耐，但又毫不追求各种声色犬马的东西。他并不将身无长物视为艰难困苦。他这种完全追求精神愉悦的生活方式真叫人难以忘怀。

尽管德克欣赏斯特里克兰，可是，斯特里克兰对德克却没什么好感，这让德克的妻子布兰琪很愤怒。

贫困的生活将斯特里克兰击倒了，他在自己简陋的小屋里发着高烧，两天后，幸亏德克及时赶到。德克决定把他带回家照料。妻子布兰琪坚决反对，德克劝道：

“难道你不曾处在痛苦凄惨的境地，然后有人伸出援手把你拉出来吗？你知道这意味着什么。难道你不愿意在有机会的时候也帮帮别人吗？”她很吃惊，久久地凝视着她的丈夫。斯特罗夫低头看着地面。我不知道他为什么显得有点尴尬……”

在德克夫妇的照料下，斯特里克兰渐渐恢复。四个星期后，布兰琪告知德克，自己爱上了斯特里克兰。

绝望的德克出于对布兰琪的爱，选择了自我放逐。

又过了一段日子，德克突然找到作家，说布兰琪服毒自杀了。伤心欲绝的德克料理完布兰琪的后事，决定回到故乡荷兰继续他的绘画事业。

德克告诉作家一个奇特的故事——

在布兰琪葬礼当天，他回到了他们曾经的家，在那里他看到了斯特里克兰为布兰琪绘制的裸体画，愤怒的他一度想要毁了这幅画，但最终他却被这幅画征服了：

> 斯特里克兰已经打破了禁锢他的桎梏。他并非像人们常说的那样，发现了他的自我，发现了新的灵魂，这灵魂拥有出乎意料的力量。这幅画的伟大之处，不在于它的线条在大胆地简化之后还能呈现出如此丰富和独特的个性，不仅在于它描绘的肉体竟然在令人想入非非的同时还蕴含着某种神秘的意味，不仅在于它的实体感逼真得让你能够奇妙地感觉到那个胴体的重量，而是在于：它充满了灵性，一种让人们心神激荡的、前所未有的灵性，引领人们的想象力踏上始料不及的道路，奔赴各种朦胧而虚空的境界，让赤裸的灵魂在永恒星辰的照耀之下，战战兢兢地摸索着，尝试去发现新的秘密……

德克被这幅画征服了。这幅画展示了一种“灵性”，那不是一张普通的裸体画，那是一个赤裸的灵魂。

后来，作家再次见到了斯特里克兰，他告诉作家：

> 布兰琪原本在罗马一个贵族家里当家庭老师，那家的少爷勾引了她。她以为那个少爷会和她成亲，结果却被那家人赶了出来。她当时怀着孩子，想要自杀。后来德克发现了她，并且娶了她。

对于布兰琪的死，斯特里克兰没有丝毫的忏悔。他对作家讲述了他对于爱情、性欲以及艺术创作的看法：

> 我不需要爱情。我没有时间谈情说爱。
>
> 我是个男人，有时候我会想要女人。等到我的激情得到满足，我就要做别的事了。我无法征服我的欲望，但我憎恨它，它囚禁了我的灵性；我希望将来能摆脱所有的欲望，能够不受阻碍地、全心全意地投入创作中……假如女人爱上你，在占有你的灵魂之前，她是不会满意的。她只关注物质的东西，她会妒忌你的理想。男人的灵魂漫步于宇宙最偏远的角落，而她却想将其囚禁在柴米油盐之中。你还记得我的妻子吗？我发现布兰琪慢慢也玩起她那些花样来。她准备用无限的耐心缠住我，把我绑起来。她想要拉我降低到她的层次；她对我毫不关心，

> 她只想要我归她独有。为了我，世上所有事情她都愿意做，只有一件除外：让我安静地独处。

布兰琪死后，斯特里克兰离开巴黎去了马赛，又是一连好几年音信全无。

三、斯特里克兰在马赛

我在南太平洋的塔西提岛见到了尼克尔斯船长，从他的叙述中了解到斯特里克兰在马赛的情况。

在马赛，斯特里克兰一贫如洗，成为街头流浪汉，同为流浪汉的尼克尔斯船长和他成了朋友。他们一起住收容所，一起领救济粮，后来因为斯特里克兰惹怒了码头的黑势力，他们才被迫分别。后来，斯特里克兰走上了去塔西提的轮船。

四、斯特里克兰在塔西提岛

塔西提是斯特里克兰生命的最后一站。

在这个美丽的小岛上，他找到了自己的精神家园，用他自己的话来说，就是：

> 我抬起头，看到了这座海岛的轮廓。我立刻知道这就是我毕生在寻找的地方。后来船越开越近，我好像认识这个地方。有时候，当我在这里散步时，我觉得一切都很熟悉。我敢发誓

我以前在这里生活过……

经由缇亚蕾的介绍，斯特里克兰娶了她的远房亲戚爱塔作为妻子。与斯特里克兰前面两段情感不同，爱塔的爱让斯特里克兰感到很安心，她在岛上拥有自己的一块地和房子，更重要的是，爱塔给了斯特里克兰充分的自由：

她不来烦我……她替我做饭，照顾她的孩子。我说什么她就做什么。她满足了我对女人的全部要求。

布鲁诺船长是这样描述斯特里克兰的：

他平时就是画画和读书，到了夜里，当天黑之后，他们就坐在走廊吸烟和看看夜色。后来爱塔生了孩子，有个老太婆过来帮忙带孩子，就住下来不走了。那老太婆的孙女也过来住，然后有个年轻人出现了——谁也不清楚他是从哪里冒出来的，是哪家的孩子——但他随遇而安地留了下来，于是他们就这么多人在一起生活。

……

斯特里克兰住的那个地方美得像伊甸园。哎，我真希望我能让你明白那个地方有多迷人，那是个远离尘世喧嚣的世外桃源，头顶是万里碧空，周围则绿树成荫。那是个万紫千红的世

> 界。那里的空气芬芳又凉爽，是言语无法描绘的天堂。他就生活在这样的地方，全然不问世事，也已被世人遗忘……

正是在这样的生活和环境里，斯特里克兰的艺术日渐成熟，完美独特。

但悲剧的命运还是降临到斯特里克兰身上。

库特拉医生向作家讲述了后面的故事。

斯特里克兰最终死于麻风病。可怕的疾病让斯特里克兰双目失明，但在生命最后一刻，他依旧没有放弃绘画。库特拉医生看到了斯特里克兰的遗作：那是一幅画在房屋墙壁上的巨幅作品，医生被深深触动了：

> 四面墙壁从地面到天花板全都覆盖着奇怪而复杂的画面。文字无法形容那幅画作的美妙和神奇。它让医生屏住了呼吸，让他心里充满了一种他既无法理解也无从分析的感受。他感到无比敬畏和欢乐，人若是有幸目睹天地初分的景象，大概也会怀着这种心情吧。那幅画是令人悸动的，是性感而热烈的；然而也散发着某种恐怖的意味，某种让他感到害怕的气息。唯有潜入人性深处，并已发现许多美丽又可怕的秘密的画家，才能画出这样的作品。唯有已经见识过不能为凡人所知的神圣景象的画家，才能画出这样的作品。画中的意象是原始而可怕的，是非人的。这幅画让他隐约联想起传说中的黑魔法。它既美不胜收，又低俗下流。

遗憾的是，这幅杰作被爱塔连同他们的房子一起烧掉了。他的妻子爱塔忠实地履行了斯特里克兰的遗愿——将他埋葬在屋旁的杧果树下，并烧掉他们的房子。

_角色分析

斯特里克兰

第一，他知道自己的爱好就是画画，此外的吃饭、睡觉、性欲等，都是维持生命的一些次要因素。

从世俗的人的立场上看，斯特里克兰毫无责任感和感恩之心。他抛弃妻子和孩子，他与恩人之妻同居，这都是令人无法容忍的。

如果从精神追求的层面看，斯特里克兰又伟大得如同一个殉道者，在追求艺术这一点上，他竭尽全力追求完美，不惜打破固有的幸福生活，献祭出自己的生命。

我们可以不赞成斯特里克兰的选择，但我们不能否定或抹杀他的伟大。他执着而无悔地追求理想，这正体现出“人与兽”的区别，也体现出“普通人与杰出的人”的区别。正是凭着这种追求，凭着这类人的挺身而出，人类才能迎来一次次重大的转折，并把人类引向一个个新的高度。

第二，打破已有的幸福生活，做减法，他知道自己想要什么样的生活。

从对待生活的态度上看，斯特里克兰的选择固然难以得到多数人的认可，但在大的方向上看，他有对的因素。斯特里克兰想必是用半辈子才参透了这一点，所以在他人生的后半程，他抛掉一切与他的绘画无关的东西，全身心地拥抱自己的爱好。

当所有人都在为生活做加法时，他做起了减法。

斯特里克兰太太

典型的传统妻子。他们夫妻一起，创造了普通人的幸福生活。她甚至可以原谅丈夫的出轨，只要求他回来，只希望丈夫回来继续过他们温馨的小日子。当他确定丈夫不是因为外遇而出走时，她能够面对现实，也能够支撑起对儿女的抚养。丈夫死后成名，她没有贬低丈夫，也没有揭露丈夫的离家出走给他们带来的灾难。

布兰琪

她是一个婚外情人。她是一个有艺术气质的女人，情绪不稳定，多变，敢作敢为。当她爱上斯特里克兰以后，就爱得很自私，很投入，乃至献出生命。她身上兼有“情人”加“妻子”的素质。作为情人，她帮助画家超越世俗，完成了灵魂探索，帮助画家走向成功。悲哀的是，她把画家变成“丈夫”以后，就开始行使妻子的权利，想限制画家。当画家反抗时，她表现出情人的敏感和决绝，远远不同于原配妻子的宽厚与包容。

爱 塔

爱塔是同居者。尽管画家当时处于流浪状态，但她还是看到了他的优秀和优越。她算是有智慧的女人，潇洒、自立、善解人意。她爱斯特里克兰，但是不限制他，也不缠着他。她让家里住进好几个人，这样，她不会孤独。斯特里克兰存在于她的视野里，空间距离上时而近时而远，但在心灵上他们很近。她清楚地知道自己的身份就是“第三者”，知道画家的妻子在地球的另一面。所以，她没有以妻子的身份限制画家，而是以“粉丝”的身份跟随在画家身边，为画家做事，拥有朝朝暮暮。她懂进退，知分寸，不求被爱，只求相守。

她让画家带着“灵魂”回归烟火，她给画家的灵魂披上了朦胧的纱。

与前面两个女人相比，爱塔是幸运的，这是因为，他与画家相识在画家成功以后。画家死后，她埋葬了画家，把画家画在墙上的画也烧掉了。看上去是“忠于”画家的遗嘱，实际上，她也是在告别昨天，不留痕迹地告别。她的内心之苦，只有她自己知道。

德 克

德克的善良被斯特里克兰践踏了。

德克太善良。他娶妻的时候，是因为她被侮辱、怀孕、想要自杀，德克救了她并与她结婚。

在斯特里克兰发烧生病的时候，德克要把他接回家照顾，妻子坚决反对，他还是做了，在家里照顾斯特里克兰长达四个星期，使斯特里克兰恢复了健康。

德克虽然不是很优秀的画家，但他却有着很高的鉴赏能力。他欣赏斯特里克兰的作品。

斯特里克兰恢复健康以后，与德克的妻子产生了婚外情。说斯特里克兰恩将仇报、忘恩负义，等等，都不会过分。善良的德克选择了自我放逐，或者叫净身出户。

德克的善良完全超出了我们可以接受的程度。

不久，德克的妻子忍受不了斯特里克兰的无趣和自私，选择服毒自杀。德克回来料理妻子的后事。德克的这种善良，是不是值得被歌颂，这是一个可以思考的话题。

也许，德克的"善良偏执"跟斯特里克兰的"艺术偏执"，是一样的。德克心里有艺术，因此他能容得下艺术家朋友爱上自己的妻子，任他们胡作非为。斯特里克兰心里有艺术，他就忘记了常人的道德准则，进而才能画出超越灵魂的美女图。

_作品分析

毛姆的人生经历堪称丰富。他当过会计师事务所的见习生，曾在医学院学医，后来弃医从文，专事文学创作。第一次世界大战爆发后，他参与救护伤员，还进入英国情报部门工作，后来前往南太平洋旅行。他的很多经历被他作为素材写进了《月亮与六便士》。

《月亮与六便士》堪称现实主义小说的典范，“月亮”这个意象似乎代表梦想，“六便士”则直指窘迫的生活现实。读这部小说的感觉会非常奇妙。

我们会替作家毛姆捏把汗，感觉他的结构设计似乎经不起推敲，他塑造的斯特里克兰这个人物，要想打动读者，实在不是件容易的事。正如毛姆所说：“作家更关心的是了解人性，而不是判断人性。”毛姆在书中对斯特里克兰没有表达出认可，也没有否定，他试图将判断的权力交给读者，而自己则沉浸在对人性的分析中。读到后面，就会承认，这个形象成功地激发了我们多个层面的思考，以至于越往后读，越感觉到这个人物是真实存在的。

_链接现实

讨论题一：是否可以用我们生活中的价值观看待斯特里克兰？

作者在创作作品的时候，通过采访斯特里克兰的朋友，描述他的生活与创作。那么，这几位朋友对待斯特里克兰的态度，就是作品的重点，读者阅读作品，一定会思考：假如是我，我会怎么对待斯特里克兰。斯特里克兰成了每一位读者的试金石，检验着每个人的价值观。读者会自问，假如是我，我会怎样面对这个落魄的画家？帮助他？肯定他？视而不见？

斯特里克兰走过的地方一片狼藉。他受用身边的人，却没有给他们带去幸福。

为了作品可以践踏道德吗？没有好的人品能画出优秀的作品吗？

什么是好的人品？艺术家的人品与我们普通人的人品是不是一致的？

这部作品的吸引力，就在这里。

讨论题二：如果换作是我们自己，生活中我们有没有勇气放弃已有的一切去追寻理想？

做减法不容易。生活中，我们做加法的多，做减法的少，很多时候我们的减法是被迫做出的，其实本质上还是在做加法。比如没有房子想着买房子，买了房子又想着买更大的房子，这是一种加法；比如为了不让孩子输在起跑线上，我们给孩子报各种各样的兴趣班，恨不得让孩子成为全才，这也是一种加法。

其实，加法也好，减法也罢，并没有绝对的对错，我们真正应该思考的是，在加法盛行的生活中我们还有没有做减法的勇气？灵魂要飞翔起来，身心一定不能背负太重的枷锁。而现实却是，我们背负着太多的生活枷锁早已忘记了轻松飞翔的感觉。这或许才是最大的悲哀。

16

普希金《假如生活欺骗了你》

_导读

成长的过程可能要经历九九八十一难。假如生活欺骗了你，你怎么办？人在逆境中又如何坚持下去？

_作者简介

亚历山大·谢尔盖耶维奇·普希金

（1799—1837）

俄罗斯著名作家，被誉为“俄罗斯文学之父”，出身于贵族家庭，作品丰富，代表作有诗体小说《叶甫盖尼·奥涅金》，小说《上尉的女儿》等。

_参考译本

穆旦译，上海译文出版社，2009年出版。

_内容梗概

假如生活欺骗了你

假如生活欺骗了你，
不要悲伤，不要心急！
忧郁的日子里需要镇静，
相信吧，快乐的日子将会来临！
心儿永远向往着未来，
现在却常是忧郁。
一切都是瞬息，一切都将会过去；
而那过去了的，就会成为亲切的回忆。

_作品分析

1817年普希金毕业于皇村学校，18岁就到外交部任职。其间他与“十二月党人”多有交往，开始关心祖国的前途和人民的命运。在外交部工作时，他写诗讽刺沙皇，这在官场是不被允许的。他被派遣到南方，实则属于流放。南方自然环境很美，他在四年中写了很多抒情诗。

1824年，他被撤销公职，送回家里。就在这一年，“十二月党人”在彼得堡举行武装起义，一时间声势浩大。但不久，起义被沙皇镇压。普希金悲愤不已，半年不曾创作。

1830年，普希金向冈察洛娃求婚成功。父亲把部分领地和一些农奴划给他，他去波尔金诺办理过户手续。不巧遭遇霍乱，他被滞留在波尔金诺长达三个月。这三个月成为俄罗斯文学史上的一个佳话，被称作“波尔金诺之秋”。在这个秋季，他创作了长诗《叶甫盖尼·奥涅金》，完成了另外五个短篇小说、四个悲剧，还写了三十多首抒情诗。

婚后普希金定居彼得堡，重回外交部工作。

普希金的妻子美丽而浪漫，一个军官公开追求她。普希金与这个军人决斗，被击中。1837年去世，年仅三十八岁。

普希金用这首诗表达了一个道理：时间能化解一切悲伤。

这首诗有“心灵鸡汤”的意味，似乎是在开导自己，也是在劝慰读者。我们在成长的过程中，都会遇到艰辛，在不顺利的时候，背一下这首诗，具有安抚心灵的作用。

具有类似自勉作用的诗词还有很多，比如：

屈原面对挫折时的积极心态：路漫漫其修远兮，吾将上下而求索。

陆游对逆境的浪漫主义表达：山重水复疑无路，柳暗花明又一村。

李白对人生的直率表达：天生我材必有用，千金散尽还复来。

多背一些这样的诗句是有好处的。在心情低落的时候，说不定哪一句就对自己产生了开导作用，让自己走出了烦恼。

_链接现实

“雪仙书吧”第一次讲这样的一首短诗，实际上，这只是一个话题，为的是让大家讨论。

随后，在书吧听课的朋友们争相发言，讲述“被骗”的故事，关注于“假如生活欺骗了你”。

讨论题一：现在网络诈骗的特别多，怎样才能防止被骗？

第一，要想防骗，就不能有“贪念”。网上诈骗屡屡得手，就是因为大家很容易迎合对方的许诺，以为对方的承诺都是真的。什么美妙爱情，灵丹妙药，高息存款，高回报投资，等等，很有欺骗性，导致大批人士上当受骗。受骗都是因为想占便宜。

大家都经历过“钱包落在脚边”的骗局。很多人不贪财，就躲过了被骗；有的人想占便宜，就停下来跟对方分钱包里的钱，结果，自己钱包里的钱全被骗光，拿回家的全是假钞。

第二，要与智者为友，及时商量，这也是防骗的有效方法。

人为的骗局花样繁多，防不胜防。遇到以后，最好能找朋友商量，不要即刻独立操作。

第三，拖一下。你要慢慢来，要想一想，如果对方很急，那基本上就是骗局了。

讨论题二：遇到逆境该怎样面对？

不论是人为的欺骗，还是从天而降的苦难，每个人一生中多多少少总会遇到。《西游记》里面说到，“西天取经”要经过“九九八十一难”，人生亦是如此。

那么，如何面对不顺心，这是需要理性思考的话题。

出去喝酒，花钱买醉；号啕大哭，大吵大闹；默默流泪，一蹶不振；尽快走出阴影，恢复正常生活……还有很多，不一而足。

有个在高校的教师朋友，申报副教授职称，连续四年都没有被评上。她说，每次评完也挺生气的，但是很快就能想通，毕竟参评人多，名额少，能不能评上副教授别人说了算，写不写论文是自己说了算。于是，她开心地上课，开心地泡图书馆，开心地写论文，开心地发表论文。

第五年，她全票晋升为副教授，全票，这是对她学术水平的认可。后来她又顺利地评上了教授。这是大智慧。

很多人，不是毁于自己的无能，而是毁于别人给的委屈。面对委屈自暴自弃，哭天抢地。

我们要坚持不懈，要证明我能行。

普希金告诉我们：“不要悲伤，不要心急。”这句话，我们一定要记在心里。

普希金的短诗能广为流传，经久不衰，魅力就在这里，他告诉我们：面对逆境要自强不息。

17

幸田露伴《五重塔》

_导读

日本小说《五重塔》描写了木匠十兵卫为建造五重塔而付出的努力，人与人的矛盾微妙复杂，来自大自然的考验严峻疯狂，主人公十兵卫最后成功了。

什么是工匠精神？工匠精神如何形成，如何才能发扬光大？

_作者简介

幸田露伴（1867—1947）

日本明治时期的小说家、汉学家。代表作有《五重塔》和《命运》等。从小受到中日古典文学的熏陶，学识渊博，与尾崎红叶、坪内逍遥、森鸥外等人并称"红露逍鸥"。幸田露伴于1937年获日本政府颁发的第一届文化勋章。

_参考译本

幸田露伴著，文若洁译，现代出版社，2019年出版。

_作品人物

♂十兵卫：木匠，手艺很好的工匠

♀阿浪：十兵卫的妻子

♂源太：老工匠，十兵卫的师傅

♀阿吉：源太的妻子

♂清吉：源太的徒弟，木匠

♂锐次：一个会打地基的师傅

♂长老：寺庙住持

_内容梗概

在作品里，第一个出场的人物是阿吉，她三十岁左右，神情寂寞，面对火盆发呆，连个说话的人也没有。她高鼻梁，吊眼角，肤色微黑，很俊俏。她安详地吸烟，慢吞吞地吐着烟雾。

阿吉在想：这件事多半还得交给我丈夫办，只恨那个呆子成心跟他作对。

作品这样提出问题，以期吸引读者：有件事，呆子跟丈夫作对。

她想：我丈夫说，这是难得的差事。他什么也不贪图，只是巴不得让人家说："谷中感应寺的五重塔是源太修建的，瞧，修得多么好啊。"这活儿要是给旁人抢了去，不晓得他该多么气恼。

这段话交代了问题的关键：呆子跟她的丈夫争夺修建五重塔的

机会。

作品中第二个出场的人是徒弟清吉。

清吉来了。他说："师娘，我师傅呢？啊，到感应寺去了？（我）昨天不小心喝醉了酒。"

阿吉皱起眉头，笑了笑说："你也该收敛一点才好。"

这个徒弟爱喝酒。此处留下伏笔，告诉读者，他迟早会惹事。

师娘阿吉问清吉：你见到呆子那家伙了吗？

清吉说：见到了，像死鸡一样耷拉着脑袋走着，这回他跟师傅唱对台戏，真是癞蛤蟆想吃天鹅肉。我就对着他喊"呆子、呆子"。他望着我，用还没睡醒的声音跟我打招呼："哦，是清吉——哥——呀。"

此处可以看出呆子很老实的样子。

清吉接着说：我就挖苦他，听说你想盖个老高老高的家伙，正在巴结长老，你疯了还是怎的？师娘，缺心眼的人可真叫老实，您猜他怎么回答？他说："要是师傅肯把这活儿让给我干就好了。"看他一本正经，满面愁容，倒弄得我气也消了。

呆子因为呆，看不出对方的恶意，反而化险为夷。

第三个出场的人是呆子的妻子阿浪。

阿浪二十五六岁，五官还算端正，但营养不良，面容憔悴，衣衫褴褛，披头散发。她想着心事：我那口子的脑袋瓜儿哪怕能赶上他那手艺的一半，也不至于穷到这份儿上。英雄无用武之地。我替他着急，他却不在乎。

她夸丈夫手巧，但恨他愚钝。

阿浪想着心事：这次听说要建五重塔，他非要把这活儿捞到不可。连我这个做妻子的都觉得他太不自量了；师傅一定会气冲冲地大骂这个可恶的呆子；师娘更要责备他忘恩负义；别人又该怎么风言风语呢。我倒是觉得，长老还是把这档子事交给师傅办更好。不过，要是师傅宽宏大量，我还真希望让我那口子干这个活儿。究竟怎么个结局呢，急得我头都痛了。

阿浪把各方面的态度都想了一遍。心里是偏向丈夫的。

作品接下来介绍为什么建五重塔。

朗圆长老七十开外，远近闻名，前来拜访者很多。寺庙原有房舍太小，弟子们难免在室外遭受风霜雨露。朗圆自言自语道：要是殿堂再宽敞一点就好了。

弟子们心领神会，开始化缘募捐。上至诸侯，下至工商，竞相捐赠。

之后，长老委托著名木匠源太师傅兴建感应寺。寺庙很快完工，庄严坚固，雅致完美。

还剩下很多钱。长老说盖座塔吧。

寺里的圆道师傅吩咐源太画蓝图，做预算。

这样，准备修建五重塔的事情就传开了。

第四个人出场，他叫十兵卫，绰号“呆子”。

在感应寺外，庶务长为右卫门看到十兵卫衣衫褴褛，蓬头垢面，轻蔑地问他有何贵干？

十兵卫说想见长老，烦您费神给传报一下。

庶务长转身进屋了，并没有通报。

十兵卫在正门和厨房之间往返几遭，喊道：“有人吗？劳驾了。”

为右卫门吩咐把这个疯子拽出去。大家推十兵卫离开，七嘴八舌地吵成一团。

这时，朗圆长老身披袈裟走过来了。

第五个人出场：朗圆长老。

长老问：“你们在干什么？”

人们顿时鸦雀无声，抡起的拳头不知该往哪里藏。

长老慈祥地说：“为右卫门，你要是老老实实地传报一下，本来是不会引起事端的。”长老批评自己人，这是应有的处事态度。

长老说：“你是十兵卫师傅吗？让你受委屈了，对不起。”长老安慰客人，这是应该有的礼数。

“凡是受万众爱戴者，对人总是格外体贴，既不小看凡夫俗子，也不轻视童仆。”这是书里的一句名言。

十兵卫跟着长老进了屋。

十兵卫结结巴巴地说："五重塔——我是为五重塔这件事来求您的。"

长老说："看你坐在地上不肯走，准是有深思熟虑过的事才来的。只管把老僧当作知己来谈吧。"

十兵卫两眼早已噙满泪水。他述说着："五重塔是百年不遇的工程，一辈子难得赶上。死后会流芳千古。我想，我这个人绝不会比源太师傅或者其他任何人差。我做梦都在想这个事。梦见有人对我喊：马上把五重塔盖起来。这些天，下了工就熬夜造五十分之一的模型，昨天晚上把模型完成了。"

十兵卫对五重塔日思夜想，他是有备而来。

长老说："你的精神可嘉，有志气，真想让你做徒弟们的榜样哩。"

长老赞美他，肯定了十兵卫是一个"有志气的好徒弟"。

这里涉及两个师徒关系：木匠师徒，长老师徒。

长老说他不能擅自决定，想看看十兵卫的模型。

呆子敏捷地跑回家，找人抬着五重塔模型到感应寺。

长老把模型端详一番，从第一层到第五层，工艺卓绝，无懈可击。长老内心叹息：竟有手艺这般高超而默默无闻的人呢。像他这样的人，要是可能的话，真想让他取得功名。此人精益求精，拿起凿子就只想好好穿眼，拿起刨子就只想刨个亮亮光光，其心境之可贵，赛过金银。

长老想：良马不遇伯乐辨识，高士不为世俗所容，归根结底，同样可悲。不料我竟窥到十兵卫的心灵所发出的光彩，也算是个缘分吧。我倒是想派他完成这个工程。但转而又想，源太也盼望承包这项工程。他手艺不错，信誉更高。

一件工程，两个木匠师傅，交给谁好呢？

第六个人出场，被大家赞美的源太。

源太刮了胡子，理了发，换上衣服。

长老请源太和十兵卫去感应寺见面。十兵卫猜测，这回该见分晓了，心里怦怦直跳。他走进寺庙的一间屋子，屋里只有源太。

源太怒气冲冲，狠狠地瞪了他一眼。相比之下，源太好似一只顶风挺立在百丈悬崖上的雄鹰，俯视着一只小狗。

长老进屋坐下。

长老一时不知如何取舍，沉默了一阵子才说："源太，十兵卫，你们一道听着，这次兴建的五重塔只有一座，而你们两个都想盖。你们两人的愿望我都想满足，这又根本难以办到。我想，这事就由你们俩来协商吧，我不管了。"

长老劝他俩喝茶，然后继续说下去——

从前啊，有一位老人带两个孩子过河。河面两米多宽，老人一跳就过去了。孩子们过不去。老人就用一棵倒下的棕榈树当作桥。哥俩争着都想先过河。哥哥力气大一些，推倒弟弟，自己上了桥。弟弟爬起来，就使劲儿地摇晃那棵树。哥哥跌落到水里，浑身湿透，挣扎着爬到对岸。这时，弟弟上了那桥，哥哥把桥狠狠地一摇，弟弟也落到水里了。他们到了对岸，岸边沙滩上的彩色卵石一下子变得又黑又难看。

这说明，大自然也不喜欢人们的争斗。大自然也会表示自己的态度。

两个孩子意识到自己错了。为了把彩色卵石弄到手，竟让弟弟受罪，让哥哥成了落汤鸡。于是，哥哥替弟弟拧干了衣服，弟弟也帮哥哥整理衣服。

老人带他们去了另一片沙滩，他们又一次搭桥过河。哥哥过河，弟弟扶着桥；弟弟过河，哥哥也扶着桥。过河以后，他们看到：河边卵石金光闪闪，玲珑可爱。

源太和十兵卫听完长老的故事，不禁茫然。

回家的路上，十兵卫抱着胳膊。心想，我再愚蠢也能听懂，长老的话是在劝我们要谦让。唉，我不愿意让啊。我现在让了，一辈子就再也不能出人头地了。弟弟可不是好当的啊。

源太哗啦一声拉开门，说：阿吉，我回来了。他精神抖擞地走进来。妻子阿吉赶忙迎接，准备好饭菜。源太喝了几口酒，朗笑道：不用替我着急。长老慈悲为怀。知道疼弟弟，不就是好哥哥吗？一味刚强并不算男子汉，哈哈哈，男子汉还得会隐忍退让。我真想独自出色地盖起一座一千年也塌不了的名塔，留给万人瞻仰。可我是哥哥呀，阿吉，我想跟呆子平分，两个人一道建造这座塔。

阿吉说：为什么要跟呆子这个笨蛋平分呢？

源太说：只要咱待人宽厚，还会交上好运的。这么一想，分给呆子一半心里反倒舒服一些。这个世道究竟是可恨还是可喜，端看自己的气度，切莫沾染上贪鄙的陋习，要以洒脱磊落的态度处世才好。

吃完饭，师傅想：呆子为什么这么晚了还不来呢？莫非绝望了，死心了？难道是等我登门去看他？总不至于这么傲慢吧？

天黑了，源太对妻子说：阿吉，我到十兵卫家去一趟。

十兵卫迎师傅进门，说：我原想明天早上去府上呢。

源太说：我照例性子急。

源太说：长老的故事很对，相互争执，两败俱伤。我就坦率地说吧。这是轻易遇不到的工程，我也希望把自己的匠心和手艺留给后世啊。要是为自己找理由的话，我也算为感应寺包过工，你却没有；感应寺托我绘蓝图，没有托你；旁人会说由我承包才合适，会说你不够格。长老同情你，才用那个故事开导咱们。我有个主意想跟你商量，这五重塔咱俩一道来建造好不好？

十兵卫抬起头，简慢地说了一句：这，我说什么也不愿意。师傅，您听我说。听了长老的话，回家的路上我就完全死心了。都怪我可笑不自量，我太糊涂了。我再也不提盖塔的事了。

源太又劝了一番，都没用。

清吉听说了这件事。他陪师傅喝酒。清吉说：呆子真可恶，跟师傅作对，狗胆包天，他要造五重塔，简直可恨透顶。

源太去见长老。他对长老说：十兵卫的回答，我也不甚明白。我独自盖塔，有负长老教诲，我也没办法了，唯求长老哪怕叫十兵卫一个人承担也行，我绝无二话。不论是让十兵卫干，或是让我干，还是两个人一道干，长老就随便吩咐吧。

这是源太最后的态度。

十兵卫终日闷闷不乐。一个小沙弥来请他去感应寺。进了门，他看到，长老坐在中间，右边是圆道，左边是为右卫门。很庄重的场面。

圆道庄严地说：经过仔细斟酌，决定由十兵卫承包五重塔工程。

呆子感动得浑身发抖，说：十兵卫一定豁、豁、豁出命来干——

源太请十兵卫吃饭。

源太说：昨天长老又特地把我找了去。工程由你承包了，他要我私下里帮助你。一旦动工，你要雇很多人，难免会有我的徒弟，师傅让我嘱咐徒弟们不要猜忌，不要闹别扭。对于那些大商号，凡事你尽管搬出我的名字。打地基，那个锐次是最好的人。我帮你引荐。

十兵卫默默地趴在铺席上，说：师傅，请原谅我吧，十兵卫嘴笨，谢谢您了。他流泪了。

源太把自己的图纸拿给十兵卫。

十兵卫说：师傅，我领您的情，但您还是拿回去吧。

源太生气了，说：你道声谢，高高兴兴地收下，事后跟我打声招呼，说我采用了您的一两个招数，这也算人之常情。——君子报仇，十年不晚。我要在旁边瞪大了眼睛，一声不响地等待机会。你独自盖起来的塔，闹地震，刮暴风也塌不了吧。

这是激将法，也是心里话。

十兵卫说：呆子也懂得廉耻。

十兵卫举行了奠基仪式。祭罢，完成了平地取土。举办动斧大礼，清刨之礼，竖柱仪式。场面热闹，有序。

源太待在家里，冷冷清清。

源太的妻子阿吉毕竟是个女人，心胸狭窄。她骂道：十兵卫这个忘恩负义的家伙。利用我男人的宽宏大量，得寸进尺，骗取功名。

清吉来了。

阿吉冲他发火：你真不中用，既没出息又不开窍。

清吉被师母大骂，说道：师娘，您等着瞧吧，再见。

感应寺院内热闹非凡：风卷刨花，旋如落叶，锯末飞舞，如晴天下雪。

十兵卫对别人的活儿毫不放松，自己也拼命干。

清吉跑来了，像一头野猪。他对着十兵卫喊道：呆子，见鬼去吧。清吉举起斧子砍下来。十兵卫躲避不及，左耳朵被削下来一块，肩膀也破了。十兵卫扭头就跑，清吉追赶，刹那间，有人抄起圆木，朝着清吉小腿一掼，把他撞倒了。

此人正是锐次，他在打地基。

锐次去拜见源太。问道：源太在家吗？

阿吉说：啊呀，师傅，请这边坐。源太去十兵卫家了。

可见锐次地位很高，被称为师傅。

锐次说：不愧是源太，我没想到他这么快就已经去了，真是好样的。只要源太向十兵卫赔礼道歉，再鞠三四个躬就成了。十兵卫被砍掉半个耳朵，他也没抱怨，说不定对他还是一服良剂呢。清吉已经醒悟过了，很后悔。他说自己太冒失了，直掉眼泪。

锐次走了。阿吉后悔，是自己挑拨清吉的。是自己祸从口出。她找了一些自己的梳子簪子首饰，去了当铺，她要用自己的东西换一些钱。

源太去了十兵卫的家，给他赔礼道歉。

在男生宿舍，蒙着头巾的阿吉进来了。师娘来看清吉。师娘说：左思右想，只好让清吉走开一年半载，让他去京都、大阪逛一逛。盘缠我筹好了。

师娘走后，师傅源太来了，他发火了，告诉清吉：咱们断绝师徒关系。

清吉不得不离开了江户。

十兵卫负伤后的第二天，就起床了，不顾妻子劝阻，他去了工地。十兵卫想：每天大伙儿都师傅长师傅短地叫着，我好像很得意，其实心里净是些恨不得暗暗哭上一场的事儿。我甚至觉得，还不如听人家支使去凿眼儿，倒来得省心。

这是成长过程中必然出现的心理反应。当领班（包工头）不容易。

工匠们没想到十兵卫会来，看见了他，不禁愕然。十兵卫说：大伙肯卖力气，我好高兴啊。

大家听了，浑身冒冷汗。从此，工匠们全都改变了态度，加倍努力。工程进展很快。等他肩上的伤口痊愈的时候，塔已经接近完成了。

五重塔建好了，巍然屹立，高十六丈，“檐牙高啄”。大家赞美道：长老高风亮节，特地起用了埋没在尘土里的人，十兵卫有志气，报答知己，完成大业。这真是世间罕见的奇缘啊。

圆道和为右卫门准备举行竣工仪式的时候，夜半时分，狂风大作。五重塔被吹得直晃。塔身弯着，木头结构嘎嘎作响。塔身高耸，地基狭窄，看上去快倒了。

有人说：快请源太和十兵卫来看看。

圆道派人请十兵卫。十兵卫对来人说：我用不着去。请你告诉圆道法师和为右卫门大爷，不要紧的，我敢担保。

长老派人，再次去请十兵卫。

十兵卫想：风暴刚起，他们就怀疑五重塔会塌，唉，叫我好生气啊。暴风雨啊，吹得更猛烈些，干脆把塔刮倒了吧，哪怕损坏它一点也好，哪怕一块木板被掀掉了，一根钉子脱落了，我也宁可玉碎不为瓦全。我造的塔要是损坏了，我立即从塔顶上纵身而下。

十兵卫走向五重塔，爬到最高的第五层，将门推开，露出半截身子。暴雨像碎石一般打在脸上，连眼睛都睁不开。烈风几乎把他剩下的那只耳朵也刮掉了，气儿都透不过来。十兵卫攥住栏杆，塔像激浪中的小舟。他咬紧牙关，双目圆睁，安详地等待天命。

有个形迹可疑的人，绕塔徘徊。

第二天，人在议论："昨天的暴风雨是我有生以来最厉害的一场。谁谁家的二楼被风刮跑了，剧场也塌了。"

"十兵卫真了不起啊，他发誓与塔共存亡。他口衔凿子，准备纵身往下跳了。单凭他的这股意志，塔也倒不了。"

"这座塔怎么造的啊，一毫一厘也没有歪扭。"

"还有一段插曲呢。十兵卫的师傅也了不起，他冒着大雨绕着塔走来走去。"

另一个人说："不是师傅，听说是竞争的同行哩。"

竣工仪式那天，长老带着十兵卫和源太上了塔。长老题字："江都居民十兵卫建造，川越源太郎协助完成。"

宝塔高耸空中。自西边瞻仰，飞檐吐秀月皎洁；从东方眺望，勾栏吞夕阳红艳。

_角色分析

源　太

他是了不起的工匠，手艺好，自信。他想独自建造五重塔，在长老启发下，他退了一步：同意与十兵卫共同建造。当长老把建塔任务交给十兵卫以后，他内心虽然不满，却还拿出图纸分享，推荐锐次。暴风雨之夜，他的内心是矛盾的：他想看到十兵卫的失败，又希望五重塔完好。

他的私心：可以二人合作，但没想让十兵卫独自建。

他是一位有道德底线的工匠。他严厉训斥徒弟砍人，没给十兵卫设置障碍。

十兵卫

憨厚，手艺好，想出人头地。他事先做五重塔模型，有备而来。听完长老讲的关于过河的故事，他放弃了造塔的念头。当长老把造塔工程交给他以后，他就一心一意干活。

他的私心：不想给师傅做下手，要干就自己干。

受伤以后不下火线，感动了所有工匠。

暴风雨之夜，誓与五重塔共存亡。

他是一个很优秀的工匠，木讷，内秀。

师娘阿吉

爱丈夫，心胸狭隘，容不下别人超过丈夫。小聪明，挑拨徒弟惹事。关键时刻也能担当。为化解矛盾，舍得出钱让徒弟出去躲避。

徒弟清吉

鲁莽，单纯，技术没学好，他爱憎分明，有点李逵的性格。

长　老

不愧为长老，威严、慈善、周到。他善于发现人才，敢于起用新人，他用十兵卫是担着风险的。他善于调解矛盾，讲故事启发他人。结尾，他把十兵卫和源太两个人的名字都留在了千古流芳的五重塔上。

锐　次

出场不多，是众多工匠的代表，默默无闻，没机会独自完成一个工程，他只能给别人“打地基”，地基是一切建筑的根本，他默默地给别人做奉献，甘为人梯。

_作品分析

《五重塔》的作者幸田露伴通过十兵卫造塔的故事，赞美了一种工匠精神：手艺精益求精，渴望青史留名。他们自强不息、积极进取。

这些工匠文化不高，拜师学艺，代代相传。一般来说，师徒关系一旦形成就很难改变。只要师傅在，徒弟就很难有出头之日，也很难另立门户。《五重塔》描写了师傅源太在长老启发下，做出被动的谦让，被动的隐忍，退出了五重塔的建造。作品也描写了徒弟十兵卫的憨厚和浑然不觉，独自完成了这个工程。

十兵卫的行为超越了师徒关系，在其他徒弟看来，这也许属于离经叛道。但因为是长老的选择，人们不敢公开指责，只能在背地里说三道四。师娘阿吉代表着这些人的态度。

清吉是下层徒弟的代表，手艺没学好，品格更没学到。他鲁莽砍人，这倒让大家对十兵卫多了一些同情，也使工地师傅们不好意思偷懒了。锐次则代表着众多普通工匠的精神，踏实肯干，默默无闻不求功名。

作品的人物关系很简单：为了一个传世建筑，师徒之间产生了一次冲破师徒关系的尝试，尽管不容易，但取得了成功。

长老是德高望重的人物，当长老选择十兵卫后，没人公开反对。

源太没有为难徒弟十兵卫。

十兵卫是优秀的徒弟，他事先做了五重塔的模型，得到长老认可。如果没有模型，只靠口头自我推荐，那是不可能被长老认可的。不负众望，他的五重塔经受住了暴风雨的考验。

源太的妻子阿吉“暗地反对”，鼓动徒弟清吉“站出来捣乱”。这场较量，阿吉惨败，在书里她和清吉最早退场。

众人反对清吉动粗，更加同情和支持十兵卫。锐次为代表。

源太和十兵卫为什么要争着建造五重塔？

他们都不是为了“承包款”。作品从头到尾都没提到工程款的问题。他们不是为了挣钱，而是为了青史留名。他们知道，感应寺和五重塔一定会成为千年古寺和千年古塔，他们希望通过这个建筑被传颂。工匠可能盖很多房子，那只是房子；五重塔是地标，是连接人与神的建筑。

_链接现实

《五重塔》的现实意义之一：提出了独特的关于工匠的话题。

文学作品里有很多故事描写下层人的奋斗，比如《红与黑》的于连，《静静的顿河》里面的葛里高利，《悲惨世界》里面的冉阿让，等等，但很少有作家描写“工匠”。

这部作品很独特。工匠走进作家的视野，关注“工匠”这个群体，非常有社会意义。

《五重塔》的现实意义之二：工匠在改变人们的生活。

自人类诞生以后，衣食住行就是人类面对的最大问题。

服装的改进：布料的生产工艺变化很大，衣服制作工艺呈螺旋式上升：手工制作——机器批量生产——个性制作。纺织和制衣都离不开工匠。

食品的改进：人们追求食不厌精，日常食品也许变化不大；而过节，那些具有仪式性的食品，如月饼、元宵、粽子等，做得越来越好。还有餐具，也越来越精致。

住房的改进：盖更好的房子，这是人类锲而不舍的追求。建筑设计成为最贵的行业；设计师的劳动非常受人尊敬。建筑材料日新月异，玻璃钢、预制件、电梯等材料的出现，让房子向空中发展。建筑工人的技术不断细化：电工、水工、土木工等，工匠分工越来越细。

行驶工具的改进：代步工具进步很快，马车、汽车、火车、飞机、轮船等，让地球变成了一个村庄。

我们可以看到：改善生活，不仅需要科学家和设计人员，同样需要工匠。快递小哥在杭州被当作人才，高额奖励，留在杭州。这是人尽其才的一个例子。我们的日常生活里离不开快递小哥、理发师、厨师、装修师傅、司机，等等。

讨论题：什么是工匠精神？如何培养和鼓励工匠精神？

工匠精神体现着一种价值取向。一组师徒意味着一个品牌。

工匠拜师学艺，传承技艺；精益求精，追求完美；不甘守旧，敢于创新。这里面突出三点：传承、求精，创新。这样的例子很多。我国的瓷器、丝绸、家具、庙宇等，都体现出传承和创新。

古代庖丁解牛游刃有余也是一种工匠精神。

习近平总书记说："要在全社会弘扬精益求精的工匠精神，激励广大青年走技能成才、技能报国之路。"

培养工匠，要有相应的体制机制，要关注人才培养、人才使用、人才评价、人才激励等各方面，要提高他们的政治待遇、经济待遇、社会待遇，给他们宽阔的舞台，让他们：经济上有保障，发展上有空间，社会上有地位。

工匠的社会地位不应该被忽视。当今社会的普遍现象是：因为重视科研而高薪聘请科学家；但对于工匠，他们的社会地位没有受到重视。

工匠是值得赞美的，工匠应该过上体面的生活。这是对体力劳动和手工技术的尊敬。这与尊敬脑力劳动和科学研究不矛盾。科学家和工程师做研究和设计，工匠把设计变成产品，他们缺一不可。

在我国传统文化里，有"教会徒弟饿死师傅"的说法；更有教师们所希望的"青出于蓝而胜于蓝"的精神。我们提倡工匠精神，鼓励一代更比一代强，同时，我们也提倡感恩和合作共赢。

18

圣·埃克苏佩里《小王子》

_导读

《小王子》这部童话是写给大人看的。作品里，每节都有对人生冷静而深刻的思考，充满生活哲理和人生感悟，充满诗情画意。“我”——一个飞行员，在浩瀚的撒哈拉大沙漠中遇到一个天外来客——小王子，故事就展开了。小王子来自一个遥远的星球，拥有一朵独一无二的玫瑰。他独自去过多个星球，那些星球住着国王、爱慕虚荣的人、酒鬼、商人、点灯人、地理学家，最后来到地球，遇见了狐狸、蛇、玫瑰园、扳道工和“我”。

小王子给我讲述了什么样的旅行故事呢？

_作者简介

圣·埃克苏佩里（1900—1944）

法国作家。是法国最早的一代飞行员之一。1940年流亡美国，侨居纽约，埋头文学创作。代表作有小说《夜航》，散文集《人的大地》《空军飞行员》，童话《小王子》等。

_参考译本

王鑫译，晨光出版社，2017年出版。

_主要角色

♂我：一个飞行员

♂小王子：外星来客

_内容梗概

第一章　我来自我的童年

童年是盼望奇迹、追求温情、充满梦想的时代，相比之下，大人们利欲熏心、虚荣肤浅。作者说："大人应该以孩子为榜样。"于是他选取孩子看世界的角度，让成人反思现实生活，发现人生的真谛。

第一节　我的作品一号和作品二号

我回忆自己六岁的时候，画过两张画——《巨蟒吞大象》，作品一号是外视图，可是人们都看不懂，都说我画的是一顶帽子。我只好再画一张剖视图，把巨蟒肚子里的大象画出来，露在眼前，这就是我的作品二号。但是人们叫我应该将画画放一边，而把心思用在学习地理、历史、算术和语法上。我的巨蟒吞象图受到打击，让我心灰意懒，我只好放弃了当一名画家的愿望，成了飞行员。我还珍藏着我的作品一号，只有遇到我认为思维敏锐的人，我才拿出来考考他是否能看懂，遗憾的是，无论对方是男是女，说的还是那句话："不就是一顶帽子吗？"于是我就不跟他们谈巨蟒、原始森林或星星了。我会主动降低层次，迁就对方，和他谈论桥牌、高尔夫、政治、领带这些大人们的话题。

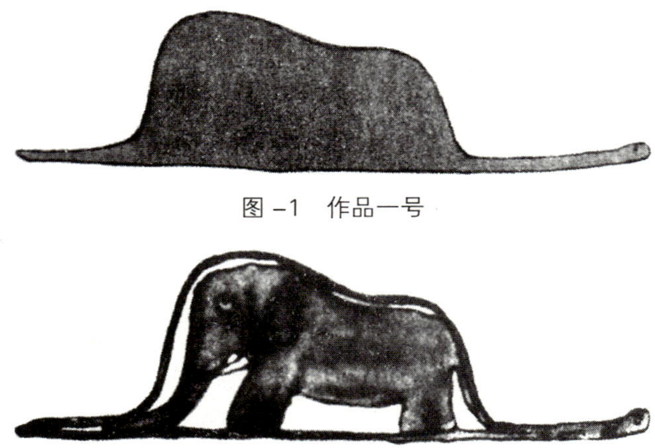

图 –1 作品一号

图 – 2 作品二号

第二节 沙漠里的小人儿

在一次穿越撒哈拉沙漠的飞行中，我的飞机出了故障，迫降在一千英里以内渺无人烟的沙漠上。日出时我被一个奇异而微弱的声音唤醒，这个声音说："请给我画一只羊。"

"什么？"

“给我画一只羊。”一个长着金色头发的小王子出现在我的面前。

小王子看上去既不像迷路，也不会因为疲劳、饥渴或恐惧而晕厥。从他身上根本看不出他是一个在方圆一千英里的沙漠中迷路的小孩。

我对小王子说我不会画画。他说：“没关系，给我画一只羊就可以了。”

我只好画我的作品一号给他，小王子说：“不、不、不，我不要一头死在巨蟒肚子里的大象。”

我就给他画了一只羊。小王子说：“不，这头羊生病了，再给我画一幅吧。”

我又画一幅。小王子说：“这不是小羊，是一头公羊，它头上还有角。”

我再画一幅。小王子说：“这只羊太老了，我要一只能活很久的羊。”

此时我已经没有耐心了，因为我要尽快把发动机拆卸下来。于是顺手给他画了一个箱子，告诉他，小羊就在里面。

出乎意料，小王子非常满意，他确信箱子里有一只很小的羊，不会吃很多草。他说他居住的地方一切都很小……小王子低头看着画，说小羊已经睡着了。这样，我就认识了小王子。

第三节　小王子从哪里来

从小王子的话里我猜出他的来历——他来自别的星球。我就故意问他从哪里来，他陷入了沉思，然后，他从口袋里掏出我画的那只羊，说："你画的那只箱子很好，晚上小羊可以当房子用。"

我提议再给他画一根绳子，白天可以拴住他的羊。

小王子很惊讶："拴住它？你怎么会这样想呢？"

"你不拴住它，它就会乱跑。"我说。

"这不要紧，我住的地方一切都很小。"小王子说，"任何人在它前面走，也走不了多远。"

第四节　B612星球

从小王子的谈话中，我一点点地了解B612星球的事。B612行星像一间房子那么大，曾经有一位土耳其天文学家用望远镜观测到这颗行星，他把发现成果提交给国际天文学家代表大会，并进行了充分论证。但是，由于他当时穿着土耳其民族服装，与会者没有人相信他的话。后来，土耳其一位独裁者颁布法令，规定所有国民必须改穿欧式服装，否则就判处死刑，那位天文学家只好西装革履，再次对B612行星进行完整论证，这一次，所有人都相信了他的观察和观点。

大人们的思维方式真奇怪。当你交了一个新朋友，他们不会问你："他的嗓音听起来像什么？他最喜欢玩什么？"他们会问你："他多大了？有几个兄弟？他父亲挣多少钱？"他们认为，只有从这些数字中才能真正了解真实情况。假如你对大人们说："这是一座美丽的房子，用粉红色的砖头砌成，阳台上种着天竺葵，屋顶还有鸽子。"他们根本想象不出房子的样子。你说："我看见一套价值十万法郎的房子。"他们就会说："啊，那房子真好看。"

所以，当你说有一颗星球，上面住着小王子，他天真可爱，喜欢笑，还有一只小羊……大人们会耸耸肩，觉得你幼稚。但是，如果你说，小王子来自B612星球，大人们就会相信你，不再提问题烦你。

第五节　可怕的猴面包树

小王子的星球会长出猴面包树，小王子每天的工作，除了要清理那座死火山，使它保持畅通之外，还要拔掉猴面包树幼苗。那是一种非常高大的乔木，“可以长到教堂那么高”，小王子的星球太小，如果任由猴面包树生长，那么小星球会被撑得“四分五裂”。于是，及时把“坏苗”拔掉便是小王子每天刻不容缓的任务。猴面包树开始长出的嫩芽和玫瑰花苗无异，如果不能及时认出来并拔除，后果将十分可怕。小王子说他曾经去过一个星球，遇见一个非常懒惰的人，因为懒惰，他的星球已被猴面包树严重占据，瞬间就要土崩瓦解……有些情况就如此，等你到了非重视它不可的时候往往已经无法挽回。

假如“人”本身也是一个小小的星球，那么人性当中无可避免地生长着如猴面包树一样的东西：自私、贪婪、嫉妒、狡诈、无知、愚昧、偏见、傲慢、麻木不仁、冷酷残暴……它们把“人”撑得四分五裂，使人不再成为完整的人，骄傲的人。所以，像小王子守护他的星球一样，每一个人都应该守护心灵，使它纯洁、正义、真挚、善良、正直、充满爱和希望。

第二章　我太小，不懂得如何去爱她

第一节　日落和忧伤

小王子在B612星球上只需把椅子稍稍挪几步，就可以尽情欣赏日落。人忧伤时，都喜欢看日落。有一回，小王子看了四十四次日落。

第二节 小王子的秘密

小王子与我争论花儿长刺的理由。我和大人一样的口吻和态度让他感到愤怒，我赶紧去安慰他。

第三节 那朵玫瑰

我知道了更多关于小王子的玫瑰花的事情。在小王子的星球，向来只生长一种开单层花瓣的玫瑰。但是有一天，不知从哪里吹来一颗玫瑰花种子，发芽了，小王子特别仔细地观察这株与众不同的嫩苗。要知道，它有可能是猴面包树幼芽。

嫩苗很快就停止生长，并且孕育着一个花苞，小王子在现场守候，他觉得从这花蕾中肯定会出现某种奇迹。他静静等待那神秘的、风情万种的生命个体绽放。

一天早上，太阳刚刚升起，玫瑰花突然开了。

小王子惊讶地说："天哪，你太美了！"

那玫瑰花甜甜地说："我美吗？我是在太阳升起的同一时刻出生的……"

这是一朵骄傲的花。不但骄傲，而且娇气，还有一点虚荣。她给小王子展示她的四根刺，得意地炫耀："让老虎张着利爪过来吧！"小王子说："老虎又不吃草。"花儿说："我不是草！"她又说："我不喜欢风！你给我搬个屏风来吧！"小王子觉得这是一朵非常难伺候的花。

玫瑰花说："我希望你晚上能将我放进一个玻璃罩里。你住的地方太冷了，我原来住的地方……"说到这里，她打住了。因为她来的时候是一粒种子，根本不知道世界是什么样。为了掩饰自己不高明的谎言即将被揭穿，她只好干咳了两三声，以便将责任推到小王子身上。

"屏风呢？"玫瑰说。

"你刚才说的时候我正要去找……"小王子说。

接着，玫瑰花又咳了几声，目的仍然是想让小王子自责。

就这样，尽管小王子在对花儿的爱慕中一直饱含亲切之情，却也立刻对她产生怀疑。小王子总是过于认真对待那些无关紧要的话，这样做让他不快乐。

小王子没猜出玫瑰花的真实的情感，决心离开。

第四节　离别

小王子准备离开他的星球。在走之前，他把活火山认真打扫干净。小王子有两座活火山，早上可以很方便地做饭。火山一旦打扫干净，就可以缓缓燃烧，不会爆发。他还有一座死火山。不过，谁知道它什么时候会复活呢，于是小王子把死火山也收拾停当。小王子还带着悲戚，拔掉猴面包树最后一批幼苗。他相信自己肯定不会再回来了。在离别前的早上，他给花儿浇上最后一次水，并打算用玻璃罩将它保护起来的时候，他发现自己快要流泪了。到了与玫瑰花告别时，小王子快要哭出来了，玫瑰花没有像以往那样责备他，反而劝他赶快启程，还希望他幸福。

第三章　小王子的旅程

小王子开始了星际漫游，走上寻找真我的路。他先后访问了七个星球。

第一节　325号星球，这里只有一个国王

国王称自己统治所有一切，但他是这个星球上仅有的居民。他的统治必须被尊敬，不容忤逆。然而，事实上他只是徒有虚名，国王只能让别人去做别人想做的事。

第二节　326号星球，这里住着一个爱慕虚荣的人

小王子见到他，他就认为小王子崇拜他。小王子问他问题　他没听见，因为他只听得见恭维的话。

第三节　327号星球，这里住着一个酒鬼

酒鬼靠着喝酒来忘记自己的羞愧，然而他正因为喝酒而羞愧。

第四节　328号星球，这里住着一个商人

商人忙得不可开交，他正在计算星星，他认为自己拥有着五亿一百万颗星星。他打算买卖星星。

第五节　329号星球，这里住着一个点灯人

这个星球上住着一个点灯人，因为他的星球转得太快，所以他只能不停地点灯又熄灯。但小王子认为点灯人不那么可笑，因为他关心别人的事。小王子认为点灯人是唯一一个能与他交朋友的人。

第六节　330号星球，这里住着一个地理学家

地理学家整天在自己的办公室里忙碌，却不自己去探索星球的

地形，靠着前来拜访的探险家的描述来记录星球的地形，他告诉小王子：地球值得去看一看。

第七节 地球

小王子到达的第七颗行星就是地球。地球上的人很多，各大洲的点灯人循规蹈矩地完成自己的工作，从来不打乱顺序。

第四章 玫瑰、狐狸和园丁

第一节 蛇

小王子在地球上遇见的第一个动物是蛇。蛇告诉小王子自己在人间很孤独，使小王子认为蛇非常弱小。但蛇告诉小王子自己掌握着生命的谜。

第二节 三枚花瓣的花

这朵花孤独地长在沙漠里，偶尔看见商队从旁走过，她就错误地告诉小王子，地球上就这么六七个人，他们没根，他们就是那样的孤单，没有依靠，随风飘落。

第三节 山谷回声

小王子登上一座高山，他喊道："做我朋友吧，我很孤独。"小王子说。

大山的回声在说："我很孤独——孤独——孤独。"

"这真是个奇怪的星球！"小王子想，"它上面到处干巴巴的，到处崎岖不平，令人生畏，这里的人一点想象力都没有。别人对他们说什么，他们就重复什么……在我的星球，我有一朵花，她总是先开口说话……”

第四节　玫瑰园

小王子看到一片盛开的玫瑰园，里面种着五千多朵艳丽的玫瑰花。一股悲哀之情涌上心头，小王子想起了他的花曾经对他说，像她那种花，茫茫宇宙中仅有一朵。然而在此处，仅在这个花园里，就有五千朵与她一模一样的花。

“如果看到这儿，她肯定十分恼怒，”小王子想，“她会拼命咳嗽，会佯装快要死去，以免遭人笑话。而我也必须假装照料她，等她醒来——因为如果我不那样做，如果我不低声下气，她也许会真的任凭自己死掉……”

“我还以为自己很富足，有一朵世界上独一无二的花，原来她只是最普通的玫瑰。一朵最普通的玫瑰，加上三座小火山，其中一座也许永远不能醒来，仅有这些，我不足以成为了不起的王子……”小王子躺到地上，伤心地痛哭。

第五节　驯服

小王子遇见狐狸，对狐狸说：“过来陪我玩吧。”

狐狸说：“我不能陪你玩，我还没被驯服呢。”

小王子问什么叫驯服。狐狸说：“它的意思就是建立联系。”

为什么要驯服呢？

狐狸说：“对我而言，现在你只是一个小男孩，和别的小男孩没有什么两样。我不需要你。对你而言，我只是一只狐狸，和别的狐狸也没有两样。你也不需要我。但是，如果你驯服了我，我们就彼此需要对方了。对我而言，你就是这个世界上唯一的人。对你而言，我就是世界上唯一的狐狸。”

小王子说：“我有点懂了，有一朵花……我想她把我驯服了。”

狐狸说：“如果你想要一个朋友，就驯服我吧。”

可是，如果你要驯服一个人，就要冒着掉眼泪的危险。狐狸告诉小王子三个秘密：首先，用心去看才看得清楚。其次，是分离产生思念。最后，爱就是责任。

狐狸说，如果你爱上了一朵生长在某颗星星上的花儿，晚上仰望星空便会感到甜蜜。所有的星星上似乎都盛开着花朵。

小王子再去玫瑰园看那些花，发现它们与他的玫瑰完全不一样了。

狐狸说，正是你在那朵玫瑰上花费时间，才使你的玫瑰如此独特非凡。从现在开始，你要永远对你驯服的事物负责任。

狐狸还告诉小王子：“要是你下午四点来的话，我会从三点钟就开始觉得幸福。”“等到了四点，我就会兴奋得不知所措，这就是幸福的准备。”“要知道，这是需要仪式的。”

第六节　扳道工

小王子在地球还遇见过扳道工。扳道工调度着来来往往的火车，火车载运着对自己待的地方永远不会满意的大人们。他同意小王子的观点：孩子们是唯一懂得欣赏和享受火车奔驰的美的人。

第七节　商贩

小王子在地球上遇到贩卖解渴药的商贩。商贩说，吃了这药就不需要再喝水，这样一来，一个星期可节省五十三分钟。小王子说他宁可花那时间悠闲自得地去找一口水井。

第五章　我的小王子，我的小安托万

第一节　水井

我和小王子一起在沙漠中寻找水井。我对小王子产生了好感，终于，在拂晓时分，我找到了一口水井。小王子说，使沙漠显得美丽的，是它在什么地方藏着一口水井。

第二节　回家

我和小王子从水井中打到了水，我与他分享了我的其他画作。我不停地追问他有关他的旅行的事情，小王子却将我打发走了。我去找小王子，发现他在与蛇说话。当我赶过去要将蛇杀死时，小王子已经被蛇咬了。我很难过，他将要离开地球。他说：“你要知道，我回去的路太遥远了，我不能带着这个沉重的身躯走的。”“这就好像剥落的旧树皮一样，旧树皮，并没有什么可悲的。”他轻轻地倒在了沙漠上。

第三节　思念。

六年过去了。我很想念小王子，我与小王子的相遇让我既感到悲伤，也让我重振了精神。我一直都努力地要把小王子在撒哈拉沙漠的位置画出来，好让那些旅行者能够给我捎个话，就说小王子已经回来了。夜晚，我经常看星星，天上有五亿个小铃铛。

我后悔没给小王子的绵羊口罩画上皮带，担心那只羊会吃了他的花。

我又自我安慰，我想小王子一定会保护好他的花。

_作品分析

小王子是天外来客，他寻找“真我”的旅行，也是带着读者寻找真我的旅行，作品在七个方面给我们上了七堂课。

第一堂——关于善良。即将离开自己的星球，小王子将一切打理好，让骄傲的玫瑰花能够安全地生活在家里，然后与周围星球邻居们道别。拜访国王时，国王爱下命令的毛病让他不甚喜欢，但他离开的时候仍旧让国王显示了国王的尊严，他让国王命令自己离开。又如，沙漠里的毒蛇咬了他一口，他想的却是：这样，蛇就没有第二口毒液会危害到他人了。

第二堂——关于爱。离别他的星球前，他对玫瑰花尽心尽力，尽管那朵花是那么骄傲、爱慕虚荣，可小王子爱她，照顾她，包容她的所有缺点，对她负责任。相对比而言，许多年轻人口口声声说爱，却都不愿意付出，不愿意包容，不愿意承担责任，让爱只留在一个肤浅的层面。很多人其实不懂得如何去爱人，爱父母也显得那么急急忙忙，不能静心。

第三堂——关于友谊。小王子在麦田认识了狐狸，通过“驯服”建立了友谊，让对方变得独一无二。“人们总是到商店买现成的东西，但是，却没有一家商店贩卖友谊。”或许大人们可以通过金钱获得一种关系，但是这种“友谊”没有狐狸告诉我们的牢固。当一方不能满足另一方的要求，这种“友谊”就会被切断，然后大人们再次在“生意场上”与他人建立这种薄脆的“友谊”，很多时候，这种关系链，一触就断。

第四堂——关于责任。狐狸的话，让小王子更加明白了爱的真谛，他决定要尽快回到花朵身边。担负责任，意味着成长。《小王子》其实也是作者对自己婚姻的反思，他的妻子，康苏罗，是玫瑰花的原型。作者1931年与康苏罗结婚，两个人性格差异较大，一度陷入婚姻危机。小王子离开自己的星球漂流在外，却时时惦记那朵玫瑰，正如作者赴美寻求慰藉时，对妻子无时无刻不牵挂着。这种牵挂意味着对家庭的负责。

第五堂——关于勇敢。毒蛇的毒液能置人于死地，小王子仍旧奋不顾身，为的是脱掉“旧树皮”。他鼓起勇气，只为回家。

第六堂——关于自由。小王子的星球很小，每天过得枯燥单调，所以踏上了遥远的星际之旅。他内心充满了对外星的探知欲望，渴望着自由，渴望着走向宇宙。在拜访了六个星球，加上地球，他遇到了形形色色的人，这是人类的缩影。每个成年人也许就是六个星球里某个人的化身，大家失去了小王子那样的自由和快乐，总是说“我很忙”。

第七堂——关于生命。小王子从地理学家那里得知：花朵的生命是短暂的。他马上想到了自己的花，为自己不能陪在她身边感到懊悔。狐狸告诉我们：只有心灵才能看得清事物的本质，真正重要的东西是肉眼无法看见的。小王子拜访六个星球的人，得出的结论都是“大人很奇怪”。大人们在短暂的生命中总是那么忙碌，大人们追求权力、财富……显得那么虚荣、单调、自私。小王子以儿童的视角寻找生命的本真，让他的探索之旅弥漫着淡淡的哀愁和忧伤。在小王子眼里，人与人、人与事物、事物与事物之间的关系，直接自然，未曾经受现代文明和成人世界功利思想的浸染。

假设一个人是一颗星球，那么星球上的小王子是谁？答案是：自己的心灵。我们要做的是：保持简单纯洁的心，追求善良、爱、友谊和自由，勇敢地承担责任，真切地感悟生命的所有美好。

_链接现实

大家展开了热烈的讨论，每个人都从不同角度谈了自己的读后感，同时，每个人都表达了对这本书的赞美。

这本书是童话，孩子和成人都被吸引，从每一节故事里都能得到一点启发，吴老师发言说：作品汇总，“我”小时候对家长有很多反叛，因而选择自我放逐。在与小王子告别以后，主人公“我”发生了微妙变化，他不知不觉地有了大人的特点：担心、思念、自我安慰、自言自语等。这些变化，成年人都能懂，孩子们也能接受。

这就是成长的轮回，一代又一代，有很多共性。正因如此，这部作品受到广泛的喜爱。

19

曹雪芹《红楼梦》之一

_导读

我国的古代作品，常常把女人写成“泼妇”“工具”“间谍”或“红颜祸水”。《红楼梦》却把女人描写得多姿多彩。

胡适说：“要考察一个国家的文明，主要看三件事：一要看它如何对待儿童；二要看它如何对待妇女；三要看它如何安排闲暇时间。”不要小看这三个方面。

_作者简介

曹雪芹（约1715—约1763）

名霑，字梦阮，号雪芹，又号芹溪、芹圃，中国古典文学四大名著之一《红楼梦》的作者。生平不详，但曾经富贵，素性放达，爱好广泛，对金石、诗书、绘画、园林、中医、织补、工艺、饮食等均有所研究。

_参考版本

曹雪芹著，中华书局，2005年出版。

_作品分析

《红楼梦》规模宏大、结构严谨、情节复杂、描写生动，塑造了众多具有典型性格的艺术形象，堪称中国古代长篇小说的高峰，在世界文学史上占有重要地位。

我国对《红楼梦》的评论浩如烟海。学界一直流传着这样一句话："一百个人读《红楼梦》，就会有一百个不同的林黛玉。"这说的是每个人对《红楼梦》的理解不尽相同。

同样，一个人在不同时期读《红楼梦》，对作品的理解也是不同的。

鲁迅曾经说过："单是命意，就因读者的眼光而有种种：经学家看见《易》，道学家看见淫，才子看见缠绵，革命家看见排满，流言家看见宫闱秘事。"

不需要回顾作品情节，大家对《红楼梦》都很熟悉。问题是，我们今天从什么角度解读《红楼梦》?

胡适有这样一段话：

"要考察一个国家的文明，主要看三件事：一要看它如何对待儿童；二要看它如何对待妇女；三要看它如何安排闲暇时间。"

胡适说到了关键点。《红楼梦》中，曹雪芹把女性写活了，几个女主角都个性鲜明，琴棋书画样样精通，多才多艺，情感真实。贾母、林黛玉、薛宝钗、王熙凤、刘姥姥、元迎探惜四姐妹等，围绕着宝黛二人，每个人的故事都逐次展开，加上诸多丫鬟用人，等等，说不尽的"女人世界"。曹雪芹写女人，是把女人当成社会的一分子在记录，在描述，在歌颂，在批评。

曹雪芹把各种情感投注于女性形象上：爱、喜欢、怜悯、同情、羡慕，当然也有适可而止的批评，正视她们的不足。曹雪芹浓墨重彩描写女性的管理能力，贾母、探春、王熙凤等，放在今天，她们都能胜任高级总裁的职务。

二百多年以来，在我国的小说领域，《红楼梦》是一个绝对的巅峰，可以与世界各国的经典小说媲美。

《红楼梦》抽丝剥茧，一环扣一环，在中国文明史的宏大背景下，渐次展开，引出众多的人物形象。那些女性，鲜活地出现在读者眼前。比如“黛玉出场”，《红楼梦》里的场景描写、心理描写、人物关系描写，把一个不到十岁的女孩子写得生动传神，她的天真与成熟、美丽与才气、娇柔与自立、自尊与敏感，全部得以展现。

_角色分析

《红楼梦》中，最重要的三位女性，我们做一个简要分析。

王熙凤

周汝昌先生认为，王熙凤和贾宝玉是《红楼梦》的两条主线，一位对应“家败”，一位对应“人亡”。作为贾府的当家媳妇，王熙凤是一张巨大的人际关系网的中心。对上，她要侍奉三重长辈（贾母、贾赦/邢夫人、贾政/王夫人）；对中，她要处理叔嫂姑嫂妯娌等诸多关系；对下，她要管理贾府数百仆妇小厮。

创作这样一位人物，曹雪芹不虚美，不隐恶。

一方面，他赞赏、感激王熙凤。书中多次正面描写王熙凤的精明能干，也多次借其他人物之口来评价她："上下无一人不称颂他（贾琏）夫人……竟是个男人万不及一的"，"这位凤姑娘年纪虽小，行事却比世人都大……少说些有一万个心眼子……十个会说话的男人也说他不过"，"脂粉队里的英雄，连那些束带顶冠的男子也不能过你（熙凤）"……从曹雪芹毫不吝惜的赞美之词来看，他是发自内心地敬佩和感激王熙凤：身为女性，且是家中小辈，凭一己之力，"生了多少省俭的法子"来延缓这座大厦的倾颓之势。且更难得的是，王熙凤没有因为自己的能干而障目，在暂退二线时，她细致分析了家族的局面，又评价探春"比我知书识字，更厉害一层"，这份见识与胸襟，多少须眉男子怕也自叹弗如。

另一方面，曹雪芹也看到了王熙凤的贪婪、狠毒与不知收敛。弄权铁槛寺、毒设相思局、计赚尤二姐……这几件事都是王熙凤的手笔，每件事背后都有人命和血泪。如果说，"毒设相思局"还可以说是贾瑞咎由自取，"计赚尤二姐"是因为凤姐要自保，那弄权铁槛寺则完全是因为凤姐的贪婪与虚荣。三千两银子加上净虚的奉承，"不信什么阴司地狱报应"的凤姐拆散了一对鸳鸯，断送了两条人命。书中又说："自此凤姐胆识愈壮，以后所作所为，诸如此类，不可胜数。"

精明能干的凤姐，贪婪狠毒的凤姐，也是令人同情的凤姐——

这“令人同情”，是曹雪芹高出一般作家的思想境界，也是红楼梦永恒的精神价值所在——众生皆苦。伟大的作家，都是这样悲天悯人。

凤姐的苦体现在多处：她的丈夫贾琏好色无度，从礼法上她只能接受，这是她身为女性的苦；夹在邢夫人和王夫人之间做人做事，这是她身为小辈的苦；与那么多“笑里藏刀”的仆妇打交道，为一个没落的家族殚精竭虑，这是她身为当家人的苦。即便说，这里面有些苦是她自找的，是陷入自己的执念与迷局里，“聪明反被聪明误”，但是，这又何尝不是人类共同的困境？千红一哭，万艳同悲，富贵如王熙凤，强悍如王熙凤，也同样摆脱不了命运的嘲弄，遑论其他女子。

林黛玉和薛宝钗

把这两位女性放在一起讨论、比较，固然是因为她们与贾宝玉的关系特殊，实则也是因为曹雪芹在创作这两个人物时，本就存了一体之心。第五回里，宝钗和黛玉的判词是写在一起的：“可叹停机德，堪怜咏絮才。玉带林中挂，金簪雪里埋。”《红楼梦》曲稿里说“悲金悼玉”，“金”是宝钗，“玉”是黛玉，“空对着山中高士晶莹雪，终不忘世外仙姝寂寞林”则揭示了二人各自的命运不幸：林黛玉得到爱情却得不到婚姻，薛宝钗得到婚姻却没有爱情。

对宝钗和黛玉，曹雪芹遵循他一贯的写作原则：不虚美，不隐恶。宝钗博学多才，乐于助人，擅理家，识大体，但对待金钏儿之死淡漠无情，无意听到丫鬟私语后甩锅给黛玉，这些道德瑕疵作者也毫不遮掩。黛玉才比天高，遗世独立，有浓郁的诗人气质，但作者也不讳言她的小心眼、难相处——尽管黛玉可能是曹雪芹最倾心创作的女子。

这样两位卓绝的女性，各自也有不少苦处。

黛玉自不必说，母亲早逝，没几年父亲也去世，无兄弟姐妹，寄人篱下，加之身体孱弱多病，药食不断，用她自己的话说，“一年三百六十日，风刀霜剑严相逼”。她与宝玉两心相知，然而无人能为她做主，她的未来只能交给老天来安排。黛玉的苦显而易见：心比天高命比纸薄，孤独于世，昙花一现，爱情夭折，泪尽而逝。

宝钗，她有健康的身体、相对富裕的家境，但是同样父亲早逝，哥哥不成器，小小年纪便要承担家庭责任。她的人生理想也许是做一个“山中高士”“赤条条来去无牵挂”，然而生活要求她做一个务实的人，所以她的意愿只能服从于家庭的需要。判词说她“可叹停机德”。“停机德”出自《后汉书》，讲的是东汉河南郡乐羊子的妻子停下机子不织布来劝勉丈夫求学的故事，所以“停机德”用来称赞符合封建道德标准的女人。本来，宝钗是一个喜欢在春天里扑蝶的富家小姐，可是，按照社会标准和家庭需求，她却要藏愚守拙，还不得不当家理事。宝钗最大的苦在于：她接受了良好的教育，有自己的精神追求，但她主动选择生活在标准之下，活成他人期待的样子。或许曹雪芹也因为这一点，才认为她“可叹”吧。

黛玉和宝钗，一个追求理想人格，一个遵循社会要求，她俩的差异，也是曹雪芹内心矛盾的体现，二人都不容易。

曹雪芹真懂得女性心理，对这三位女性形象的塑造，可谓呕心沥血、杜鹃啼血。在一个男权的社会里，身为男性的曹雪芹看到了女性的苦，看到了女性的追求，也看到了女性的力量和潜力。作者对他笔下的诸多女性，怀着真诚的欣赏，乃至深深的敬意。而通读全书后又会发现，作者对这些女性，还怀着强烈的悲悯。

曹雪芹超越了他的时代。

_链接现实

讨论题一：谈谈自己对《红楼梦》印象最深的一个情节。

在讨论阶段，王春雷老师说：如果需要到一个岛上独自生活，必带的东西里一定要有《红楼梦》。我国文学评论家刘再复在国外想家的时候，他说一本《红楼梦》就是祖国。

罗雯娟老师首先发言。她说：《红楼梦》我读了很多遍，年轻的时候，有一个情节一直不懂：宝玉给黛玉送丝巾，黛玉看了，脸就红了。我不明白为什么她会害羞。直到前几年才明白，原来丝巾所代表的是“横也是丝（思念），竖也是丝”。我给学生讲《红楼梦》，是随着年龄增大，才讲得越来越好了。

贺文婷老师发言说：宝玉挨打一节，最能体现作品结构的网状性。围绕着一个点，各种人物的态度、表情、举动，都展现出来了。

徐慧兰老师也是《红楼梦》研究者，年龄不大，学问很好。她说：曹雪芹悲天悯人的情怀，真的难能可贵。他不仅描写才子佳人，他也能关注刘姥姥、李纨、史湘云这些苦命人。她们苦，却不能哭，曹雪芹体会到了她们内心的痛苦、她们的挣扎，并给予了极大的同情。曹雪芹在心里，爱着每一个女性形象。

李帮凤老师就讲到了王熙凤和秦可卿，曹雪芹把这两个“闺密”写活了。

姚家全老师曾带领学生参加“《红楼梦》阅读竞赛”，集体获奖。他也分享了自己对作品的理解。

讨论题二：你最喜欢《红楼梦》中的哪个女性，为什么？

那天的讨论，大家发言热烈极了，大家熟悉《红楼梦》，不仅读过小说，还看过电影和电视剧，对于电视剧的插曲，大家都百听不厌。

谈到后来，话题依然集中到了三位女性：林黛玉、薛宝钗、王熙凤。

林黛玉：冷美人，多愁善感，自私，排他，有点任性。

薛宝钗：善解人意，委曲求全，顾全大局。

王熙凤：能干，自我，为了目的有时候不择手段。

我们每个女士的身上都有这三个人物的某些特点。恋爱的时候，我们有过“黛玉葬花”的感伤和悲悯；在母亲的面前，我们不得不学薛宝钗的样子，顺从，服从；在单位，我们也会像王熙凤那样，风风火火，拿得起放得下。

我们身上有她们的色彩，却又不是她们。我们已经不再局限于“模式”，不会因为喜欢这个而排斥另一个，也不会轻易模仿，而是追求丰富多彩的人生，培养独立思考的能力。

19

曹雪芹《红楼梦》之二

_导读

冬季，在深圳，室外略有寒意，书吧里却春意盎然。大家聚在一起，分享一个很有思考价值的话题：曹雪芹的内疚和对他人的愧疚。

_作品分析

今天继续说红楼，剖析的却是作者曹雪芹。

首先，我们从《红楼梦》的一次“别离”说起。

第十五回，秦可卿死了，宁国府为她送殡，宝玉跟着凤姐一起坐车前往铁槛寺。路过一个村庄时，他们停下来歇脚，宝玉见到了一个十七八岁的丫头。小丫头纺线给宝玉看，宝玉正要跟她说话，却有一个老婆子叫道：“二丫头，快过来！”于是那丫头丢下纺车，一径去了。宝玉怅然无趣。后来凤姐封赏，村民们来叩赏，宝玉特意留心去看，也没见到二丫头。等到他们坐车离开时，宝玉终于见到了二丫头，可是这个时候宝玉又不能下车去跟她说话，只能在遗憾中以目相送。

这是书中微不足道的一个小插曲，但是这个小插曲却无意中揭示了人生的一种情境：因为遗憾，所以深刻。因为宝玉想说的话总是没能说出口，所以离开时，他会感觉马车跑得太快，“一时展眼无踪”。

这段情节告诉我们：遗憾使人记忆更加深刻。

曹雪芹呕心沥血，十载著书，在他的生命中，最大的遗憾是什么?

先读他开篇时写的一段话：

当此日，欲将已往所赖天恩祖德，锦衣纨绔之时，饫（yù）甘餍（yàn）肥之日，背父兄教育之恩，负师友规训之德，以致今日一技无成、半生潦倒之罪，编述一集，以告天下；知我之负罪固多，然闺阁中历历有人，万不可因我之不肖，自护己短，一并使其泯灭也。

这段话交代了他写《红楼梦》的两个原因：第一，锦衣纨绔之时辜负了父兄师友，反思自己，以告天下；第二，我虽不肖，但闺阁无辜。

一、曹雪芹的反思与内疚

其一，认为自己无志补天。

原文中可以找到这样的叙述，似乎可以算作依据：

第一回《甄士隐梦幻识通灵》，娲皇氏只用了三万六千五百块，单单剩下一块未用，便弃在此山青埂（情根）峰下。谁知此石自经锻炼之后，灵性已通，因见众石俱得补天，独自己无才不得入选，遂自怨自愧，日夜悲哀。……空空道人乃从头一看，原来就是无才补天、幻形入世（这八个字便是作者一生的惭恨），蒙茫茫大士、渺渺真人携入红尘，历尽悲欢离合、炎凉世态的一段故事。后面又有一首偈云：无才可去补苍天（书之本旨），枉入红尘若许年（惭愧之言，呜咽如闻）。

其二，希望长辈“警其痴顽”，“规引入正”。

第五回《贾宝玉神游太虚境》，警幻仙子领着贾宝玉游历太虚幻境，有几位仙子抱怨警幻仙子不该引这浊物来污染这清净女儿之境，警幻仙子作了这样一番解释：今日原欲往荣府去接绛珠，适从宁府经过，偶遇宁荣二公之灵，嘱吾云：“吾家自国朝定鼎以来，功名奕世，富贵流传，已历百年。奈运终数尽不可挽回，我等之子孙虽多，竟无可以继业者。惟嫡孙宝玉一人，禀性乖张，用情怪谲，虽聪明灵慧，略可望成，无奈吾家运数合终，无人规引入正。幸仙姑偶来，望先以情欲声色等事警其痴顽，或能使他跳出迷人圈子，入于正路，便是吾兄弟之幸了。”

曹雪芹在书中的话，说的是宝玉，何尝不是说自己。

还有一个例子：

第十二回《王熙凤毒设相思局》，贾瑞也捏着一把汗，少不得回来撒谎，只说：“往舅舅家去了，天黑了，留我住了一夜。”代儒道：“自来出门，非禀我不敢擅出，如何昨日私自去了？据此亦该打，何况是撒谎！”

此处再次强调，对孩子是要管教的。

其三，明白了立志功名的道理，但为时已晚。

第十六回《秦鲸卿夭逝黄泉路》，秦钟将死，宝玉前去探望，问秦钟有什么遗言，秦钟是这样说的："并无别话。以前你我见识自为高过世人，我今日才知自误。以后还该立志功名，以荣耀显达为是。"说毕，便长叹一声，溘然长逝。

书里类似的文字很多，不一一枚举。作者借作品情节表达自己的价值观，借人物之口说出自己想说的话。

从这几段文字以及脂砚斋的评语来看，作者的内疚与反思在书里得以表达，是很清楚的了。

贾宝玉作为家族中唯一有可能担负起家族使命的人，没有承担应该承担的责任，等到贾府轰然颓败时，他只能眼睁睁地看着家败人亡，无能为力。用他自己的话说，就是"不肖"。须留意"不肖"与"不孝"是不同的，"不肖"指的是"悖逆"和"子不似父"，他没有像他的父亲那样有家庭使命感，致力于科甲。所以他在第三回的《西江月》里有这么两句话：可怜辜负好韶光，于国于家无望。很多人认为《西江月》是作者的反语，似贬实褒，实际上，作者曹雪芹所表述的这种"愧疚"其实是情真意切的。

作为贾府晚一辈的继承人，贾宝玉本应该挑起振兴家业的重担，然而他什么都没做，最后只能看着贾府败落。而更重要的是，他所珍视的那些人，那些澄澈可爱、天真无邪的女孩儿，因为贾府的败亡，最后一个个身世飘零、无所依归。他很爱她们，可是在她们有需要的时候，他什么都做不了，这种无奈，大约是世间最沉痛的无奈了。

在他年轻可以选择的时候，他还没明白这些道理，还想享受人生，还想爱身边的人；后来他明白了“补天”的道理，却已经没有选择的机会了。快乐的大厦，倾倒了。

在我们理解了作者这种心情之后，再读《红楼梦》，再读脂砚斋的评语，就时时能够读出作者的这种“内疚”，还有对他人的“愧疚”。

二、童年的顽劣建立在“善良”的基础上

周汝昌先生说，宝玉是个“有人无己”的人。他心地善良，处处为人着想。对林妹妹、宝姐姐就不用说了，对他的丫鬟们，他也没有一点架子，只有温柔呵护；他的弟弟贾环，因为妒忌他，故意打翻蜡油烫伤了他，他却说不要让老祖母知道，只说是自己不小心烫到了，免得弟弟挨打；他在花园里见到不认识的龄官淋雨，马上提醒她避雨，却忘了自己也在雨中；他被父亲痛打一顿之后，在袭人无意中表达对薛蟠的怀疑时，他不顾自己的疼痛，反过来安慰薛宝钗；他看到妙玉要扔掉刘姥姥用过的茶杯时，他向妙玉讨来茶杯转赠给刘姥姥……总之，对他好的人，对他不好的人，他都一样心怀善意。

用刘再复先生的话说，宝玉身上有一种天然的“佛性”。

宝玉天资聪颖，悟性极高。

小时候，在农庄，他听小厮们介绍农具的用途，遂说出“谁知盘中餐，粒粒皆辛苦”的感慨；大观园刚建成时，他陪父亲参观，引经据典，咏出不少佳句；他听了《寄生草》的曲文，就联想起自

己前日读的《南华经》，产生“无可云证，是立足境”的觉悟；他看到龄官与贾蔷柔情体贴，就领悟到“从今后，只好各人得各人的眼泪罢了”……

这样的宝玉，让人忍不住心生喜爱，无法指责，所以在《西江月》“寄言纨绔与膏粱，莫效此儿形状”这一句的后面，有一句脂批：能效一二者，亦必不是蠢然纨绔矣。意思是说，能够效仿宝玉一二者，就不是愚钝之人了。

在第三十五回《白玉钏亲尝莲叶羹》里，傅家的两个婆子看到宝玉自己被烫到了，却问别人疼不疼，评价宝玉是个呆子，引出一大段转述文字。这段文字之后，有一段脂批是这样写的：

宝玉之为人，非此一论，亦描写不尽；宝玉之不肖，非此一鄙，亦形容不到。试问作者是丑宝玉乎，是赞宝玉乎？试问观者是喜宝玉乎，是恶宝玉乎？

曹雪芹写宝玉是怎样的心态呢？是在批评他，还是在赞美他？

贾宝玉虽然不一定等同于曹雪芹，但是，贾宝玉身上一定寄托着曹雪芹的人格理想。

曹雪芹晚期，贫困潦倒，过着“举家食粥酒常赊”的日子。这时，经过反思，他怀着内疚和愧疚去创作《红楼梦》。可这个时候，他还是忍不住把宝玉的善良和美好写出来，而不是一味地贬斥，这说明什么？我们可以大胆猜测，那就是，曹雪芹并没有完全否定以往的生活经历，虽有恨其不争的惋惜，却也怀念那些美好时光，让他善良地成长。

在经历了世事变幻之后，曹雪芹已经深刻地明白了一个道理，那就是：拥有“权力”和那些“世俗的能力”，才能保护所爱的人；同时，他也知道，如果去追求功名，去探求世俗之道，他就会失去男欢女爱的机会，就会失去女孩子们围着他、爱他的机会。

年少时分，他更喜欢这种天真无邪你爱我爱的生存环境。

宝玉挨打以后，黛玉一边哭一边对他说：“你从此……可都改了罢。”宝玉说：“你放心，别说这样话，就便为这些人死了，也是情愿的。”

从这个对话里，我们能读出宝玉与黛玉的心心相印，黛玉因为心疼宝玉，所以自己也是很犹疑地劝宝玉改邪归正；宝玉理解黛玉的心，所以叫黛玉放心。我们可以设想一下，假使宝玉真的改了，成了一个醉心于功名、沉迷于仕途的人，他还有时间这样守着黛玉吗？还有机会在她身边陪她读诗、陪她寂寞吗？推而广之，大观园里的女孩儿们，对他还会有这样随意而真挚的感情吗？他自己，真的能躲进书房读书，不再搭理那些女孩们，身居世俗却又长久保持“补天”的雄心大志？

其实作者在描写贾雨村和贾政时，也表达了这种思考。

贾雨村是一个不同凡俗的读书人，他求取功名的原因之一也是重整家族基业，而他从一个正派、有良知的读书人，变成一个徇私枉法、草菅人命的昏官，耗时并不久。

再看宝玉的父亲贾政，他虽然没有像贾雨村一样泯灭良知，还是个正派的读书人，可是他像一部机器，不能正常地表达感情，与母亲同享天伦都表现得很生硬，以至于贾母觉得要赶紧让他离开才不影响她同孙辈们取乐。

这两个人，或许就是贾宝玉的反面教材，他从他们身上看到了“追求功名”所带来的变化和结果。

作者曹雪芹欲通过记录贾宝玉的故事，反映自己的成长经历：少年时大爱无疆不懂选择功名，青年时家族破落无力保护他人，中年后痛定思痛开始思考善良和立志的关系。

“创作”成就了曹雪芹，这部伟大的作品，正是得益于作者的这些经历。如果他从小就追求功名，没有与这些女孩们朝夕相处，就不会成为伟大的作家。

贾宝玉出家了。曹雪芹没有沉沦，他拿起笔，记录那些故事和思考。

曹雪芹似乎依然不知道：到底怎样才是对的？从他的作品里，我们能感受到他的内心矛盾。

这让我们想起周星驰的电影《月光宝盒》。至尊宝面临艰难选择：不做孙悟空，就要看着紫霞被杀死；做了孙悟空，就不能再与紫霞相爱。怎么选都有遗憾。但是至尊宝比曹雪芹幸运，至少他拥有选择的机会，最后的结局不论如何，都是他理性思考和权衡后的结果，所谓“求仁得仁又何怨”，而曹雪芹，甚至不曾拥有过选择的机会。他在懵懂中善良地成长，可惜时运不好，可以选择时大厦已经倒塌，为时已晚，无力回天。

_链接现实

讨论题：当父母的教诲与自己的感觉相悖时，是听从自己内心的呼唤，还是要听从父母的建议？

有这样一位母亲，自己是个外企高管，离婚后辛辛苦苦把女儿培养到研究生毕业。可是女儿跟一个来自农村的本科毕业生恋爱了。母亲坚决反对，劝阻道："我不奢求你高攀，但你总不能下嫁啊！"

但女儿很坚持，他们旅行结婚，然后去外地工作，有了孩子。

母亲断绝了与他们的来往，还说："我就看着，等着他们离婚，等她回来求我帮忙带孩子。"

这位母亲的大学同学得知此事，劝她道："你错了。你不能期待女儿离婚，来证明你是正确的；相反，你应该主动与亲家套近乎，主动帮助女儿带孩子，帮助他们克服困难，走出七年之痒，以此证明，女儿的选择是正确的。女儿正确了，你们就走出了离婚魔咒，难道你自己离了婚就希望女儿也要离婚吗？"

这位母亲醒悟了。她主动约了亲家母，一起去看孩子们。女儿看着母亲，哭了；女婿搂着岳母，大声喊"妈妈"。

这个故事告诉我们，作为家长，不要证明自己正确，而要帮助孩子证明，孩子的选择是正确的，是值得的。

最后，大家从宝玉恋爱和结婚这件事，得出了一个基本的共识：

作为父母，对孩子的选择不满意，可以劝阻。当孩子决定以后，就不要再阻拦了，就要接受孩子的选择，就要帮助他们坚持一生。不能像贾母那样，用欺骗的手法逼婚。

那次的读书会，大家从贾宝玉谈到曹雪芹，从溺爱谈到榜样，从叛逆谈到成长，从择偶谈到包容。这些话题，似乎都是永恒的。对自己不留内疚，对他人不留愧疚，曹雪芹的思考对我们依然有启发意义。

20

王实甫《西厢记》

_导读

相国去世，妻子和女儿扶棺归乡。路上在寺庙休整，女儿与在此游玩的书生一见钟情。作品由此展开情节：才子佳人，一见钟情；诗书往来，英雄救美；长亭送别，千里相思；金榜题名，情敌败退；衣锦还乡，终成眷属。

这是七百年前的作品，这些情节在我们读过的作品里是不是似曾相识？王实甫为后来的文学艺术开辟了广阔的题材来源。

_作者和剧作介绍

王实甫（1260—1336）

名德信，元代著名杂剧作家，杂剧《西厢记》的作者。与关汉卿、白朴、马致远齐名。

_参考版本

王实甫著，人民文学出版社，1995年出版。

_主要角色

♀崔莺莺：相国的女儿，妙龄少女

♀相国夫人：崔莺莺的母亲

♀红娘：崔莺莺的侍女

♂张君瑞（张生）：进京赶考的青年

♂郑恒：相国夫人的侄子

_内容梗概

第一本 张君瑞闹道场杂剧（故事的开端）

楔子

前相国夫人在丈夫去世后，带着女儿崔莺莺扶柩回博陵安葬，因路途有阻，暂寄普救寺别院。

第一折 惊艳

张君瑞上朝取士途中路过河中府探望老友杜确，游览普救寺时偶遇了相国千金崔莺莺。

第二折 借厢

惊艳于莺莺的美貌，张生改变主意，决定借住普救寺。他向红娘打听莺莺消息，被红娘训斥。

第三折 联吟

莺莺和红娘晚上在花园内烧香，张生躲在太湖石畔墙角边偷看，并吟诗一首。莺莺听完，依韵和一首，然后离开。

第四折　闹斋

为逝去的父亲做法事，莺莺上佛殿拈香，其美貌引得众僧大乱。张生自称是庙中住持的亲戚，也参与其中，做作卖弄。

第二本　崔莺莺夜听琴杂剧（故事的发展）

第一折　解围

叛将孙飞虎围困普救寺，要求相国夫人献出莺莺。无奈之下，老夫人当众宣布：谁能退兵，就将莺莺嫁给他。张生挺身而出。莺莺暗喜。

楔子

张生以激将法促使慧明和尚突破重围，为他送信，请求白马将军前来平乱。

第二折　请宴

退敌后，老夫人让红娘去请张生前来赴宴。张生以为好事将成，满心欢喜。

第三折　赖婚

宴会开始之前，张生莺莺眉目传情，两下顾盼。宴会开始之后，老夫人出尔反尔，说莺莺已有婚约，让莺莺持酒敬哥哥。崔张二人大惊。莺莺伤心回房，老夫人留张生暂住。

第四折　听琴

在红娘的帮助下，张生在莺莺烧香时，隔墙弹奏《凤求凰》一曲。莺莺月下听琴，心事重重。

第三本 张君瑞害相思杂剧（莺莺的犹豫：情与礼的冲突）

楔子

张生病倒。莺莺请红娘去看望张生。

第一折 传简

红娘隔窗偷看张生。张生把相思之苦告知红娘。红娘答应张生，帮他把信简带给莺莺。

第二折 闹简

红娘将张生的信简放在莺莺的梳妆台上，莺莺看到简帖，初时欢喜，而后装出无辜，斥责红娘。

红娘佯言要去告诉老夫人。莺莺慌忙哄她，又央求红娘给张生送去回帖，规劝张生。红娘先不答应，后来勉强同意。

张生拿到简帖后，告诉红娘这是一则约会请柬。红娘感到自己被莺莺欺骗。

第三折 赖简

张生兴冲冲跳墙而下到花园内赴约，莺莺翻脸。红娘出面训斥张生一顿。

第四折 问病

约会失败，张生病重。老夫人为张生请医。莺莺请红娘去探问张生的病情，带去一个药方：约张生幽会。

红娘承诺帮助张生。

第四本　草桥店梦莺莺杂剧（自由爱情与家长意志的矛盾）

楔子

赴约前，莺莺有点忐忑，得到红娘的鼓励。

第一折　佳期

红娘送莺莺与张生幽会。莺莺张生共度良宵。

第二折　拷红

老夫人发觉莺莺体态有异，拷问红娘。红娘一五一十将事实告诉老夫人。老夫人要打红娘，红娘勇敢抗争：一切都是老夫人赖婚所致。老夫人语塞，只好对张生和莺莺说，只要张生考中状元，就同意张生娶莺莺。

第三折　送别

老夫人在十里长亭安排饯别，莺莺内心不愿张生赴考，伤心无奈之中殷勤叮嘱“此一行得官不得官，疾便回来”。张生踌躇满志，莺莺依依惜别。

第四折　惊梦

张生赶考途中留宿草桥，梦中莺莺赶来相会，被人抢走。张生惊醒叹相思。

第五本　张君瑞庆团圆杂剧（故事的结局）

楔子

张生高中状元，命琴童送信给莺莺。

第一折　捷报

莺莺相思苦，接到张生书信，转托琴童递送相思物，殷勤嘱托张生。

第二折　缄愁

张生收到莺莺的礼物，桩桩件件都能感受到莺莺的相思。

第三折　求配

老夫人的侄儿郑恒因老夫人的召唤来到普救寺，之前，老夫人将莺莺许配给郑恒。老夫人命红娘探问张生的消息。红娘历数张生好处。郑恒来了，见老夫人，谎称张生已另娶他人。老夫人大怒，催莺莺与郑恒完婚。

第四折　还乡

张生衣锦还乡。老夫人和红娘因听信郑恒的谎言，对张生诸多讥讽。杜将军出面澄清，张生方得清白。郑恒意外撞树身亡。

老夫人终于同意张生和莺莺成亲，愿“永老无别离，万古常完聚，愿普天下有情的都成了眷属”。

角色分析

崔莺莺

十九岁，聪明，多情，勇敢。

父亲是崔相国，河中府人。父亲刚刚去世，她随母亲扶棺回乡。

走到普救寺，她们住下休息。普救寺是女皇武则天的香火庙，很有名。

在普救寺她巧遇张生。他们萍水相逢，一见钟情。

她机智勇敢。贼将孙飞虎带五千人马围困普救寺，声称要抢崔莺莺当压寨夫人。相国夫人焦急万分。崔莺莺对母亲说："孩儿有个主意，只要有人能退兵，就将莺莺许配给他，这岂不比被强贼抢去要好。"

她要用自己的爱情救自己。

张 生

他是洛阳书生，二十三岁，父亲曾做过朝廷的礼部尚书。父母先后去世，他伤心了一段时间，决定进京赶考。去京城长安，路经蒲关，他去拜见担任守关大将军的好友杜确。走到普救寺，巧遇崔莺莺一家。

他机智退敌。贼将要抢崔莺莺，张生机智勇敢，用"莺莺需三日奔丧"劝敌退后；而后，托和尚送信，请好友杜确带兵前来，打退敌兵。

他中举后不忘承诺。他进京赶考，中举后即刻让书童回去给崔莺莺送信。半年后回到河中府做府尹，随后，有情人终成眷属。

相国夫人

她过河拆桥，是麻烦的制造者。

她言而无信，开始许诺把女儿嫁给退敌者，张生退敌成功，她却赖婚，她让张生与崔莺莺兄妹相称。

她设计阻挠女儿的恋情，见张生和崔莺莺日渐情深，她便对张生说，科举成功方可娶崔莺莺。她让张生进京赶考，那只是缓兵之计，一则，她以为张生考不上；二则，就算能考上，那也是半年以后，各种变数都可能发生。

她借机逼女儿他嫁。张生赶考期间，相国夫人催促自己的侄子郑恒娶莺莺。

红　娘

聪明，勇敢，热心。

红娘是一个热心人，勤快而且机智。她善解人意，对崔莺莺的帮助全心全意。对莺莺的爱情，她几次试探；对张生，更是仔细考察。

她护着莺莺也吓唬莺莺，她服从夫人也瞒着夫人，她防着张生也牵着张生，红娘是一个核心人物。她的人物形象非常生动。

_作品分析

情节分析主要选取了两个角度。

《西厢记》在描写“爱情的发生”“恋爱的心理”这两个方面浓墨重彩，生动传神。

关于“爱情的发生”：

张生对莺莺几乎是一见钟情，但感情的加深是随着张生见到莺莺的次数逐渐递增的。三看莺莺，一次与一次不同。张生又是如何鉴赏、发现莺莺之美的？“惊艳”“联吟”“闹简”三节写得活灵活现。

关于“恋爱心理”：

对“恋爱心理”的描写，这是《西厢记》作为才子佳人剧对人物塑造非常有特色的一部分。郑振铎说：“中国的戏曲小说，写到两性的恋史，往往是二人一见面便相爱，便私订终身，从不细写他们的恋爱经过与他们在恋时的心理。《西厢记》的成功便在于它的全部都是婉曲的、细腻的、在写张生与莺莺的恋爱心境的。似这等曲折的恋爱故事，除西厢外，中国无第二部。”

莺莺在面对爱情的时候，既有本能的冲动与欲望，同时又因所受的教育和身份的束缚，使得她在面对爱情的时候会犹豫，会要小心机，会患得患失……这些让我们看到了一个真实的恋爱中的女子的形象。“赖简”和“送别”两节最为突出。

下面节选体现“爱情的产生”和“恋爱心理”这两个方面的优美唱词和独白、对白，请大家欣赏。

节选之一：第三本第二折　闹简

（旦上云）红娘伏侍老夫人，不得空，偌早晚敢待来也。起得早了些儿，困思上来，我再睡些儿咱。（睡科）（红上云）奉小姐言语去看张生，因伏侍老夫人，未曾回小姐话去。不听得声音，敢又睡哩，我入去看一遭。

【中吕】【粉蝶儿】风静帘闲，透纱窗麝兰香散，启朱扉摇响双环。绛台高，金荷小，银釭犹灿。比及将暖帐轻弹，先揭起这梅红罗软帘偷看。

【醉春风】则见他钗軃玉斜横，髻偏云乱绾。日高犹自不明眸，畅好是懒、懒。（旦做起身长叹科）（红唱）半晌抬身，几回搔耳，一声长叹。

我待便将简帖儿与他，恐俺小姐有许多假处哩。我则将这简帖儿放在妆盒儿上，看他见了说甚么。（旦做照镜科，见帖看科）（红唱）

【普天乐】晚妆残，乌云軃，轻匀了粉脸，乱绾起云鬟。将简帖儿拈，把妆盒儿按，开拆封皮孜孜看，颠来倒去不害心烦。

（旦怒叫）红娘！（红做意云）呀，决撒了也！

厌的早扢皱了黛眉。

（旦云）小贱人，不来怎么！（红唱）

忽的波低垂了粉颈，氲的呵改变了朱颜。

（旦云）小贱人，这东西那里将来的？我是相国的小姐，谁敢将这简帖来戏弄我，我几曾惯看这等东西？告过夫人，打下你个小贱人下截来。（红云）小姐使将我去，他着我将来。我不识字，知他写着甚么？

【快活三】分明是你过犯，没来由把我摧残；使别人颠倒恶心烦，你不惯，谁曾惯？

姐姐休闹，比及你对夫人说呵，我将这简帖儿去夫人行出首去来。（旦做揪住科）我逗你耍来。（红云）放手，看打下下截来。（旦云）张生两日如何？（红云）我则不说。（旦云）好姐姐，你说与我听咱！（红唱）

【朝天子】张生近间、面颜，瘦得来实难看。不思量茶饭，怕待动弹；晓夜将佳期盼，废寝忘餐。黄昏清旦，望东墙淹泪眼。

（旦云）请个好太医看他证候咱。（红云）他证候吃药不济。

病患、要安，则除是出几点风流汗。

（旦云）红娘，不看你面时，我将与老夫人看，看他有何面目见夫人？虽然我家亏他，只是兄妹之情，焉有外事。红娘，早是你口稳哩；若别人知呵，甚么模样。（红云）你哄着谁哩，你把这个饿鬼弄得他七死八活，却要怎么？

【四边静】怕人家调犯，早共晚夫人见些破绽，你我何安。问甚么他遭危难？撺断、得上竿，掇了梯儿看。

（旦云）将描笔儿过来，我写将去回他，着他下次休是这般。（旦做写科）（起身科云）红娘，你将去说：小姐看望先生，相待兄妹之礼如此，非有他意。再一遭儿是这般呵，必告夫人知道。和你个小贱人都有话说。（旦掷书下）

作品解读：

【粉蝶儿】一曲由红娘款款从外入内，描写了一个典型的小姐闺房：没有风，所以没有打帘子；熏了香，所以闭了纱窗。红色的烛台上仍然亮着灯。小姐莺莺还在睡懒觉。红娘进来有一个动作：偷看。这其实不太礼貌，也从一个侧面反映出她准确地把握了莺莺的心理。

莺莺起来梳妆，看到妆台里张生托红娘送过来的简帖，第一反应当然是激动开心，仿佛要从每一个字里去感受张生的情感温度，君心似我心，所以颠来倒去孜孜地看。然后才想起：这简帖是如何出现在这里？是红娘的试探还是张生的莽撞？作为闺阁小姐所受到的教育此刻起了作用，于是她端起小姐的架子，要“打下你个小贱人下截来”。孰料红娘精灵古怪，竟表示要去老夫人处“自首”。吓得莺莺去掉伪装，流露真心，大胆关心张生病况。她还要提防红娘，利用她不识字，声称写回信去教训张生，实则写了一封幽会的情书。那简帖上书：待月西厢下，迎风户半开。隔墙花影动，疑是玉人来。

红娘在莺莺那里受了气，见到张生就说：事情不行了。张生备受打击，抱怨红娘办事不力。红娘两头受气，表示以后你俩的事不要再找我了。张生吓得赶紧哀求，红娘才想起小姐的回帖。孰料张生看到回帖，眉飞色舞，并向红娘解释：小姐是希望我晚上跟她幽会。红娘将信将疑，感觉受到了小姐的欺骗。

这一段，把崔莺莺的相思与腼腆，张生的软弱与勇敢，红娘的机智与热情，都刻画得细致入微。

节选之二：第四本第三折　送别

（夫人长老上云）今日送张生赴京，十里长亭，安排下筵席。我和长老先行，不见张生、小姐来到。（旦、末、红同上）（旦云）今日送张生上朝取应，早是离人伤感，况值那暮秋天气，好烦恼人也呵！悲欢聚散一杯酒，南北东西万里程。

【正宫】【端正好】碧云天，黄花地，西风紧。北雁南飞。晓来谁染霜林醉？总是离人泪。

【滚绣球】恨相见得迟，怨归去得疾。柳丝长玉骢难系，恨不倩疏林挂住斜晖。马儿迍迍的行，车儿快快的随，却告了相思回避，破题儿又早别离。听得道一声去也，松了金钏；遥望见十里长亭，减了玉肌：此恨谁知？

（红云）姐姐今日怎么不打扮？（旦云）你那知我的心里呵？

【叨叨令】见安排着车儿、马儿，不由人熬熬煎煎的气；有甚么心情花儿、靥儿，打扮得娇娇滴滴的媚；准备着被儿、枕儿，则索昏昏沉沉的睡；从今后衫儿、袖儿，都揾做重重叠叠的泪。兀的不闷杀人也么哥！兀的不闷杀人也么哥！久已后书儿、信儿，索与我凄凄惶惶的寄。

（做到见夫人科）（夫人云）张生和长老坐，小姐这壁坐，红娘将酒来。张生，你向前来，是自家亲眷，不要回避。俺今日将莺莺与你，到京师休辱没了俺孩儿，挣揣一个状元回来者。（末云）小生托夫人余荫，凭着胸中之才，视官如拾芥耳。（洁云）夫人主见不差，张生不是落后的人。（把酒了，坐）（旦长吁科）

【脱布衫】下西风黄叶纷飞，染寒烟衰草萋迷。酒席上斜签着坐的，蹙愁眉死临侵地。

【小梁州】我见他阁泪汪汪不敢垂，恐怕人知；猛然见了把头低，长吁气，推整素罗衣。

【幺篇】虽然久后成佳配，奈时间怎不悲啼。意似痴，心如醉，昨宵今日，清减了小腰围。

（夫人云）小姐把盏者！（红递酒，旦把盏长吁科云）请吃酒！

【上小楼】合欢未已，离愁相继。想着俺前暮私情，昨夜成亲，今日别离。我谂知这几日相思滋味，却原来比别离情更增十倍。

【幺篇】年少呵轻远别，情薄呵易弃掷。全不想腿儿相挨，脸儿相偎，手儿相携。你与俺崔相国做女婿，妻荣夫贵，但得一个并头莲，煞强如状元及第。

（夫人云）红娘把盏者！（红把酒科）（旦唱）

【满庭芳】供食太急，须臾对面，顷刻别离。若不是酒席间子母们当回避，有心待与他举案齐眉。虽然是厮守得一时半刻，也合着俺夫妻每共桌而食。眼底空留意，寻思起就里，险化做望夫石。

（红云）姐姐不曾吃早饭，饮一口儿汤水。（旦云）红娘，甚么汤水咽得下！

【快活三】将来的酒共食，尝着似土和泥，假若便是土和泥，也有些土气息，泥滋味。

【朝天子】暖溶溶玉醅，白泠泠似水，多半是相思泪。眼面前茶饭怕不待要吃，恨塞满愁肠胃。蜗角虚名，蝇头微利，拆鸳鸯在两下里。一个这壁，一个那壁，一递一声长吁气。

（夫人云）辆起车儿，俺先回去，小姐随后和红娘来。（下）（末辞洁科）（洁云）此一行别无话儿，贫僧准备买登科录看，做亲的茶饭少不得贫僧的。先生在意，鞍马上保重者！从今经忏无心礼，专听春雷第一声。（下）（旦唱）

【四边静】霎时间杯盘狼藉，车儿投东，马儿向西，两意徘徊，落日山横翠。知他今宵宿在那里？有梦也难寻觅。

张生，此一行得官不得官，疾便回来。（末云）小生这一去白夺一个状元，正是：青霄有路终须到，金榜无名誓不归。（旦云）君行别无所谓，口占一绝，为君送行："弃掷今何在，当时且自亲。还将旧来意，怜取眼前人。"（末云）小姐之意差矣，张珙更敢怜谁？谨赓一绝，以剖寸心："人生长远别，孰与最关亲？不遇知音者，谁怜长叹人？"（旦唱）

【耍孩儿】淋漓襟袖啼红泪，比司马青衫更湿。伯劳东去燕西飞，未登程先问归期。虽然眼底人千里，且尽生前酒一杯。未饮心先醉，眼中流血，心内成灰。

【五煞】到京师服水土，趁程途节饮食，顺时自保揣身体。荒村雨露宜眠早，野店风霜要起迟。鞍马秋风里，最难调护，最要扶持。

【四煞】这忧愁诉与谁？相思只自知，老天不管人憔悴。泪添九曲黄河溢，恨压三峰华岳低。到晚来闷把西楼倚，见了些夕阳古道，衰柳长堤。

【三煞】笑吟吟一处来，哭啼啼独自归。归家若到罗帏里，昨宵个绣衾香暖留春住，今夜个翠被生寒有梦知。留恋你别无意，见据鞍上马，阁不住泪眼愁眉。

（末云）有甚言语嘱咐小生咱？（旦唱）

【二煞】你休忧"文齐福不齐"，我则怕你"停妻再娶妻"。休要"一春鱼雁无消息"，我这里青鸾有信频须寄，你却休"金榜无名誓不归"。此一节君须记，若见了那异乡花草，再休似此处栖迟。

（末云）再谁似小姐？小生又生此念？（旦唱）

【一煞】青山隔送行，疏林不做美，淡烟暮霭相遮蔽。夕阳古道无人语，禾黍秋风听马嘶。我为甚么懒上车儿内，来时甚急，去后何迟？

（红云）夫人去好一会，姐姐，咱家去！（旦唱）

【收】四围山色中，一鞭残照里。遍人间烦恼填胸臆，量这些大小车儿如何载得起？

（旦、红下）（末云）仆童赶早行一程儿，早寻个宿处。泪随流水急，愁逐野云飞。（下）

这个选段被选入了高中语文课本，一个很重要的原因是它优美的文辞。第一曲【端正好】“碧云天，黄花地”化用了范仲淹的《苏幕遮》：“碧云天，黄叶地，秋色连波，波上寒烟翠。”用环境描写渲染深秋离别的悲伤萧索，也烘托莺莺无奈的心绪。“晓来谁染霜林醉，总是离人泪”，又比“酒入愁肠，化作相思泪”更有画面感。作为戏曲文学，舞台表演性是不容忽视的一个问题。王实甫辞采优美，他也别具匠心地在曲词中增加了许多口语化的衬字，读来朗朗上口。

自古以来，描写离别之情的诗词非常之多。但这折“送别”可谓当之无愧的经典篇章。

在饯别宴席上，一对有情人长吁短叹，愁眉不展。碍于家长在场，只得脉脉传情。情思缠绵，委婉悠长。值得注意的是莺莺对待爱情的态度。【幺篇】里莺莺唱道：“年少呵轻远别，情薄呵易弃掷。全不想腿儿相挨，脸儿相偎，手儿相携。你与俺崔相国做女婿，妻荣夫贵，但得一个并头莲，煞强如状元及第。”这话说的全是小女儿之态，表面嗔怪张生，实则埋怨老夫人的安排。古时都说："夫荣妻贵"，莺莺却反其道而行之，提出"妻荣夫贵"。这可以说是非常大胆了。

【朝天子】里莺莺又说："蜗角虚名，蝇头微利，拆鸳鸯在两下里。"莺莺认为男人的功名之路仅仅是"蜗角虚名、蝇头微利"，还不如厮守在一起。她的这种观点完全不符合当时婚恋观的正统理论，不啻一种"叛逆"。这种"叛逆"当然是有心理基础的。莺莺对张生说："此一行得官不得官，疾便回来。"殷勤叮嘱之下，是她对两人爱情的前途将要面临变数的无助与哀求。张生则踌躇满志："小生这一去白夺一个状元，正是：青霄有路终须到，金榜无名誓不归。"

建立在"榜上题名"基础上的爱情能否长久呢？

莺莺当然恐惧、担忧。她不仅害怕张生考不上，她也害怕张生考上了而另娶他人。

【二煞】是这种感情的集中体现，崔莺莺说："你休忧'文齐福不齐'，我则怕你'停妻再娶妻'。休要'一春鱼雁无消息'，我这里青鸾有信频须寄。你却休'金榜无名誓不归'。此一节君须记，若见了那异乡花草，再休似此处栖迟。"

在当时的社会环境里，男人的负心行为很常见。

事情至此，莺莺爱情能否实现的主动权全在张生手中。"相思只自知，老天不管人憔悴"，她只能"眼中流血，心内成灰"。

王实甫则着力描写张生的志诚，为他正名。莺莺写了一首诗："弃掷今何在，当时且自亲。还将旧来意，怜取眼前人。"其实，这首诗放在剧里是不连贯的，因为张生并未抛弃莺莺。这首诗就是为了让张生回应莺莺："人生长远别，孰与最关亲？不遇知音者，谁怜长叹人？"张生不仅给了莺莺一个承诺，同时，还以他们恋爱时的"琴挑""联吟"等过往情节来说明，他们的爱情基础是很深厚的。

在《西厢记》里，张生果真没有辜负莺莺，以大团圆结局，"永老无别离，万古常完聚，愿普天下有情的都成了眷属。"这是对恋人最好的祝福。

_链接现实

讨论题一：在七百年前，《西厢记》就开始赞美莺莺的自主恋爱，作者冲破传统的礼教束缚，是出于人性的觉醒，还是对观众的迎合？

《西厢记》之所以好看，是因为"情节起伏"。崔莺莺和张生巧遇后，经历了许多环节：

才子佳人，一见钟情；

诗书往来，英雄救美；

长亭送别，千里相思；

金榜题名，情敌败退；

衣锦还乡，终成眷属。

这些因素都是人们向往的生活。中间虽然经历了寺庙被困、母亲赖婚，但阻力都不算大，都在张生和莺莺力所能及、可以解决的范围之内。

没有阻力，爱情平淡如水；有些阻力，方显英雄本色。作者王实甫写的阻力不大不小，好像是因人而设的：张生刚刚拜访了守关大将军，就遇到土匪抢莺莺，大将军就来帮他；相国夫人赖婚，逼他考试，他也能考中。

崔莺莺的爱情产生于一见钟情，不过那时还不敢挑明，是“暗恋”。在母亲赖婚以后，她开始反抗母亲，继续与张生来往，这是合情合理的，观众会支持她。母亲进一步阻拦，逼张生赴京赶考，莺莺就不能反对了，因为此时母亲的要求合情合理。当然，最后的成败关键还是掌握在张生手上：金榜题名是关键。如果他落榜，相国夫人绝不会允许他们结婚。

七百年前，王实甫就写出这样的情节，这些情节让观众禁不住欢欣鼓舞，拍手叫好，符合大家的心理期待。

讨论题二：作者赞美爱情的态度，与七百年前西方文艺复兴时期的人性觉醒有没有可比性？

英国戏剧家莎士比亚生活的年代是1564—1616年，很多作品创作于17世纪初。王实甫生活在1260—1336年间，比莎士比亚年长300多岁。《西厢记》（1299—1307）比《哈姆雷特》（1601）早问世

300年。当今中国青年，人人都知道莎士比亚，却很少有人知道王实甫，这是不应该的。

西方的文艺复兴开始于13世纪的意大利，到16世纪席卷欧洲，揭开了欧洲近代史的序幕。随后进入工业革命时代。

我国的元朝，直至清朝，一直处于农耕社会。1405—1433年郑和下西洋也只是辉煌一时，没有给社会带来根本性变化。

历史上，我国的文化辉煌，唐诗、宋词、元曲，等等，似乎更多的是记录社会，并没有推动社会改革；似乎只是满足人们对业余文化的需求，并没有起到呐喊、呼吁、号角的作用。

张生和崔莺莺的自由恋爱有一定的进步性，但自由恋爱能否成功，实则取决于能否金榜题名。这个主题实际上是在维护统治阶级的利益。王实甫没有像莎士比亚那样，直接揭示宫廷的黑暗，呼唤人们思考，进而求变，求改革。七百年来《西厢记》一直被赞美，主要在于剧本的故事情节好看，不在于它的内涵是否深刻。

对于一部戏剧，我们不能苛求其革命性；其“文学性”本身就是其历史价值所在。

讨论持续到深夜，其间，大家朗读了作品中的几个片段，精美的戏剧语言，跌宕起伏的故事情节，大团圆的结局，这就是中华民族所特有的戏剧，伟大的戏剧，它给人以希望。

后记

《一本书读懂20部世界文学经典》一书整理完了。正是新冠疫情严重的时候，自我隔离不能出行，就待在家里写书。

一、为什么选择这二十部名著

本人从事外国文学研究几十年，有很多关于名著的讲稿或课件。本书选择这二十部名著，含外国文学十八部，中国文学两部。这样的选择有一定的随意性，这里面没有国别因素，也没有时间因素。如果问是否有过“选择”，可以肯定地说：当初在“雪仙书吧”讲课，讲什么，还是经过一番认真考虑的。这些作品入选的原因，一是本人比较喜欢；二是大家对这些作品比较熟悉；三是这些作品都包含着比较鲜明的人生道理，我希望通过讲述这些名著，让听课的朋友们能够有所收获；四是这些作品或作家都是大学文学院必讲的内容。“雪仙书吧”的讲课还在继续中，今后的选篇会更加丰富。

二、本书的两个重点：阅读名著，感悟人生

很多年以来，我们的教育比较重视理工科，有点忽视文科，尤其忽视文学。同样，近些年国学兴起，对中国文学的阐释越来越多，这很好。但是，相比较而言，我们对西方文学阐释不够。在“雪仙书吧”，我们和朋友们一起阅读名著，尤其是西方名著，有补课的意思。

理科知识和人文学识，这是人生飞翔的双翅，缺一不可。

为了帮助大家了解名著，本书对原著都做了“缩写”。

很多名著特别长，比如《静静的顿河》长达四卷本，很多读者没有时间也没有耐心从头读到尾。那么，本书对原著进行改写，进行“提要”，讲情节重点，讲主人公的故事，把故事缩写到几千字，这是为了让大家在短时间里了解名著梗概。对于那些喜欢阅读的朋友来说，算是“导读”，大家随后可以找来原著，进行通读。

“感悟人生”是本书的重点。

本书写到很多人生道理，这些道理不是凭空而来，而是从名著的故事里“悟”出来的，是从大家的所见所闻里总结出来的。“雪仙书吧”的学习方法是讨论式。学员都是成人，大家从名著得到启发，都有话要说，书里面包含了集体的智慧。这本书的特点就是“悟人生”。

读者朋友们阅读此书，大体上能感受到这一点。

三、关于人生道理的那些话题

记得在大学的时候，读《茶花女》泪流不止，五十岁再读，没了感觉。记得大学的时候读《边城》没被感动；五十岁再读，涕泪沾巾。

对一部名著的理解，因人而异，也因时而异。

本书试图从一部名著里提炼几个讨论题，这些话题与原著有关，但不一定全面；只求通过一本名著，探讨几个话题，对我们的人生有一些启迪意义，就达到目的了。

人生短暂，我的导师童庆炳先生说："一个人一生只要能参透几十个人生故事，那么他这一生的生活，无论是风是雨是圆是缺，都会因有所遵循而立于不败之地。"

本书包含了二十篇名著，讨论了一些人生道理，希望对大家能有所启发。我们的阐述属于抛砖引玉，你可以共鸣，也可以反对，一百个人读《红楼梦》就会有一百个不尽相同的林黛玉，这就是文学的魅力，阐释的丰富性胜过标准答案的唯一性。

四、这本书能够完成出版，要感谢很多人

首先要感谢赵炎老师和本书的几位副主编，他们参与了"雪仙书吧"的讲课。

赵炎老师是著名相声艺术家，他来讲课，给刚刚开办的"雪仙书吧"带来很大影响力。

王春雷老师是著名学者，他来讲课，本人和书吧学员都受到很大启发。

另外六位老师，他们是姚家全、侯典国、汪志朋、徐慧兰、罗雯娟、贺文婷，他们是“雪仙书吧”开班后的积极参与者，讨论时经常语出惊人；同时，他们也都参与了讲课，把自己的学识和思考献给大家。

感谢“雪仙书吧”前后三位校长：曾晓云、吕疆、牛亚仙。她们自己很忙，却要抽出不少时间为大家服务。她们负责发学习通知，还要安排场地，主持聚会，主持讨论，为大家沏茶。人多的时候，书吧坐不下，她们还负责临时借场地。没有她们，书吧很难坚持这么久。

还要感谢参与“雪仙书吧”学习的积极分子，他们是段鹏程、燕宇、李帮凤、罗珊珊、窦晓月、孙文、邱裕春、张华川、何思薇、唐艳、张延申、傅亚琴、李娟、金祥晓、朱虹桥、吴金键、洪永坚，等等。他们为这本书贡献了很多智慧，他们对人生的理解和感悟，深化了我们的论述。由于本人记录不够完整，他们的精彩发言在书里没能全面展示。

在这本书即将出版之际，想对读者朋友们说：我们带您重读这些名著，抛砖引玉。假如其中的哪篇文章引起了您的共鸣，我知道，与其说是理解了我们的阐释，不如说，是您通过名著再度引发了自己的思考，体验了自己的情感，打动您的不仅有我们的文字，还有名著让您想起了自己的故事、父母的故事、熟人的故事，似曾相识。

这些名著经历了时间的筛选，经历了读者的挑剔。我们阐释“名著”，目的就是启发朋友们对人生的思考。读名著，可以开阔视野，也能丰富自己的知识结构。

吴学先

2020年3月8日于雪仙书吧